LE JOUR
DE L'ÉCLIPSE

DU MÊME AUTEUR

La Gare de Wannsee, Grasset.
Le Regard du voyageur, Stock.
L'enfant d'Édouard, Mercure de France.
Sébastien Doré, Mercure de France.

FRANÇOIS-OLIVIER ROUSSEAU

LE JOUR DE L'ÉCLIPSE

roman

BERNARD GRASSET
PARIS

A la mémoire de Rosemary Ravensdale.

Au premier étage, il y avait la chambre retour d'Égypte *où Léonie Gairaut vivait sans joie dans le péché. Par la fenêtre ouverte du cabinet contigu, on apercevait le roi à sa toilette. Une toison bouclée d'agneau caracul débordait le col et les manches courtes de son gilet de corps; ses joues recouvertes de mousse de savon se creusaient comme il sifflait une valse de Messager tout en aiguisant son rasoir sur une sangle de cuir. C'est de cette sangle qu'il se servait pour fouetter Bojidar quand il avait mal fait. Le jardin était le théâtre de corrections si brutales qu'à la suite de l'une d'elles, administrée en sortant de table, Bojidar était allé vomir son déjeuner dans les massifs. Pourtant, de tels sévices ne semblaient pas l'affecter en profondeur; le dernier coup reçu, ses larmes tarissaient et il baisait la main qui l'avait frappé. Lazare, informé par le colonel Solovieff que ce geste répondait à une coutume de là-bas, en guettait l'accomplissement avec un recueillement d'ethnographe. Il s'émerveillait de la persistance de manières exotiques en un point du monde où l'on convenait que la civilisation occidentale touchait à sa perfection, au cœur même de Neuilly-sur-Seine.*

En face, « aux écuries » habitées par les Couvreur, la grosse tresse de soie bleue qui courait en guise de rampe le long du mur intérieur de l'escalier était agitée d'un balancement vif, signe de va-et-vient et d'activité domestique. Des petites Couvreur, c'était toujours Marie-Ange la première prête pour l'école. Delphine suivait avec lenteur, par calcul. En effet, elle était persuadée que les retardataires se voyaient refuser l'accès à la salle de classe du cours préparatoire et elle n'aurait pas détesté se mettre dans ce cas. Devant la grille elles retrouvaient Lazare et Barthélemy Gairaut, Bojidar et le colonel Solovieff sous la conduite duquel, tous ensemble, ils s'engageaient dans la rue. Comme Delphine et pour des raisons similaires, Barthélemy traînait les pieds. Mais cette communauté de desseins n'engendrait entre eux aucune complicité. Ils s'ignoraient. Barthélemy Gairaut était un gros petit garçon mal dégourdi, volontiers boudeur, stagnant délibérément dans une puérilité qui le faisait excuser de tout. Delphine était l'impatience et la curiosité mêmes. Barthélemy marchait en silence, le nez baissé, tandis que Delphine imaginait d'interpeller les passants qui promenaient des chiens et de s'enquérir du nom de l'animal. Pour le pedigree, c'était l'année du Y et, sur le boulevard d'Inkermann, tous les caniches s'appelaient Youki, comme la veuve Desnos.

Est-ce pour donner à la confusion des temps favorisée par le sommeil un dénouement plus abrupt que les rêves qui vous renvoient au fin fond de votre mémoire précèdent de peu d'instants le retour à la conscience? C'était alors et ce fut maintenant. Au coin du boulevard et d'une rue perpendiculaire, comme on longeait des maisons basses derrière des haies, une voix intime et désincarnée pulvérisa le paysage. Obéissant à l'injonction tacite de cette fausse présence qui lui promettait un *flash astrologique,* Delphine ouvrit les yeux sur l'obscurité de la chambre traversée de lueurs fluctuantes et multicolores. Par une association bizarre, qu'induisait régulièrement la vue de ces signaux, il lui semblait se réveiller à bord d'un gros avion fendant des ténèbres intercontinentales; tout était éteint dans la cabine mais la porte entrebâillée du cockpit laissait apercevoir une constellation de voyants lumineux brillant contre la nuit céleste. Cette illusion s'accompagnait d'une allégresse ténue que Delphine était agacée d'éprouver. Le souvenir lointain qu'un tel réflexe persistait à commémorer, et qu'évoquait aussi l'image de l'avion dans la nuit, n'en méritait pas tant, estimait-elle. C'était moins que le souvenir d'une chose accomplie, juste celui d'un projet caressé autrefois, jamais réalisé, mais qui l'avait tenue tout un hiver dans un état de joyeuse anticipation : le projet de ce voyage à New York où elle devait retrouver Rachmaninoff... Elle se souleva à demi et secoua la tête comme pour dissiper ce train de réminiscences. Elle jeta tout autour d'elle un regard net, presque sévère, le regard d'une femme qui défie les hallucinations du petit jour de la troubler plus longtemps. Des secondes d'un rouge liquide s'additionnaient sur le cadran de la radio-réveil, un clignotement sibyllin allumait le robot à café, une théorie de points et de tirets phosphorescents palpitaient dans la lucarne du magnétoscope; pour le Sagittaire et le Bélier, était-il prédit, ce serait une journée propice aux résolutions d'ordre sentimental. Il était un peu moins de sept heures du matin, dans l'ère du quartz et du Verseau.

L'éclat de la rampe de néon surmontant le lavabo lui blessa les yeux. Elle se détourna précipitamment. Au saut du lit, elle jugeait d'ailleurs préférable d'éviter le reflet que lui présentaient les glaces. Elle se serait raisonnablement accommodée de vieillir, pensait-elle, si seulement les altérations de l'âge lui avaient composé un visage inédit. Mais dans celui qu'elle se découvrait à présent, elle avait le déplaisir d'en reconnaître d'autres. Elle se souvint de leur exaspération secrète lorsque, enfants, elles devaient se prêter par politesse, Marie-Ange et elle, à l'examen de vagues parents soucieux d'établir ce que la physionomie de chacune devait au côté Couvreur ou au côté Pilet. Dans ce jeu des ressemblances, il faudrait réserver la réponse jusqu'à la quarantaine, quand les traits qui commencent à se défaire libèrent des similitudes indéniables. Ce n'est qu'alors, comme si la nature économisait à retardement sur la diversité des apparences, que se transmet l'héritage d'une laideur d'autant plus navrante qu'elle s'étale à chaque page de l'album de famille et que les moindres phases de son évolution ultérieure sont ainsi prévisibles. Parfois, Delphine se considérait avec haine, guettant les progrès de cette ressemblance comme s'il s'était agi d'une maladie, maudissant la grande bouche aux coins tombants qui avait résisté au brassage génétique et le chromosome funeste auquel elle devait ces joues molles, ces yeux de vachère flamande. Elle se demandait si Marie-Ange aurait eu à porter elle aussi ces stigmates de leurs filiations. Elle décidait que non ; à quarante ans, à cinquante ans, *elle* aurait encore été ravissante. Delphine nota, pour s'en étonner, que ni le drame de la mort de Marie-Ange ni le temps écoulé n'étaient parvenus à éteindre le réflexe d'affectueuse envie lié à l'évocation de sa sœur. Marie-Ange était morte à vingt-six ans d'un dégoût atypique et incurable, mais aux yeux de Delphine elle demeurait celle que comblaient tous les dons possibles, y compris celui de la chance. La dernière image de Marie-Ange, rapportée d'une visite à la sinistre maison de repos, montrait une petite face grise, battue par les flagelles de longs cheveux poisseux et agitée de spasmes de dénégation forcenée. Malgré cela, quand Delphine pensait à sa sœur, c'était d'abord comme au modèle de sagesse et de grâce qu'on lui avait longtemps donné en exemple. Dans la compétition imaginaire qui continuait à les opposer, Marie-Ange gagnait toujours. Delphine secoua les prodromes d'un accès de découragement. Elle savait le danger de ces divagations torpides du réveil ; certains avaient été perdus pour s'être abandonnés une seconde de trop à leur fascination négative. Un air connu lui parvenait de la chambre où la radio était restée allumée. Une séquence *chansons d'amour et de toujours* venait de succéder au *flash astrologique.* Avec une intrépide mauvaise foi, Delphine fit porter la responsabilité de sa mélancolie subite au timbre démoralisant d'Édith Piaf. Elle entreprit de noyer sous le vacarme des trombes d'eau jaillissant des robinets de la baignoire la conclusion ragaillardie de *Milord,* où il est laissé entendre qu'un peu de chaleur humaine adoucit l'amertume de n'être pas aimé.

Elle s'habillait. Les cheveux défaits, pieds nus, elle se tenait au milieu du rectangle dallé de comblanchien qui prolongeait le vestibule et faisait communiquer sa chambre avec la salle de bains. L'agence immobilière qui lui avait vendu le petit appartement avait justement imaginé de baptiser *dressing* ce recoin dont la surface excédait à peine celle d'une descente de lit, sans doute parce qu'il abritait une penderie dont les portes garnies de glaces intérieures creusaient dans l'espace, lorsqu'elles étaient ouvertes à angle droit, une perspective trompeuse. Comme elle examinait sa silhouette démultipliée dans cette parenthèse de miroirs, la nouvelle l'atteignit, portée par la voix impartiale d'un présentateur auquel, en femme habituée à attribuer des visages et des personnalités aux fantômes radiophoniques qui peuplaient sa solitude, elle donna machinalement quarante-huit ans, une courte moustache gris fer et un passé d'alcoolisme mondain. Son premier mouvement fut d'incompréhension : elle se demanda quelle était la chose terrible qu'elle venait d'entendre. Mais presque aussitôt elle reconnut dans cette feinte interrogation une tentative dérisoire pour se soustraire à l'évidence et elle se reprocha pareille faiblesse. Son devoir immédiat, elle le sentit, consistait au contraire à détacher la nouvelle de la masse de catastrophes insignifiantes à laquelle elle s'était agrégée, pour en prendre la mesure exacte et pour l'acclimater au registre des affections particulières. Elle eut encore un mouvement de ressentiment absurde à l'égard de la radio, instrument d'information commis à l'annonce des guerres lointaines, des génocides confus, des séismes inimaginables, et qui se faisait indûment, lui semblait-il, le messager de malheurs privés. Elle demeura les yeux secs. Il se passerait plusieurs heures, peut-être plusieurs jours, avant qu'elle n'éprouve véritablement de la peine. Les malheurs sont d'abord de grands désordres qui bouleversent la disposition routinière des vies où ils font irruption. A ce titre, ils commandent moins instamment l'expression du chagrin qu'ils n'appellent de hâtives mesures de rangement. Delphine comprit qu'elle devrait s'appliquer pendant quelque temps à réévaluer, en fonction de la nouvelle qu'elle venait d'apprendre, les infimes causes de joie ou de contrariété qui font l'humeur des journées ordinaires. De même, il lui faudrait trier ses souvenirs et, pour nombre d'entre eux, revoir leur tonalité à la lumière de cet élément définitif.

Elle acheva de s'habiller et alla ouvrir la fenêtre de sa chambre pour y laisser pénétrer une bouffée d'air glacial qui sentait la feuille morte et la fumée. Penchée sur le lit, elle en lissa le drap et en retendit l'édredon, avant de jeter dessus la housse de velours vert et les coussins de batik qui le transformaient en divan pendant le jour. Elle procédait par gestes retenus, comme si des mouvements plus amples avaient risqué de déranger quelque chose dans l'espace, d'attenter à l'équilibre d'une impalpable clef de voûte.

Chaque matin, au moment de partir pour le laboratoire, elle était traversée par la crainte que des voleurs s'introduisent chez elle en son absence et y mettent tout à sac. Loin de raisonner une telle crainte, elle la cultivait car elle croyait obscurément que les catastrophes n'arrivent pas à ceux qui les redoutent avec constance. Comme si les accidents du hasard étaient doués d'une intelligence sélective, comme si une volonté de châtier l'insouciance les animait, Delphine n'était pas loin d'imaginer que les avions qui s'écrasaient ne transportaient que des passagers jamais effleurés par une appréhension et que les maladies fatales frappent de préférence les individus qui ont négligé de vivre dans la hantise de leur éventualité statistique. Quant à elle, elle ne cessait de perfectionner des rites absurdes, en vue de se concilier un sort jaloux de la révérence qu'on lui doit et qui ne l'avait à peu près épargnée, jusqu'à présent, que parce qu'il recevait l'hommage quotidien de ses frayeurs. L'un de ces rites – réaffirmant un pacte avec la providence particulière qui veille sur l'intégrité des deux-pièces-cuisine en en éloignant les délinquants potentiels – consistait, au moment de sortir, alors qu'on avait déjà la main sur la poignée de la porte, à embrasser l'appartement d'un dernier coup d'œil, tout en faisant mentalement le vœu de le retrouver dans le même état à son retour. Pour une fois, Delphine se dispensa de formuler aucun souhait. Ayant considéré comme à l'accoutumée ce décor de sa vie, elle le trouva mesquin, sans perspective, comme sa vie elle-même.

Le train traversait des banlieues à demi sorties de la nuit, dépassait des gares aux quais encombrés d'une foule immobile, comme inanimée. Mathias Dietz suivait ce défilement de santons; il s'amusait à en choisir un au hasard et s'efforçait d'y accrocher son regard le temps de distinguer les traits dominants d'un visage anonyme. Il se lassa bientôt de ce jeu que la vitesse rendait malaisé. Il se rencogna dans l'angle capitonné formé par l'appuie-tête (il avait eu la chance de découvrir, au-delà de ces affreux wagons omnibus empestant la matière plastique et baignés par une lumière cadavéreuse, une vraie voiture de première, d'ancienne fabrication, où il était seul dans son compartiment) et il étouffa le soupir consterné que lui inspirait la laideur des multitudes. Ce soupir n'était d'ailleurs que convention car, loin de l'affliger, la laideur inimaginative de ses contemporains le réjouissait plutôt. Tout comme le réjouissaient désormais la destruction progressive des belles villes qu'il avait aimées et la détérioration de cet ensemble d'impondérables que l'on avait imaginé de faire entrer dans le champ de conscience des masses sous le vocable boutiquier de *qualité de la vie*. S'était-il avisé d'explorer avec le Dr Tigelin l'étiologie de cette jubilation pessimiste? Il devrait le faire sans tarder. Dans moins d'une heure et demie, calcula-t-il, puisqu'il avait obtenu le tout premier rendez-vous de ce praticien couru et matinal, ce ne serait plus la têtière de coton raide, ajourée des initiales SNCF, qu'il sentirait contre sa nuque, mais le coussinet de cuir de ce qu'il avait inventé d'appeler le *divan d'infamie*, hygiéniquement drapé de la feuille de kleenex que le Dr Tigelin changeait pour chaque patient. Mathias constata que la perspective de passer cinquante minutes en compagnie de quelqu'un dont il ne devait attendre – si tant est même qu'il consente à sortir un instant de sa réserve impassible – que de désagréables mises au point, était pourtant, à présent, la seule capable de susciter en lui cette impatience fébrile, presque joyeuse. Il tenta de se remémorer, au fil des années, quelques-uns des rendez-vous dont l'approche l'avait mis dans un état d'excitation comparable. De certains, il avait seulement espéré le plaisir de la découverte ou l'apaisement d'une curiosité. D'autres, il avait attendu un verdict de succès ou d'échec qui, il n'en doutait pas alors, retentirait indéfiniment sur le cours de sa vie. A d'autres encore, il s'était rendu le cœur bondissant et tout exalté par une fringale amoureuse dont il escomptait justement la triomphale satisfaction. Il lui apparaissait aujourd'hui qu'il aurait pu manquer tous ces rendez-vous sans dommage, sans que cela ait la moindre conséquence. Il en conclut que l'urgence et l'importance que l'on prête aux choses ne relèvent que d'une aberration précaire à laquelle une autre succède bientôt, établissant un ordre de priorités différent mais tout aussi illusoire.

Une lumière d'aurore artificielle baigna le compartiment : dehors, les halos mandarine des réverbères ponctuaient de longues avenues entre chien et loup, saturées d'autos. Les gares dont Mathias lisait les noms n'étaient plus séparées les unes des autres que par des intervalles de quelques secondes et par des zones d'habitations à loyer modéré – tristes dépotoirs des utopies architecturales des années soixante, où les tours de béton, décorées de nuages en trompe l'œil, et les cubes de céramiques multicolores, conçus pour dominer les impeccables pelouses des futures Arcadies suburbaines, se desquamaient, se crevassaient, se fissuraient, au milieu de plaines désolées de boue. Mathias convint à part lui qu'aucune des infortunes circonstancielles qu'il avait à déplorer n'égalait encore le malheur de vivre dans une cité radieuse de Maisons-Alfort ou de Charenton-École. Il fut distrait de cette constatation par la vue d'une gigantesque flèche rouge courant sur le mur de soutènement d'un remblai latéral : Paris n'était plus qu'à quelques kilomètres. Il se mit aussitôt à réfléchir à l'improbabilité de trouver un chariot à bagages en état de marche pour y entasser ses deux sacs. Si pourtant il y parvenait, il y aurait la difficulté subséquente de réunir les pièces de monnaie nécessaires à s'assurer la disposition de cet engin convoité. Ensuite viendrait la question du taxi, l'attente canalisée par les cordons de chaînes métalliques, les tentatives de resquillage, les contestations vociférées aboutissant à d'éventuelles simagrées d'empoignades... Mathias s'exhorta à franchir en esprit ces mesquins obstacles, ces mille et une humiliantes et harassantes petites servitudes machinées par une autorité abstraite et suffisamment hypocrite pour prétendre, à l'encontre de l'évidence, s'employer à faciliter la vie.

Il s'efforça de s'imaginer déjà étendu sur le divan du Dr Tigelin, fixant des yeux cet angle du plafond où, un jour qu'il relatait sa première expérience sexuelle concluante dans une cabine de la piscine de l'Étoile, il avait décelé de presque imperceptibles lézardes qu'à la faveur d'une de ces soudures mentales qui fondent les associations inconscientes, il identifiait désormais à l'idée d'orgasme et à de fantasmatiques relents de chlore. L'évocation de ce plaisir lointain – Mathias le datait approximativement de la semaine qui avait précédé le putsch des généraux d'Alger –, qu'abritait un réduit mal ventilé et dont un coup de sifflet du maître nageur, sanctionnant un plongeon prohibé dans le petit bassin, avait failli compromettre l'aboutissement, lui remit en mémoire de plus récentes débauches. Il songea à son partenaire de la nuit passée. Il ne l'avait pas choisi – si tant est qu'on choisisse – en raison de l'un quelconque des avantages physiques qui concourent au sex-appeal, mais plutôt à cause d'une ressemblance générique avec d'autres, rencontrés jadis, dans des circonstances comparables, et dont il avait cru le type éteint. Celui-là était un survivant, une « fin de série », en quelque sorte. Il y avait d'ailleurs en lui ce rien de défraîchi, de démodé, des articles de bonne marque qu'on ne s'est résigné à solder qu'après qu'ils ont longtemps séjourné en vitrine sans trouver preneur. Réglant peut-être sa conduite sur le principe que tard vaut mieux que jamais, Mathias avait répondu l'avant-veille aux avances que lui faisait cet éphèbe un peu déjeté, faute d'avoir eu la chance de le croiser à l'heure de son éclat maximum, vraisemblablement aux alentours de mille neuf cent soixante-dix. A considérer les choses de plus près, il devait convenir qu'il n'avait pas même cédé à un désir authentique; il avait obéi à cet automatisme implacable qui vous contraint à rejouer indéfiniment certaines scènes clefs de votre existence, dans l'espoir absurde que la répétition, à la longue, en forcera la signification secrète. C'est d'ailleurs ce qu'il avait expliqué à Catherine. Dès après le départ de l'inconnu délicatement persuadé d'aller finir la nuit dans sa propre chambre, Mathias n'avait pu se retenir d'appeler sa femme pour la mettre au courant de ce qui venait de se passer. Bien qu'elle ait bravement soutenu le contraire, il avait deviné à sa voix un peu cassée que son appel la tirait du sommeil. Qu'importe, les événements des derniers mois avaient révélé chez Catherine un fonds d'abnégation insoupçonné dont on aurait dit que Mathias s'évertuait à sonder les limites par l'invention d'épreuves raffinées. Celle qui combinait l'inconfort d'être réveillée en sursaut par la sonnerie du téléphone avec le désagrément qu'il y a, malgré tout, à apprendre qu'on est cocue, devait susciter des prouesses encore inédites. Elle n'y manqua pas; Catherine fut monstrueuse de compréhension. Ayant écouté dans un silence apparemment plein d'équanimité la relation de cette péripétie sordide, elle eut la présence d'esprit de s'enquérir d'abord, avec un tact infini, si Mathias avait bien observé les précautions que commandait dorénavant certaine terrible maladie. Rassurée sur ce point, elle tomba d'accord avec lui qu'il pouvait, étant donné l'heure tardive et les circonstances, s'autoriser le supplément exceptionnel d'un demi-Rohypnol pour s'endormir plus vite. Enfin, au nom d'Arthur – dont Mathias réalisa qu'il avait négligé de s'informer depuis plusieurs jours – et en son nom, elle lui souhaita bonne nuit et l'embrassa.

Le téléphone raccroché, Mathias se sentit assez mal. Ce n'était pas le remords de cette confession intempestive, déguisant en partie un élan de cruauté mentale, qui le troublait. Depuis qu'il avait soumis l'ensemble de ses névroses à l'inventaire du Dr Tigelin, ses pensées, ses paroles et ses actions avaient cessé, comme par enchantement, de relever de la morale élémentaire qui définit le juste et l'inique, le bien et le mal; elles n'avaient plus que valeur de symptômes et il s'était habitué à considérer le monde extérieur comme un vaste laboratoire d'expérimentation où le patient du psychanalyste, en quête des réactions fortuites qui l'amèneront à la découverte de lui-même, est bien fondé de jouer avec ces fluides instables que sont les sentiments des autres. L'origine du malaise qui l'oppressait était ailleurs; à la faveur de la nuit et de l'absence totale de bruit dans l'hôtel, il avait glissé dans une de ces poches d'inertie et de silence, comparables à un néant lucide, que forme par intermittence le cours de la vie. Seule une décision immédiate pouvait le soustraire au magnétisme vénéneux de cet instant sans avenir. C'est alors qu'il résolut de rentrer à Paris le lendemain. Aussitôt, sa perception du monde s'égaya d'une note bucolique : il entendit des oiseaux chanter dans le parc thermal et il distingua le bruissement tranquille des eaux du Versois.

Il avait dû s'exagérer la difficulté de trouver un taxi à cette heure matinale car il en vit une dizaine en stationnement devant la sortie des grandes lignes et le couloir qui menait jusqu'à eux était vide. Cette aubaine imprévue contraria Mathias en ce qu'elle l'obligea à revoir ses plans. S'il hélait maintenant un de ces taxis, il arriverait chez le Dr Tigelin avec trois quarts d'heure d'avance. S'il patientait au buffet de la gare, rien ne l'assurait que d'ici un moment il serait toujours aussi facile de trouver une voiture. Il envisagea de se faire conduire quai de Jemmapes pour y déposer ses bagages, mais il s'avisa qu'à cette heure-ci Arthur, selon son habitude, s'était déjà réveillé en hurlant, soit pour réclamer à manger soit parce que ses dents qui poussaient le faisaient souffrir. Catherine était sans doute en train de le rouler dans son landau à travers le loft dans l'espoir de le calmer. L'image qui s'imposa à Mathias de ce spacieux hangar minimalement meublé de cuir et de chrome, où une femme aux traits altérés par l'insomnie promenait de long en large une voiture d'enfant, lui inspira une sorte de répulsion. Il monta dans le taxi de tête et donna l'adresse du Dr Tigelin ; il attendrait dans un café voisin l'heure de son rendez-vous.

Le taxi descendit le boulevard Diderot, tourna l'angle du quai et laissa sur sa droite les mystérieux salons Vianey que Mathias embrassa d'un regard au passage. Depuis des temps immémoriaux, la vague d'attendrissement automatique qui avait accompagné chacun de ses retours à Paris était venue se défaire au pied de ces longues fenêtres surmontées de leurs dais bleus, y constituant par dépôts successifs une nébuleuse de souvenirs et d'émotions dont la rémanence éthérée désignait les salons Vianey – bien plus immédiatement que la tour Eiffel ou la Sainte-Chapelle – comme le symbole même de Paris retrouvé. Toute grande ville possède ainsi, outre les attractions par lesquelles elle se recommande aux touristes, quelques hauts lieux dont le prestige plus subjectif n'est ratifié par aucune inscription au registre des bâtiments historiques qui les protège des démolisseurs. Les salons Vianey, la gare de Boulainvilliers, l'entrée secondaire de la station de métro Jussieu et une bizarre cheminée de haut fourneau que Mathias adolescent avait souvent l'occasion d'admirer en sortant du lycée Jeanson parce qu'elle s'élève improbablement, à l'abri d'un mur aveugle, dans le coude formé par les rues Decamps et Herran, composent la liste à peu près exhaustive de ces vulnérables merveilles. Mathias se souvint que, naguère, faisait également partie de ce patrimoine monumental pour happy few, rue Monsieur-le-Prince, ceinte de remparts mauresques crépis et chaulés, une cour de brillantes mosaïques au milieu de laquelle, les soirs d'été, susurrait un jet d'eau. La cour dépendait d'un restaurant marocain, détruit pour faire place à une kyrielle de ces cinémas débitant l'évasion au plus juste à des spectateurs qui ont les genoux sous leur menton et le nez sur l'écran. Mathias n'aurait pas su dire avec exactitude quand cette substitution avait eu lieu ; il réfléchit qu'il avait été le contemporain distrait de bien des choses dont il ressentait aujourd'hui l'absence sans qu'il les ait vues disparaître. Les salons Vianey connaîtraient tôt ou tard un sort comparable à celui du restaurant au jet d'eau ; d'ailleurs, à y regarder de plus près, ils avaient déjà ce petit air négligé qui laisse présager la fin. Mathias s'adjura à part lui de ne pas s'abandonner davantage à cette veine rétrospective, le vertige du passé éblouissant vous transformant en une épave débilitée... comme l'Anglais de cette chanson, pensa Mathias en reconnaissant les premières mesures d'un ancien succès de Piaf que diffusait la radio du taxi. S'agissait-il d'ailleurs d'un véritable Anglais ? Que faisait-il donc dans un port, parmi « les ombres de la rue » ? Mathias avait toujours soupçonné ce fameux *Milord* d'être, non seulement une contrefaçon grossière de l'allure britannique, mais encore – était-ce à cause de « votre foulard de soie flottant sur vos épaules » ? – de ne pas rechercher particulièrement les conquêtes féminines. Le taxi s'engagea sur le pont d'Austerlitz et Paris enchâssa un instant dans le cadre de la vitre un de ses panoramas racoleurs jusqu'à l'obscène où Sainte-

Geneviève, dominant le partage des eaux, s'effaçait pour faire découvrir le chevet de Notre-Dame émergeant d'une brume bleue. La chanson de Piaf, avec sa mélodie simpliste, ses sentiments et ses paroles ineptes, collait à cette vue pour générique de film : « ... mais vous pleurez, Milord, ça j'l'aurais jamais cru ! » La religion de Mathias fut faite ; il ne douta plus que *Milord* était un garçon coiffeur à qui un matelot, probablement vénal, avait posé un lapin.

Il regarda sa montre ; dans quelques minutes il serait devant l'immeuble du docteur et son rendez-vous était dans à peine moins d'une heure. L'idée de passer cette heure dans un café lugubre lui était maintenant aussi insupportable qu'un peu plus tôt la vision de Catherine et d'Arthur l'accueillant quai de Jemmapes. Il commanda au taxi de prendre par le boulevard de l'Hôpital. Le chauffeur lui fit remarquer que la course serait considérablement rallongée et Mathias tenta de lui expliquer qu'il cherchait justement à gagner du temps ou, pour mieux dire, à en perdre. L'homme ne répondit rien ; d'un regard plein d'indulgent mépris qu'il adressa à Mathias par le truchement du rétroviseur, il lui manifesta qu'aucune bizarrerie de ses passagers n'était plus susceptible de l'étonner. Mathias enregistra le mépris mais ne s'en formalisa pas ; c'était peu payer le privilège, même fugace, de n'aller nulle part, d'esquiver, de dériver.

Quand donc lui était venue cette propension à fuir ? Quand les choses avaient-elles commencé à tourner mal ? Il y avait d'abord eu cette frustration diffuse, uniforme, à laquelle Mathias s'était résigné comme à un état chronique. Un tel mal-être n'avait pas d'autre explication à ses yeux que celle, mystique, d'une trame défectueuse dans la texture de sa vie, dont les événements semblaient s'ingénier à rester légèrement, mais avec une constance irritante, en deçà de ce qu'il en avait espéré. Il lui avait fallu quelque temps pour reconnaître que cette déperdition négligeable était moins le fait d'un destin parcimonieux que le symptôme d'un étiolement, d'un flétrissement secret, dont il préférait ne pas préciser les causes. Puis la catastrophe s'était produite : le contrôle fiscal dont avait été l'objet l'entreprise de prêt-à-porter masculin Mathias D., créée par Mathias deux ans plus tôt et trop vulnérable encore pour survivre au zèle des polyvalents. Cette catastrophe avait accablé Mathias mais, du même coup, elle l'avait soulagé de l'angoisse amorphe qu'il refoulait encore, en donnant à celle-ci une forme et une expression dramatiques. Catherine désignait la catastrophe comme la seule origine de ce qu'elle appelait « les problèmes de Mathias ». A l'en croire, cette catastrophe responsable de ses égarements des derniers mois, les avait surpris au cœur d'une félicité parfaite. C'était si peu vrai que Mathias se demandait dans quelle mesure les terrifiantes extravagances commises sous l'empire de l'obsession ne contenaient pas un message latent, une sorte d'imploration dérobée à l'adresse de Catherine : qu'elle l'abandonne à lui-même et à ses folies ! Qu'elle le laisse libre ! Il s'avisa qu'entre le fait d'agir comme si on était *fou à lier* et le désir d'être *délié*, il existait une mine d'associations qu'il explorerait avec le plus grand profit, sous la conduite du Dr Tigelin.

Le taxi s'immobilisa à un feu rouge. Mathias, émergeant de sa réflexion, reconnut le carrefour que faisait la rue Geoffroy-Saint-Hilaire avec la rue Censier. Le psychanalyste demeurait un peu plus haut. Ses fenêtres dominaient cette aire chaotique, comme sinistrée, où l'on dirait qu'un plissement géologique a rassemblé, autour d'un square qui n'a guère à se prévaloir d'autres ornements naturels que ceux qu'y déposent empressément les chiens, des bâtiments arrachés à leurs environnements originels : quelques masures lépreuses, survivantes du Paris des chloroses, quelques immeubles de rapport, dressés à bon compte par des architectes férus d'encorbellements, et un minaret de mosquée.

Au début, le cadre de cette place du Puits-l'Ermite avait séduit Mathias par son exotisme crapuleux et lui avait semblé convenir de manière idéale à l'encanaillement trihebdomadaire dans les bas-fonds du ça, en quoi une psychanalyse consiste. Mais il s'en était lassé, il l'avait même pris en grippe et, à présent, il sentait qu'il aurait accordé au Dr Tigelin une confiance plus entière si seulement son salon d'attente avait eu vue sur une grande artère au sérieux indiscutable, comme l'avenue des Ternes ou le boulevard de Latour-Maubourg. Car, que fallait-il penser d'un psychanalyste de renom, membre distingué de l'École freudienne, qui s'attardait, la quarantaine largement dépassée, à hanter encore le quartier où il avait été étudiant? Mathias était intimement persuadé que le choix d'un quartier, d'une rue, n'était jamais tout à fait dénué d'implications inavouables et que la physionomie de ce territoire domestique avait sur le déroulement du destin des individus un retentissement insidieux. Le petit appartement de la rue d'Ankara avec son désordre de campement transitoire qui faisait l'existence légère avait favorisé chez lui, pendant près d'un an, l'illusion qu'il ne pourrait plus vivre sans Catherine. A l'inverse, leur emménagement quai de Jemmapes avait coïncidé avec une désaffection presque subite. Il semblait que la perspective, trop pittoresque pour être honnête, de ces canaux et de ces ponts avait suffi à révéler sur quelles bases factices reposait leur impeccable entente... De même que certains lieux possédaient un pouvoir révélateur, d'autres, songea Mathias en prêtant l'oreille à la relation d'un fait divers sanglant qui s'était produit dans la nuit, s'enveloppaient d'ondes sinistres qui appelaient les malheurs comme les paratonnerres la foudre. C'était sans doute le cas de ce relais d'Eure-et-Loir dont il était question à la radio. En imagination, il se représenta l'endroit : les boiseries sombres, les abat-jour en vessie de porc peints d'écussons, la collection de taste-vin disposée sur le linteau de la cheminée où brûle un feu de bois. Rien d'étonnant à ce qu'un tel décor soit devenu celui d'un crime. Peu avant le jour, expliquait le speaker, deux malfaiteurs s'étaient introduits dans l'auberge isolée et, sous la menace de revolvers, avaient exigé l'argent de la caisse. Au dernier moment, un malencontreux sursaut de résistance de la part du patron du restaurant avait affolé l'un des voleurs qui avait tiré. Les deux hommes s'étaient enfuis sans rien emporter. L'identité de la victime relevait la banalité de cette affaire et lui valait les honneurs d'un bulletin d'information d'audience nationale. Il apparaissait en effet que ce spécialiste de la gibelotte était le dernier représentant d'une dynastie au patronyme imprononçable et le prétendant légitime à un ancien trône des Balkans... Mathias se fit déposer à l'angle de la place du Puits-l'Ermite et de l'Institut musulman. En fouillant les poches de son imperméable à la recherche de monnaie il exhuma, parmi des coupures de vingt francs, une feuille de papier blanc, proprement pliée en quatre, qu'il ne se souvenait pas avoir en sa possession. Pendant que le chauffeur du taxi retirait ses sacs de voyage du coffre et les jetait obligeamment au bord du trottoir, il développa l'énigmatique billet. Il y lut un nom et un numéro de téléphone dont il fit une boulette qu'il confia au flux du caniveau : l'inconnu de Divonne s'appelait Barthélemy Gairaut.

La décision de Mathias de ne pas attendre l'heure de son rendez-vous comme il aurait été décent de le faire, mais de se présenter dès maintenant chez le Dr Tigelin, au risque de le surprendre encore en pyjama, s'était peu à peu formée durant le trajet en taxi. En même temps, il avait senti se réveiller l'animosité qu'il éprouvait par intermittence à l'égard de son analyste et dont il se félicitait comme du signe qu'un sain transfert était accompli. Il n'éprouvait aucun scrupule à l'idée de l'embarras que causerait son arrivée prématurée. Au contraire, il se réjouissait d'infliger cet insignifiant châtiment à un homme que le goût du lucre poussait à surcharger son carnet de rendez-vous au point de convoquer son premier patient à huit heures du matin. L'ascenseur dont avait été tardivement muni l'immeuble du Dr Tigelin était si exigu que Mathias, pour y tenir avec ses bagages, dut empiler les sacs l'un sur l'autre et se plaquer contre la paroi de la cabine pendant que se dépliaient les panneaux métalliques de la porte en accordéon. D'habitude, il était accueilli chez le psychanalyste par une grosse fille maussade et indolente, également chargée de répondre au téléphone. Il doutait de la trouver déjà à son poste à sept heures dix-huit du matin. Le docteur serait donc obligé de venir lui-même lui ouvrir la porte et de l'accompagner jusqu'au salon d'attente. Mathias se délectait par avance de le contraindre à ces besognes d'intendance si peu en accord avec le hiératisme hautain qu'il affectait pendant les séances.

Les prévisions de Mathias se révélèrent exactes jusqu'à un certain point. Ce fut bien le Dr Tigelin qui vint lui ouvrir, mais il n'était pas en pyjama. Vingt années de pratique avaient familiarisé le docteur avec toutes les ruses susceptibles de germer dans l'imagination de ses patients. Il les savait avides de surprendre son intimité, de pénétrer ses secrets; même chez les plus malades d'entre eux, la tentation perverse de devenir un instant l'analyste de leur analyste n'était jamais tout à fait absente, tentation qui les faisait guetter la moindre défaillance révélatrice de sa part. Le docteur avait élaboré un éventail de parades propres à déjouer les manifestations de ces curiosités pathologiques. Les patients qui faisaient mine de s'égarer à travers le couloir dans l'espoir d'apercevoir la partie privée de l'appartement ne trouvaient devant eux que des portes fermées à clef. Ceux qui téléphonaient en pleine nuit pour proférer des menaces de suicide étaient confrontés à un répondeur qui n'enregistrait pas les messages mais conseillait de rappeler aux heures de bureau. A ceux qui inventaient d'arriver au premier rendez-vous du matin avec quarante minutes d'avance, le Dr Tigelin qui n'avait besoin que de peu de sommeil opposait l'extérieur d'un homme alerte et dispos, rasé de frais, depuis longtemps prêt à les recevoir.

Le docteur accueillit Mathias avec un bref salut et un sourire de politesse encore plus bref, dans lequel il s'appliqua à ne laisser filtrer aucune cordialité. Mathias baissa les yeux instinctivement et s'en voulut. Il avait déjà éprouvé qu'il lui était impossible de soutenir le regard du docteur. Non que ce regard fût particulièrement perçant mais, comme il s'était habitué à parler à son analyste en lui tournant le dos, les rares contacts visuels qu'il ne pouvait éviter d'avoir avec lui lui causaient l'impression absurde d'enfreindre un tabou. Le docteur Tigelin le précéda dans le couloir et ouvrit la porte du salon. Mathias nota qu'il était vêtu comme à l'accoutumée de l'éternel complet bleu marine à raies blanches dont la flanelle était lustrée autour des poches. Il s'était souvent interrogé sur les raisons de l'inaltérable apparence du docteur. Cette constance vestimentaire était-elle censée rassurer les patients en les induisant à concevoir, par extrapolation, une immuabilité essentielle de leur analyste ? Ou bien le docteur cherchait-il plutôt à favoriser le préjugé fantasmatique d'une supériorité de nature du médecin des âmes qui, dans les intervalles de temps séparant les séances, ne se soumettrait pas aux servitudes de la condition commune, mais s'absenterait dans les régions idéales de l'objectivation pure où les vêtements ne se froissent pas, ne se salissent pas ?

Mathias connaissait suffisamment les usages de l'analyse pour deviner que le docteur ne le recevrait pas une seule seconde avant l'heure de son rendez-vous et, quand il fut installé dans le salon, il chercha du regard autour de lui, sans grande conviction, de quoi distraire son attente. Comme la plupart des antichambres de médecins, la pièce où il se trouvait, par sa désolante banalité, semblait moins conçue pour engager à la patience que pour hâter un paroxysme de détresse. Pourtant, si impersonnel et fonctionnel qu'il s'efforçât d'être, l'intérieur du Dr Tigelin offrait à un observateur d'autres indices de cette fixation aux temps de sa jeunesse estudiantine dont Mathias soupçonnait le psychanalyste. Les tons mastic qui dominaient dans l'appartement, les canapés de laine écrue du salon, les tables basses en réglar et la lithographie de Vasarely que des pinces d'acier chromé maintenaient sous une plaque de verre, exprimaient assez que le goût du docteur, en matière de décoration, s'était formé et fixé une fois pour toutes dans ces années héroïques où une intelligentsia sur le qui-vive déjouait journellement les complots totalitaires ourdis à l'encontre des libertés. En dépit de ce qu'on aurait pu imaginer, la littérature disposée sur les tables n'était pas l'écho des débats manichéens qui auraient distingué les années en question. Même au plus fort de mai, il aurait fallu une considérable dose de mauvaise foi pour soutenir que *Mon tricot* charriait un message idéologique ou que le bulletin d'information médicale qui démontrait l'efficacité du matelas d'eau dans la prévention des escarres était l'organe d'un révisionnisme insidieux. Toujours plus fasciné par l'éclectisme bizarre de cet assortiment de lectures, Mathias ouvrit une revue d'aviation et, passager anxieux des Boeings, se plongea avec une avidité masochiste dans l'étude statistique détaillée des diverses causes d'accident. Il achevait de se familiariser avec les effets fatals des vents cisaillants sur la procédure de décollage lorsque le psychanalyste apparut dans l'encadrement de la porte et lui fit signe de le suivre. Mathias, d'un seul mouvement automatique, gagna le cabinet de consultation de l'autre côté du couloir et s'allongea sur le divan.

Quand il avait aperçu Tigelin debout devant lui, Mathias n'avait pas baissé les yeux assez vite qu'il n'ait eu le temps de remarquer, sur la cravate du docteur et sur les revers de son veston, des particules qu'il avait identifiées comme étant des miettes de croissant. Rapprochant ces miettes des effluves de café chaud qu'il avait respirés en traversant le couloir, il en conclut que, tandis qu'il se morfondait à attendre, l'homme à qui il confiait ses plus intimes divagations était tranquillement en train de déjeuner. Mathias se sentit envahi par une bouffée de colère, mais il jugea sa réaction trop absurde pour oser l'exprimer directement. Au moins pouvait-il essayer de confondre le docteur en lui signalant les traces incongrues laissées par ce repas sur son veston et sa cravate. Sans doute avait-il voulu lui dire : « Époussetez-vous, vous êtes couvert de miettes... » mais il s'entendit prononcer à la place : « Époussetez-vous, vous êtes en miettes ! » et il s'émerveilla tout le premier de la splendeur diaphane d'un lapsus comme on les commet de préférence – si involontaires soient-ils – pour le bénéfice de son psychanalyste. Mathias soupira et fixa l'angle du plafond par lequel le cabinet du Dr Tigelin communiquait mystérieusement avec les vestiaires de la piscine de l'Étoile. Il retrouva les clameurs des baigneurs, la pénombre d'un réduit encombré de vêtements... Mais on ne s'abîme pas dans cette poignante sensation de passé, on n'y coule pas à pic. Ce n'est qu'un ruisseau sans profondeur et l'on est bientôt rendu à l'aridité de la minute présente. Mathias entendit le Dr Tigelin s'éclaircir la gorge et, presque immédiatement, allumer une de ces gitanes maïs dont les mégots maculés de goudron remplissaient le cendrier à la fin de la séance et lui évoquaient, il ne savait trop pourquoi, des limaces mortes.

Il songea qu'il devrait commencer par informer le Dr Tigelin de sa rechute. Il était important et urgent d'en analyser la signification. Par *rechute* Mathias n'entendait pas une détérioration de son état mental comparable à celle qui l'avait fait échouer sur le divan du psychanalyste, six mois auparavant. Sur ce front au moins, les choses étaient en progrès et le séjour à Divonne, auquel il avait surtout consenti pour le prétexte qu'il lui offrait de se retrouver seul, s'était révélé dans l'ensemble d'un excellent effet. *Rechute*, dans son esprit, qualifiait les événements de l'avant-veille et sanctionnait son abandon inopiné à des pratiques auxquelles, depuis Catherine, il avait implicitement renoncé. Si sa défaillance était une conséquence tardive de la dépression dont il avait souffert, elle semblait certes bien peu de chose au regard de la phase aiguë de la crise. De ce qui s'était passé alors, Mathias gardait un souvenir horrifié mais somme toute assez vague. Il se revoyait marchant dans les rues et glissant de temps en temps la main dans sa poche pour toucher la crosse du revolver qu'il y dissimulait. Il y avait eu aussi les attentes engourdies devant l'immeuble de l'administration, à guetter le va-et-vient des dizaines d'individus qui y entraient et en sortaient quotidiennement. Mathias se reposait sur sa seule intuition pour identifier parmi eux l'ennemi qu'il venait tuer et dont il ne connaissait que la voix au téléphone. Par un curieux paradoxe de la démence, il réalisait exactement combien un tel projet était insensé. Mais autant qu'insensé il le savait inéluctable car l'obsession avait gelé en lui les facultés de décision et de choix qui constituent le libre arbitre.

La rechute procédait d'une disposition bien moins irresponsable; Mathias n'en voulait pour preuve que le sentiment de culpabilité qu'elle avait provoqué. Soudain, il entrevit que les dérèglements spectaculaires de sa raison, les bouleversements survenus dans son existence, n'avaient peut-être pas d'autre origine que la nécessité de faire écran à une révolution furtive dont la rencontre avec l'inconnu de Divonne consacrait l'accomplissement. Il aurait aimé avoir l'avis du docteur sur ce point, mais l'expérience lui avait appris qu'il était vain de l'interroger. A toutes les phrases de Mathias commençant par *Est-ce que vous pensez que...?* le docteur opposait un *Et vous?* plein d'une clairvoyance supérieure et tranquille qui enrageait

Mathias et lui faisait un peu l'effet de ces colis postaux tamponnés de la mention *Retour à l'expéditeur, ouvert par erreur.* Mathias soupira à nouveau tandis qu'il cherchait avec quels mots ranimer, entre le docteur et lui, l'illusion de complicité dont il avait besoin pour poursuivre son monologue thérapeutique. « Si vous saviez, finit-il par dire, quelle piètre opinion j'ai de vous... comme psychanalyste et comme être humain... »

Delphine vérifia dans son calepin l'indicatif d'Eure-et-Loir. Elle aurait pu le demander au minitel mais elle retirait de l'utilisation de cet appareil, tout récemment installé, un plaisir ludique dont elle jugea convenable de se priver en la circonstance. Plutôt que d'appeler de chez elle, elle avait préféré attendre d'être à son bureau. La solitude amplifie les nouvelles sinistres et les traduit en visions de cauchemar; ici, le sentiment de présences actives autour d'elle l'aiderait à supporter l'épreuve de ce coup de téléphone et la diversion insensible des bruits familiers du laboratoire diviserait peut-être le choc, sur son esprit, des horribles détails qu'elle se préparait à entendre. Tout en composant le numéro de l'auberge, elle songea qu'elle n'avait jamais eu beaucoup d'affection pour Candice qui compensait un complexe d'infériorité intellectuelle à son égard par une attitude d'arrogance narquoise fondée sur l'avantage – décisif à ses propres yeux – que lui conférait son rayonnement de femme comblée dans sa chair. Delphine se rappela – en permettant à ce souvenir de resurgir si inopportunément elle se sentit coupable d'une espèce de profanation, mais on ne domine pas le mouvement de ses souvenirs – que pendant un week-end qu'elle avait passé à Vauville, comme elle occupait une chambre voisine de celle de ses hôtes, elle avait été réveillée vers l'aube par des gémissements moins qu'humains et par des heurts contre la cloison mitoyenne, résultant vraisemblablement d'ébats acrobatiques. Elle avait aussitôt suspecté ce manque de discrétion d'être délibéré et Candice de vouloir démontrer à la vieille fille qui dormait seule de l'autre côté du mur, ce qu'on entendait par « prendre son pied ». Elle réfléchit que le drame de la mort de Boj la dispenserait à l'avenir de fréquenter Candice. Mais même cela n'était pas certain : Delphine se savait capable de fidélités surprenantes. Elle savait aussi que la fidélité chez elle procédait moins d'une constance du cœur que d'un mélange de paresse et de lâcheté et que, sous l'apparence d'une vertu, se dissimulait surtout l'appréhension qu'elle éprouvait devant le changement.

A l'autre bout du fil, on décrocha presque instantanément. Comme si la ligne du téléphone avait été la vanne entrouverte au déferlement d'un maelström de chagrin, Delphine vacilla sous l'impact d'une plainte effrayante sans commune mesure avec les sanglots civilisés par quoi se manifeste une affliction résignée, d'une sorte de ululement ample, profond, comme peut en arracher une intolérable douleur physique. Puis la plainte s'éloigna et finit par se fondre dans un remue-ménage indistinct. Delphine eut l'impression qu'il n'y avait plus personne en ligne; elle se hasarda à murmurer le nom de Candice. Elle dut se faire violence pour prononcer ce nom de pacotille dont avait imaginé de se rebaptiser une Joëlle pour l'état civil; dans la lumière du drame qui réduisait chaque chose à une réalité anguleuse et élémentaire, ces deux syllabes clinquantes lui semblaient une espèce d'inconvenance. Au bout d'un instant, quelqu'un d'autre prit le récepteur et Delphine eut affaire à une voix masculine inconnue. Son interlocuteur s'informa de son identité et voulut savoir si elle était de la famille. Delphine répondit, après une involontaire hésitation, qu'elle était seulement une amie. Elle précisa qu'elle venait d'apprendre la nouvelle par la radio. L'homme se départit de la réserve légèrement soupçonneuse qu'il avait d'abord observée et il se nomma à son tour. C'était un officier de la gendarmerie voisine. Il expliqua que Candice n'était pas en état de parler pour le moment ; elle venait d'entrer dans la phase de la réaction au choc, la plus pénible, et le calmant qu'on lui avait administré n'avait pas encore fait son effet. Delphine remarqua que la voix qui lui donnait ces renseignements était articulée et ferme, jeune sans être juvénile – la voix d'un homme autour de la trentaine, respirant le bon sens et la maîtrise de soi. Pour Candice qui estimait que le souci primordial d'une femme consiste à trouver l'homme auquel confier la conduite de sa vie, la présence auprès d'elle de ce gendarme plein de bienveillante autorité – surtout si la séduction qu'il y avait dans sa voix n'était pas absolument contredite par son apparence physique – devait être une atténuation inconsciente à sa détresse. Comme s'il avait deviné quelque chose des pensées de Delphine, le gendarme l'assura que Candice n'aurait pas à rester seule en attendant que des parents de province, aussitôt alertés, soient venus la rejoindre : lui-même demeurerait sur place jusqu'à leur arrivée dans l'après-midi. Delphine ignorait que Candice eût des parents en province. A vrai dire, bien qu'elle la connaisse et la fréquente depuis plus de quinze ans, elle ne savait presque rien d'elle qui sorte du strict sujet de sa vie avec Boj, de ses relations avec les amis de Boj. Au point que si on lui avait posé à propos de Candice les quelques questions indispensables à l'établissement du plus rudimentaire curriculum vitae, elle n'aurait probablement pas satisfait à la moitié d'entre elles. L'indifférence dont témoignait une telle ignorance n'avait pas dû échapper à l'intéressée et Delphine convint que, si l'attitude vaguement agressive de Candice à son égard s'expliquait à l'origine par le dépit, celui-là était justifié.

Pendant le reste de la matinée, curieusement, c'est à Candice, beaucoup plus qu'à Boj, qu'elle pensa. Elle attendait de cette inconnue familière qu'elle se révèle par une action déconcertante, violente peut-être. Au nombre des hypothétiques dénouements qu'échafaudait son imagination, elle n'excluait même pas une scène terrible au cours de laquelle Candice, possédée par une rage froide qui lui ferait alterner les reproches avec les injures, leur signifierait sa décision de ne plus les revoir et leur jetterait à la face quelques vérités cuisantes patiemment thésaurisées tout au long de ces années où la présence de Bojidar – dont elle savait l'attachement pour ses amis – l'avait obligée à modérer l'expression de ses griefs. Cette scène avait pour cadre la grande salle de l'auberge de Vauville où Lazare, Barthélemy, Chantal et elle-même, Delphine, seraient réunis une dernière fois, au retour de l'enterrement de Boj. Jusqu'à présent, Candice avait tenu dans la pièce qu'ils jouaient une sorte de second rôle à effets – ultime addition tardive au canevas primitif qui remontait à leur enfance commune et n'avait comporté que cinq premiers rôles : Delphine et Marie-Ange côté cour, Lazare, Barthélemy et Boj côté jardin. Candice était apparue dans leur vie au milieu des grands changements qui en bouleversaient les données et semblaient consacrer leur accession traumatique à l'âge adulte.

Delphine revit le soir lointain où Bojidar avait amené boulevard d'Inkermann celle qu'il désignait cérémonieusement comme sa fiancée. C'était dans les derniers temps de *la maison du devant* déjà plus ou moins promise à la pelle des démolisseurs, un soir d'été, celui, précisément, où des bonshommes Michelin coiffés de bocaux à poissons rouges avaient fait quelques pas sur la lune. Delphine n'aurait plus su dire par quel glissement de sens l'événement anodin de cette présentation en était venu à susciter d'extravagantes surenchères de préparatifs. Peut-être, songea-t-elle, était-ce le prétexte qu'ils avaient saisi pour célébrer le dernier soir de leur enfance, quand l'avenir feint de se plier un instant à la forme qu'ont dessinée pour lui les projets les plus présomptueux, quand le grand Meaulnes est attendu pour dîner avec Yvonne de Galais. Mais Candice – c'était le moins qu'on pût dire – n'était pas Yvonne de Galais. Delphine avait passé la journée boulevard d'Inkermann, aidant Chantal à mettre un peu d'ordre dans la maison et à préparer le dîner. Ce n'était pas que Chantal fût tout à fait aussi dépourvue qu'elle voulait bien le dire de savoir-faire en ce domaine, mais elle jugeait le recours spontané à un tel savoir-faire incompatible avec les exigences d'une conscience politique. Trahir une compétence ménagère quelconque c'était selon elle, de la part d'une femme, se conformer honteusement à un atavique réflexe d'aliénation. Plutôt que de courir le moindre risque, elle avait préposé Lazare à la tâche de faire la vaisselle et elle laissait le studio, qu'ils s'étaient aménagé dans l'ancienne salle de jeux des enfants, devenir une manière de taudis, au lit toujours défait, aux meubles recouverts de poussière, lentement envahi par ce fouillis hétérogène qui semble plus incurable de ce qu'il brasse des objets sans commun dénominateur :

livres, papiers, linge non repassé, tasses sales qu'un peu de café débordé et séché a collé aux soucoupes. Delphine ne se hâtait pas de condamner cette ostensible incurie. Si elle se refusait à y voir le geste politique pertinent que Chantal revendiquait, elle devinait néanmoins ce qu'il s'y exprimait de rageuse subversion et quelles rancœurs, quelles humiliations une semblable attitude vengeait. Comme aurait pu dire Léonie Gairaut, Chantal sortait d'un *tout petit milieu* – Chantal souscrivait d'ailleurs implicitement à cette définition et, pour d'autres raisons que Léonie, au mépris qu'elle traduisait –, pas même un prolétariat éclairé par la doctrine de la lutte des classes, non, une bourgeoisie infime, mesquine, dénuée de convictions mais percluse de préjugés, reflet grotesque de la bourgeoisie dominante dont elle reprenait les valeurs dégradées, comme les pauvres endossent les vêtements abîmés qu'on leur donne à finir. C'est avec les principes et les usages de cette *classe dominée* par excellence que Chantal entendait rompre en proclamant son droit au désordre et à la crasse.

Delphine s'était faite l'instigatrice d'un grand nettoyage qui lui fournissait toute latitude pour explorer la maison de fond en comble. Elle avait imaginé de rouvrir le salon du rez-de-chaussée. Elle avait ôté les housses des sièges et déroulé le voile de gaze qui protégeait le lustre de la poussière et lui donnait vaguement l'aspect d'un gigantesque panaris enveloppé de pansements. Elle avait eu un peu de mal à débloquer les volets de fer dont les crémones étaient scellées par la rouille, mais dès qu'elle était parvenue à replier le premier panneau, une baguette de jour rose s'était posée au milieu de la pièce, prenant dans un courant de clarté oblique les fleurs pâles des tapis et des tourbillons de particules de poussière qui s'élevaient du sol comme des fumerolles. Ensuite, sous couleur de découvrir où l'on rangeait les nappes – ce dont Chantal disait n'avoir pas idée –, elle était montée au premier étage et elle avait visité les chambres une à une, ouvrant les placards et les tiroirs des commodes, caressant les étoffes, se pénétrant du goût douceâtre de l'atmosphère recluse. La perspective de la démolition prochaine de la maison lui commandait de se familiariser pendant qu'il en était encore temps avec ces pièces dont elle connaissait surtout, derrière leurs fenêtres drapées d'épais doubles rideaux, ce qu'on en apercevait des écuries. Elle s'était appliquée à ne rien laisser échapper, à fixer dans son souvenir la forme et la place des objets, à photographier mentalement tel recoin de chambre, tel détour de couloir. Elle pressentait que l'avenir rendrait précieux ces insignifiants détails. Quand tout aurait disparu, quand tout aurait été dispersé ou détruit il importerait, pour voyager commodément à travers le passé, qu'elle soit en mesure de ressusciter un décor net, qu'elle puisse dire ce qu'il y avait eu derrière chaque porte.

Elle avait laissé pour la fin de son exploration la chambre de Léonie Gairaut, sachant qu'elle n'en franchirait pas le seuil sans éprouver un trouble délicieux et la sensation persistante d'enfreindre un implicite interdit. De toute cette altière maison du devant dont l'opulence sévère décourageait chez les jeunes habitantes des écuries les privautés qu'autorise quelquefois le voisinage, la chambre de Léonie Gairaut semblait le point le plus inaccessible. Delphine y avait été accueillie par une odeur familière. Elle avait mis quelques secondes à reconnaître le parfum de la poudre de riz Houbigant qu'elle respirait une fois par an sur la joue de Léonie

Gairaut, lorsque la maîtresse de la maison du devant gratifiait les petites Couvreur d'un baiser d'étrennes et d'un de ces volumes de la collection Nathan des Contes et Légendes, qu'illustraient des gravures ocre et blanc sur papier glacé. Au fil du temps, Delphine et Marie-Ange avaient reçu les *Contes et Légendes de l'Égypte ancienne, d'Irlande et du Pays de Galles, de la Grèce, du Poitou, des Flandres...* Même dans les années cinquante, ces livres avaient déjà quelque chose de désuet, comme Léonie Gairaut elle-même, à croire qu'elle épuisait peu à peu un stock constitué avant-guerre... Un coup d'œil à la chambre avait suffi à vérifier le pressentiment de Delphine : la splendeur que sa mémoire prêtait à cette pièce n'était qu'une hyperbole de son imagination. La réalité l'avait fait apparaître plus petite et, sans que Delphine eût pu dire par quels détails exactement, différente. Elle avait reconnu les sphinx aux ailes dorées qui formaient les accoudoirs des fauteuils, les couronnes de laurier sur champ vert épinard du papier peint et des rideaux, le lit d'acajou entre ses meubles de chevet aux portes ornées de caducées de bronze, mais cet ensemble, qui concourait à son souvenir d'un décor à la fois grandiose et funèbre, lui avait moins évoqué, en le revoyant, une chambre d'apparat à la Malmaison qu'un de ces magasins du sous-sol de l'hôtel Drouot où s'accumule le mobilier promis aux vacations expéditives. Delphine en avait conclu que la majesté de cette fameuse chambre *retour d'Égypte* ne tenait qu'à la présence de Léonie Gairaut; sans elle, tout cela était paisible, banal, presque impersonnel – et même l'odeur de poudre de riz respirée en entrant s'était estompée. Comme on disparaît des pièces! avait pensé Delphine. Elle s'était reproché cette réflexion investie par le cliché, reconnaissant sous cette formulation vaguement élégiaque une variante du fameux *On est bien peu de chose.* Elle s'était rappelé, à propos du temps humain, l'hypothèse naïve selon laquelle, très loin dans le cosmos, un individu disposant du moyen d'observer ce qui se passe sur terre verrait en ce moment même décapiter Louis XVI ; avec le recul de quelques centaines d'années-lumière encore, il surprendrait les préparatifs de la Grande Croisade, il assisterait au sacre de Charlemagne ou à l'incendie de Rome sous Néron... Delphine aurait voulu partager, à des fins plus modestes, le point de vue de ce spectateur des galaxies ; elle se serait contentée de retarder l'image d'une quinzaine d'années pour saisir un instant dans une journée ordinaire, le départ matinal des petites Couvreur pour l'école, par exemple. Ou bien un de ces soirs du début de l'été, quand le jour s'étire et semble occuper solidement le ciel alors que l'obscurité rampe et s'assure des prises, enveloppant le cerisier du Japon, investissant le chemin de gravier qui mène à la grille, escamotant les moulures de stuc autour des fenêtres, coulant en nappe violette sur la pelouse où les enfants énervés et hors d'haleine jouent au volant jusqu'au bord de la nuit. Delphine avait noté que les souvenirs qui lui revenaient spontanément étaient des souvenirs d'insouciance et de bonheur ; elle avait vu dans cet optimisme rétrospectif comme un signe de bonne santé mentale. Elle ne s'illusionnait pas pour autant sur la nature immédiate de la réalité dans laquelle sa mémoire découpait de ravissants morceaux choisis. Elle n'identifiait pas non plus la qualité radieuse de tels souvenirs aux conditions particulières de sa vie, à la chance qu'elle avait eue de grandir dans le confort affectif d'une famille raisonnablement unie – la paix des familles, si désirable qu'elle puisse être, prête rarement à de ces réminiscences exaltées – ou au privilège d'habiter, à deux pas de l'Étoile, une vraie maison avec un jardin. Elle devinait que les souvenirs heureux sont une manière de nécessité biologique, qu'ils poussent n'importe où, qu'ils ne sont pas moins inévitables dans un bidonville du Caire ou de Mexico qu'à Neuilly, entre une cour et un jardin et que, dans leur perfection qui ne doit rien aux présences ni aux circonstances, ils constituent la manifestation la plus égoïste, la plus asociale de la mémoire.

Delphine n'avait pas entendu Chantal approcher. Au son de sa voix, elle avait sursauté et elle s'était retournée pour l'apercevoir qui se tenait dans le cadre de la porte, un sourire railleur aux lèvres. « Tu te recueilles? » avait-elle demandé. Chantal ne comprenait rien aux chambres habitées par les souvenirs et tout dans son attitude protestait qu'elle ne voulait rien y comprendre. Elle n'était pas sujette aux vertiges du passé comme ceux qui saisissaient Delphine. Aux yeux de Chantal, le passé dans sa conception poétique était une invention de la culture bourgeoise et les émotions qu'il suscitait, révélatrices d'un égotisme fétide. Dans sa conception temporelle, il se chargeait de connotations plus négatives encore; il faisait évoquer l'exploitation de la femme par l'homme, des classes laborieuses par les classes possédantes, du monde entier par l'Occident chrétien. Chantal ne comprenait ou ne croyait comprendre que la Révolution. La perspective lumineuse des bouleversements à venir, qu'elle appelait de ses vœux et qu'elle affirmait, dans une humble mesure, concourir à préparer, la magnifiait à ses propres yeux et la faisait vivre dans une agréable conscience d'elle-même. Elle se sentait juste dans un monde léonin, légitime par la grâce de la lucidité et de la raison, terriblement clairvoyante aussi car, rompue à l'analyse instantanée du contenu politique des discours et des comportements – nous sommes en ces temps qui proclament que *tout est politique* –, elle avait l'art de déceler dans les moindres implications, de hideuses adhérences de préjugés qu'elle se hâtait, avec une sérénité objective, de mettre au passif des prévenus. On pouvait lui faire valoir qu'elle-même, sans doute, n'était pas absolument exempte des vices qu'elle dénonçait autour d'elle. Non seulement elle en convenait mais elle s'empressait de reprendre l'accusation à son compte, ce qui était une manière de ne laisser à personne d'autre le soin de la développer. Un nouveau jeu de société faisait fureur alors, qui consistait en une sorte d'examen de mauvaise conscience. Chantal jouait comme tout le monde, mais sa connaissance supérieure des règles et la vigilance intellectuelle dont témoignait son sens de la *mise en question* lui conféraient l'impondérable avantage de celui qui tient la banque au Monopoly. D'ailleurs, à l'instar des gens qui se maudissent eux-mêmes d'être trop bons, les péchés qu'elle se reprochait n'étaient pas de nature à diminuer son prestige moral; ils témoignaient au contraire de la rigueur quasi vétilleuse de ses scrupules. Les vices qu'on s'invente faisant écran à ceux qu'on préfère ignorer, Chantal aurait été stupéfaite et scandalisée si on lui avait dit que les impeccables principes qui fondaient son engagement se transformaient entre ses mains en instruments de terreur et que – la terreur par la dérision n'étant pas moins efficace qu'une autre – le « Tu te recueilles? » plein d'ironie, dont elle avait apostrophé Delphine, procédait de cette métamorphose. « Moi, avait-elle enchaîné, je vais me faire bronzer... » Delphine avait seulement remarqué alors que Chantal était en maillot de bain et qu'elle avait jeté une serviette-éponge autour de son cou. Le mauvais jour du couloir lui donnait un teint plombé et une apparence souffreteuse qu'accentuaient sa maigreur et ses épaules pointues. Chantal dans cet attirail et sur le point d'aller s'offrir à la caresse du soleil ne doutait pourtant pas d'être, en cela aussi, du parti de la lumière contre celui de l'ombre qui abritait toutes ces vieilleries. Si sa nudité contrastait effectivement avec la surchage des housses, des macramés, des tentures, dans ces pièces calfeutrées où la moindre surface disparaissait sous une garniture quelconque, le contraste n'était pas au détriment du décor. C'est Chantal qui semblait incongrue, presque obscène. Delphine aurait aimé pouvoir lui dire que le nu d'intérieur ne supporte pas la médiocrité d'une carnation blafarde et de genoux saillants.

Un peu plus tard, tandis qu'elle s'affairait dans la salle à manger dont les portes-fenêtres ouvraient de plain-pied sur le jardin, Delphine avait pu observer Chantal étendue, inerte, sur la serviette-éponge qu'elle avait déployée au milieu de la pelouse. Cette pose d'abandon lui transmettait un message clair : Chantal refusait de s'associer davantage à des préparatifs dont elle méprisait l'inspiration conventionnelle et la vanité. Si les invités tenaient absolument à manger sur une nappe, ils n'avaient qu'à mettre eux-mêmes le couvert. C'est par de tels sursauts que Chantal se sentait libre et se prouvait qu'elle avait dépassé les conformismes ordinaires. Il semblait pourtant à Delphine que, dans le registre du futile et du convenu, s'affaler sur un coin de gazon au moindre rayon de soleil et faire glisser les bretelles de son maillot de bain, dans le but d'obtenir ce que les publicités pour huiles solaires appellent un bronzage homogène, valaient bien le ridicule qui consiste à « mettre les petits plats dans les grands ».

De la soirée proprement dite, Delphine gardait un souvenir fragmentaire et déplaisant. Les choses s'étaient déroulées à l'inverse de ce qu'on pouvait espérer d'une réunion de jeunes gens liés, pour la plupart d'entre eux, par des habitudes d'intimité. Au lieu d'une conversation spontanément générale, il y avait eu un échange de banalités vagues, décousu jusqu'à l'absurde et entrecoupé de silences d'un effet désolant; au lieu d'une atmosphère de cordialité détendue, un enjouement crispé accusant ce malaise bizarre dont on ne décelait pas l'origine. A quoi tenait l'invisible pesanteur qui gauchissait les attitudes et les paroles? Lazare, comme pour solliciter l'indulgence d'une conscience contemporaine devant ces splendeurs bourgeoises d'un autre âge, avait adopté, lorsqu'il avait fait à la nouvelle venue les honneurs de la maison du devant, un ton de dérision bouffonne. Malgré cela, Chantal s'était raidie dans une attitude de réprobation dédaigneuse par laquelle elle se désolidarisait de cet héritage de privilèges chargé de culpabilité sociale. Elle tenait à faire comprendre qu'elle n'était pas de ce monde-là, qu'elle n'habitait cette maison que par hasard et presque à son corps défendant. Insensiblement, cette pose de retrait hautain avait viré à la bouderie. Quand Chantal et Lazare s'étaient retrouvés seuls, la mauvaise humeur accumulée avait éclaté en une de ces scènes que Chantal appelait, avec quelque mauvaise foi, des *mises au point indispensables.* Elle avait reproché à Lazare de l'avoir ignorée et exclue, et d'avoir rasé tout le monde avec ses délicats souvenirs d'enfance. Cela faisait allusion à certaines anecdotes que Delphine et lui, stimulant l'un chez l'autre un entrain factice, avaient évoquées au cours du dîner dans l'espoir de relancer la conversation languissante. L'irritation de Chantal tenait en partie à la conviction qu'ils n'avaient joué que pour eux-mêmes cette comédie d'attitudes. Candice, en effet, n'avait pas paru en saisir les nuances significatives. Pour pouvoir déceler dans le comportement de Chantal l'expression de la répugnance morale que lui inspirait son cadre de vie, il manquait à Candice ce tour d'esprit qui conduit à associer dans un rapport de conséquence inéluctable un hôtel particulier de Neuilly avec les opprimés des cinq continents. De même, pour apprécier la verve de dérision de Lazare et comprendre qu'elle cherchait à faire excuser le faste anachronique des lieux, il aurait fallu que Candice retire des pièces encombrées de vieilleries où elle pénétrait une impression conforme à celle qu'elle se faisait d'un luxe insolent. Ce n'était pas le cas. Après qu'on lui avait fait faire le tour du propriétaire, elle s'était exclamée en conclusion : « C'est le château de la fée Carabosse ! » et personne n'avait eu le cœur de lui demander ce qu'elle entendait exactement par là.

Donc, Candice n'avait pas été éblouie par la maison du devant. Elle n'avait pas non plus semblé particulièrement émue de découvrir les lieux où s'était déroulée l'enfance de son fiancé. L'enfance ! Il n'y avait que les Couvreur et les Gairaut pour s'en faire toute une idée ! C'est du moins ce que Chantal d'un ton sans aménité avait affirmé à Delphine et à Lazare – les adultes normaux, il fallait bien qu'ils s'en persuadent, avaient mieux à faire qu'à évoquer interminablement leurs dents de lait et le petit train électrique du Jardin d'Acclimatation ! Candice et Bojidar, Delphine l'aurait juré en les voyant serrés l'un contre l'autre, sur le canapé trop étroit pour deux où ils avaient choisi de s'asseoir, étaient des adultes normaux... les seuls adultes de cette assemblée d'enfants attardés, avait-elle pensé, car même Chantal, en dépit de sa dureté et de ses opinions tranchées, habitait un monde de fantaisie immature. Candice et Bojidar, eux, ne songeaient pas à jouer un rôle, pas même celui du couple passionnément épris qui comporte en société une part d'ostentation et auquel ne résistent pas toujours les amants de fraîche date. Les cajoleries et toutes les privautés tendres qu'ils échangeaient reflétaient la même innocence naturelle qui brillait sur leurs faces potelées de digestifs, empreintes d'une expression à la fois voluptueuse et bonasse. Il était clair que ces deux-là s'aimaient pour le plaisir qu'ils se donnaient et non pour des chimères. Leur mariage prochain et leur projet d'ouvrir un restaurant gastronomique dans les environs de Paris délimitaient strictement leurs ambitions et les comblaient dans la même mesure. Si Delphine avait dû définir l'état d'adulte normal, elle n'aurait pu mieux faire que de l'identifier à l'aptitude qu'ont ainsi certaines personnes de trouver le contentement absolu dans les faveurs relatives que leur accorde le destin. Cette aptitude qui dénotait la connaissance et l'acceptation du monde tel qu'il est, Delphine savait pour sa part en être dépourvue, et d'ailleurs elle ne lui faisait pas envie. A cet instant, elle avait eu l'intuition brutale qu'entre les prouesses d'exploratrice qui caractérisaient sa conduite amoureuse – ses aventures ressemblaient en effet à des expéditions vers l'inconnu ; les spéculations de l'imaginaire, le goût de la découverte et celui du risque les inspiraient semblablement – et cette pacification progressive qui vient, paraît-il, vers la fin pour vous aider à vous déprendre des choses, la vie n'aurait aucune satisfaction intermédiaire à lui offrir.

Candice avait arrêté le regard sur une photo de l'oncle Danilo qui trônait dans un cadre d'argent au centre de la tablette de la cheminée. Du temps de Léonie Gairaut, un bouquet d'anémones ou de violettes flanquait en manière d'hommage commémoratif permanent cette image de l'amant défunt. L'oncle Danilo pouvait avoir trente à trente-cinq ans sur ce portrait officiel dont les agrandissements tirés en série ornaient, avant-guerre, tous les bureaux de poste de son royaume. La ressemblance avec Bojidar était décelable mais non pas frappante ; le jeune monarque travaillait la joue creuse et le menton net qui composent les physionomies énergiques. Candice, détachant les yeux de la photographie, avait adressé à Bojidar une mimique interrogative à laquelle il avait répondu par un signe d'acquiescement. « Mon père », avait-il confirmé d'un ton plein de révérence posthume.

A l'autre bout du salon, Barthélemy avait installé son fauteuil dans l'encadrement de la porte-fenêtre ouverte sur le jardin. Les rayons du ponant étaient tout juste assez vifs encore pour expliquer la présence des lunettes de soleil à fine monture d'acier qu'il ôtait, rechaussait presque aussitôt, puis ôtait à nouveau au bout de quelques secondes, sans que ces repentirs successifs répondent à de perceptibles variations dans l'intensité de la lumière. Delphine avait compris que Barthélemy s'exerçait à perfectionner la grâce du geste par lequel il se démasquait devant un hypothétique vis-à-vis qu'éblouissait la révélation de ce regard de lapis-lazuli, immense et étonné. Sentant qu'il était observé, Barthélemy avait affecté de dissimuler un bâillement sous un sourire. Lors de ses visites à Neuilly, on s'était habitué à le voir disparaître aussitôt après le dîner. Il s'en excusait en prétextant qu'il travaillait le lendemain dans des endroits impossibles – Épinay, Joinville, Billancourt – et qu'il lui fallait se lever à l'aube pour être exact au rendez-vous du maquilleur. Malgré les rigueurs de son emploi du temps professionnel, on l'apercevait de moins en moins fréquemment sur les écrans de cinéma. Deux ans plus tôt, ses apparitions brèves, mais remarquées, dans une demi-douzaine de films qui avaient dû à des retards de distribution d'occuper simultanément les circuits d'exclusivité, avaient donné aux proches de Barthélemy l'impression qu'on ne voyait que lui et qu'il était au seuil d'une carrière prometteuse. Son portrait couleur, publié au dos du numéro de printemps du magazine *7ᵉ Art,* confirmait la justesse de cette impression. Personne n'avait été surpris quand il s'était vu proposer par un jeune réalisateur son premier rôle en vedette. L'action du film se situait à l'époque de la Commune et le scénario venait d'obtenir l'avance sur recette. La modestie du budget nécessitait néanmoins que tous les acteurs mettent leur cachet en participation et Barthélemy avait feint d'hésiter devant cette clause du contrat. Son entourage, avec ensemble, l'avait exhorté à ne pas résister bêtement au destin qui lui préparait, c'était clair, une réussite éclatante. « Vraiment ? » interrogeait Barthélemy avec un sourire las et sceptique, « vraiment, vous croyez que je dois le faire, ce film ? » Il l'avait fait. L'hiver suivant, ses amis avaient reçu des cartons les invitant à des projections privées. Celles-ci avaient lieu dans une salle obscure, ignorée du grand public, comme il s'en trouve plusieurs aux abords interlopes des Champs-Élysées. La gloire de Barthélemy, qui prenait son origine dans ces séances exclusives, s'y nuançait du prestige particulier aux phénomènes confidentiels. Un murmure de bouche à oreille propageait lentement, mais à bon escient, son nom à travers Paris. Lui-même ne manquait pas une de ces projections. Il avait soin d'arriver à la dernière minute, peu d'instants avant que la lumière s'éteigne. S'il apercevait parmi l'assistance quelqu'un de ses intimes, il le saluait de loin d'un geste cordial, mais qui maintenait la distance, et il continuait sa conversation avec le gros homme qui l'accompagnait – on supposait qu'il s'agissait d'un important producteur. Ensuite, pendant quatre-vingt-dix minutes environ, avec son chassepot au canon fleuri de lilas balançant nonchalamment par-dessus son épaule, on le voyait se promener dans un Belleville édénique, dont les masures blanches et les guinguettes couvertes de vigne évoquaient plus l'atmosphère d'un port méditerranéen miraculeusement épargné par le tourisme que celle d'un faubourg ouvrier. Autour de lui, de jeunes soldats fédérés discutaient le système mutualiste de Proudhon et l'offensive d'Aurelle de Paladines, avec les intonations caractéristiques des élèves de Sciences-po.

L'accueil favorable fait au film par les gens du métier lui avait permis de trouver rapidement un distributeur et de figurer, hors compétition, au programme du festival de Cannes. *Le Temps des cerises* était sorti en mai, dans une petite salle du Quartier latin. Il avait tenu l'affiche pendant trois jours, puis le cinéma avait été contraint de faire relâche. Les grèves qui paralysaient les transports, les pannes d'électricité qui interrompaient les projections, les charges de police et les explosions de bombes lacrymogènes dont les cinquième et sixième arrondissements étaient le théâtre dissuadaient les spectateurs éventuels.

On avait cru à la possibilité d'une nouvelle programmation pour la rentrée de septembre, mais cette possibilité ne s'était pas matérialisée. L'échec du film, entièrement imputable à l'avantage qu'avaient pris pendant quelques semaines les événements de la réalité sur les divertissements de la fiction, s'était avéré définitif. Il semblait qu'il avait épuisé d'un coup tout le crédit de ceux dont l'avenir était le plus engagé dans l'entreprise. Le jeune metteur en scène, qui promettait monts et merveilles de l'avis général, ne devait pas trouver d'autre occasion de diriger un film. Quant à Barthélemy qu'une rumeur louangeuse avait accompagné au long des derniers mois – le tirant de l'obscurité pour l'abandonner au bord du triomphe que la conjoncture lui dérobait –, il n'était pas dans un meilleur cas. Les mêmes gens qui s'étaient plu à prédire son ascension fulgurante vers les cimes du succès, requis par l'urgence de nouvelles découvertes, l'avaient fait basculer sans façon de la catégorie des *espoirs* dans celle des laissés-pour-compte. Un autre que lui, moins certain de son inestimable rareté, aurait peut-être sombré dans la dépression nerveuse. Mais Barthélemy avait accusé le coup avec un calme apparent, prenant sur lui, croyait-on, pour ne trahir qu'une déception modérée. Son attitude courageuse avait été d'autant plus admirativement commentée, boulevard d'Inkermann, que de toutes les vertus qu'on ne lui connaissait pas, la force d'âme était jusque-là la plus insoupçonnable. En réalité, Barthélemy ignorait tout de la force d'âme, il cultivait un don moins noble mais d'un secours tout aussi précieux dans les vicissitudes : cet amour de soi absolu, aveugle, exclusif, qui vous garde du doute et de sa forme extrême, le désespoir. Barthélemy avait dressé contre les cruautés du sort le bouclier de son inflexible narcissisme et cette protection était si efficace qu'il n'avait même pas conçu d'amertume de ses mésaventures. Après cela, il s'était mis à attendre des propositions intéressantes. Depuis deux ans bientôt, rien de tel ne s'était présenté, mais il faut croire que le temps se mesure différemment dans l'adoration de soi-même car Barthélemy ne montrait ni impatience ni inquiétude. Chaque jour, des passants croisés dans la rue, en le gratifiant de ce regard dit *double take* qui revient furtivement sur vous, le persuadaient de sa gloire intacte. Quant à l'hommage que le public des salles obscures était empêché de lui rendre pour le moment, il lui avait trouvé un substitut en passant ses nuits dans des lieux semblablement voués à la pénombre, où on l'admirait et où l'on s'offrait à lui en donner des preuves. Pour le reste, il continuait à tourner de petits rôles que les ciseaux du monteur réduisaient le plus souvent à deux ou trois plans muets. Occasionnellement, il posait aussi pour des photos de mode et, à quelque temps de là, sa silhouette élancée, moulée dans de pimpants jacquards, avait occupé six doubles pages d'une publication sur papier glacé. Il s'agissait d'un catalogue d'achats par correspondance dans lequel Barthélemy présentait la collection d'automne d'une marque de tricots.

A quelque temps de là également, Chantal et Lazare avaient dû quitter le boulevard d'Inkermann. Lazare aurait voulu trouver autre chose dans les parages. Rue d'Orléans, un calicot accroché à la façade d'un immeuble ancien signalait justement deux pièces à louer. Mais Chantal avait préféré un changement radical et son choix s'était fixé sur un studio neuf, au fin fond du treizième arrondissement. Le quartier était lugubre et mal pratique, mais Chantal l'avait déclaré plus vivant que Neuilly; elle avait aussi fait valoir que le studio, situé au dernier étage, ouvrait sur une terrasse où on pouvait « se foutre à poil pour bronzer ».

Les brocanteurs et les commissaires-priseurs s'étaient partagé en les dénigrant les dépouilles de la maison du devant. Le déménagement de Lazare et de Chantal avait tenu dans trois caisses et autant de valises. Le choix de ce que l'on emportait avait été subordonné à la décision ultime de Chantal. Elle n'avait conservé, aurait-on dit, que juste ce qu'il fallait pour reconstituer dans la quarantaine de mètres carrés du nouvel appartement ce désordre aux allures de ravages irréparables qui avait marqué sa présence boulevard d'Inkermann et qu'elle appelait, avec une possessive fierté, son foutoir. Quand cela avait été chose faite, elle s'était mise à lancer des invitations à des dîners qu'agrémentait le charme de l'impromptu, en ceci au moins que les invités – avertis à leur arrivée par la maîtresse de maison, hilare, de la situation de désorganisation et de pénurie dans laquelle elle se trouvait – devaient précipitamment improviser un menu de secours à partir des rogatons dénichés dans le frigidaire. On dépliait la table et les chaises en plexiglas qu'on installait devant l'espèce d'écran panoramique de la fenêtre. Chantal faisait admirer sa terrasse. En hiver, les terrasses ont souvent ce même aspect de navrant abandon qui caractérise aussi les piscines à sec. Celle-ci, nette de végétation, battue par tous les vents et dominant de la hauteur de vingt-deux étages de sombres rues lilliputiennes autour d'une gare de marchandises, semblait l'idéal tremplin de la mort pour quelque grand neurasthénique. La vue en était d'autant plus oppressante que Chantal s'était refusé à interposer l'atténuation du moindre voilage entre son regard et le gouffre infini des banlieues. Certaines personnes dérobant sous le masque de la serviabilité un insatiable masochisme, il n'était pas rare, à la fin de ces repas, que les invités qui les avaient préparés se proposent encore pour en faire la vaisselle. Chantal ne disait ni oui ni non. Elle haussait les épaules avec détachement et laissait chacun libre de faire comme il voulait. Décidément, constatait-elle, le dirigisme n'était pas son truc. Pendant que les convives se colletaient avec les assiettes sales dans le réduit qui tenait lieu de cuisine, elle allumait un cigarillo dont elle secouait la cendre parmi les restes de spaghetti à la carbonara. Elle était insensible aux lames de froid que le cadre métallique déjà rouillé de la fenêtre laissait pénétrer dans la pièce. Captivée par le paysage de la nuit, elle fixait vaguement de mornes lueurs jaunes au-delà du périphérique. Un sourire insaisissable tempérait la dureté ordinaire de son expression, comme si elle savourait un triomphe connu d'elle seule.

Vers cette époque aussi, Candice et Bojidar s'étaient mariés. La cérémonie religieuse avait eu lieu à la basilique Saint-Serge, un samedi d'octobre. Marie-Ange, qui était alors dans une phase de mieux, avait voulu y assister. Marthe Couvreur avait accompagné ses filles. En ne quittant pas Marie-Ange d'une semelle, elle espérait la protéger des chocs émotifs dont elle connaissait les conséquences désastreuses. Elle ne s'interrogeait pas trop sur l'efficacité d'une surveillance qui la rassurait surtout elle-même. Si elle l'avait fait, elle aurait dû finir par admettre que personne ne pouvait protéger Marie-Ange puisque personne – pas même les psychiatres – ne pouvait dire à l'avance quel incident était susceptible de bouleverser son fragile équilibre.

Outre les femmes Couvreur, les Gairaut et quelques amis que Bojidar s'était faits parmi ses anciens camarades de l'école hôtelière, la cérémonie rassemblait une trentaine de vieillards des deux sexes dans d'étranges atours d'apparat : la petite colonie des exilés royalistes, plus restreinte chaque année. Pendant que le prêtre et les nouveaux mariés, en une procession lente que rythmaient les balancements de l'encensoir et la psalmodie des chantres, faisaient trois fois le tour de la Sainte Table, une sorte de soupir étouffé avait parcouru les rangs des sujets fidèles. La vue des couronnes de laiton doré tenues à bout de bras au-dessus des têtes des jeunes gens évoquait comme un crève-cœur cette autre couronne que le prétendant ne porterait jamais. Sans doute Bojidar avait-il ressenti toute la solennité triste de cette minute, il en avait paru plus grand, plus mince, plus droit, il avait fugitivement ressemblé à son père. Candice aussi, avec son simple voile sur ses cheveux tirés et débarrassés des colifichets qui la rendaient commune, avait eu soudain une allure surprenante. Les lueurs rouges des veilleuses qui éclairaient les images saintes de l'iconostase lui dessinaient un profil pur, presque altier. A Marthe Couvreur qui la voyait pour la première fois, elle avait rappelé l'actrice Irène de Zilahy dans une séquence du film *Tovaritch.* A la sortie de l'église, Delphine s'était heurtée à un vieux petit homme qu'elle avait mis un instant à reconnaître. Le colonel Solovieff était flanqué d'une grosse femme dont il avait esquivé la présentation. Il s'agissait d'une ancienne caissière d'un cinéma des boulevards avec laquelle il vivait en concubinage à Asnières, sous le nom de M. et Mme Rossignol.

La noce avait fini dans le parc voisin des Buttes-Chaumont où l'on avait posé pour des photos de groupe devant la pièce d'eau. Delphine en conservait une ou deux portant témoignage du goût calamiteux qu'affichait la mode de l'époque pour les formes évasées et les revers excessifs. C'étaient aussi les dernières photos de Marie-Ange.

Pendant tout l'été précédent, Candice et Bojidar

avaient sillonné l'Ile-de-France en quête d'un endroit pittoresque, moulin, vieille ferme, rendez-vous de chasse, dont la situation et la disposition se prêtent à leur projet. Ils partaient à l'aube, quittaient l'autoroute au bout d'une trentaine de kilomètres pour s'engager sur des voies secondaires à travers la campagne. Ils choisissaient les départementales les moins fréquentées, s'aventuraient sur des chemins vicinaux quasi confidentiels, et des hameaux qui paraissaient à des siècles de Paris voyaient inopinément déboucher, entre le parvis de l'église et l'abreuvoir, l'antique Mercedes jaune poussin qui avait appartenu à l'oncle Danilo. Au bout de plusieurs semaines de ces recherches, ils avaient fini par jeter leur dévolu sur un bâtiment longiligne, en brique rose et blanc, qui prenait le jour par d'énormes fenêtres. Le lieu s'appelait *L'Orangerie* et avait fait partie des dépendances d'un certain château de Vauville démoli vers 1910. L'orangerie proprement dite était flanquée d'un pavillon sans doute destiné à loger le jardinier. C'est là que Candice et Bojidar s'étaient installés pendant la durée des travaux. Ils n'avaient pas voulu attendre que les transformations soient terminées pour montrer l'orangerie à leurs amis. Le dimanche de la Toussaint, Lazare, Barthélemy, Chantal et Delphine étaient attendus à Vauville pour le déjeuner. Marie-Ange avait été conviée aussi mais, la veille, Delphine avait appelé pour prévenir que sa sœur ne viendrait pas. Ni au téléphone ni plus tard elle n'avait donné d'explications et on s'était gardé de l'interroger. Chacun connaissait le motif invariable des absences de Marie-Ange : une récidive de la maladie, plus ou moins brutale, plus ou moins dramatique. Celle-ci l'était particulièrement. Quelques jours plus tôt, alertées par une sorte de râle que laissait passer la porte de la salle de bains, Delphine et sa mère avaient trouvé Marie-Ange inerte, le haut du corps basculé par-dessus le rebord de la baignoire, ses poignets tailladés baignant dans une eau rouge...

Pendant le trajet en voiture, Delphine n'avait pas proféré dix paroles. Elle embrassait la route devant elle d'un regard fixe d'insomniaque. Elle se reprochait de ne pas s'être décommandée. Elle réalisait qu'à certains états de tristesse et d'inquiétude, il était vain de chercher un dérivatif, même passager. Les efforts que faisaient les autres pour vous communiquer leur insouciance ne parvenaient qu'à vous enfermer plus étroitement dans la conscience de votre malheur.

Pourtant, en arrivant à Vauville, elle s'était adjuré de se ressaisir et de ne pas présenter une figure d'enterrement. Sous la pluie battante, ils avaient remonté une route étroite bordée d'arbres aux feuilles jaunes. Au bout d'un kilomètre environ, ils avaient aperçu l'extrémité de l'orangerie qui formait une espèce d'abside et dont le toit à l'abandon montrait ses voliges nues. Puis ils avaient vu la maison et Bojidar qui venait à leur rencontre avec un parapluie de chasseur d'hôtel.

Le rez-de-chaussée était une seule pièce aux destinations diverses, un fourneau à bois garni d'éclatantes barres de cuivre y tenait presque tout un mur. Bojidar était en train d'élaborer un plat à base de faisan et Candice l'assistait dans la confection délicate d'une sauce. Pour en apprécier la consistance et le goût, ils y plongeaient de temps en temps un doigt qu'ils se donnaient à lécher. Comme la première fois qu'elle les avait vus ensemble boulevard d'Inkermann, Delphine avait été frappée par la tranquille indécence de leur comportement. Elle devait à la vérité de convenir que son impression ne tenait pas tant à la nature de leurs gestes qu'à l'aura de suggestivité qui pesait sur ces gestes. Il ne semblait pas qu'il y eût pour Candice et Bojidar une frontière bien nette séparant la gourmandise de l'érotisme et Delphine se dit que le bonheur conjugal les ferait s'épanouir en largeur. La constance de leur amour, s'il durait, pourrait dans quelques années se mesurer en kilos. Déjà Bojidar était sur la bonne voie : avec ses épaules rondes un peu tombantes, son torse massif boudiné par un chandail trop juste et son début de double menton, il paraissait aisément trente ans alors qu'il n'en avait pas même vingt-cinq. Inconscient de l'examen dont il était l'objet, il manipulait du bout de son pique-feu les plaques de fonte sur le fourneau et présentait à la chaleur de la flamme nue une poêlée de morilles crépitantes dans le beurre fondu. Un peu de graisse tombée sur le feu et explosant en une gerbe ardente lui avait fait rejeter la tête en arrière. A cette seconde et dans cette illumination fulgurante, Delphine avait été surprise de le trouver beau. La flamme qui s'était élevée tout près de son visage en avait révélé une autre, intérieure. Delphine s'était rappelé le gros petit garçon qui, échappant à la surveillance du colonel Solovieff et bravant l'interdiction du roi son père, allait en cachette tourner les béchamels de la cuisinière des Gairaut. Si Bojidar irradiait ainsi, c'est qu'il brûlait du feu d'une vocation longuement combattue. Le voïvode Stanko avait triomphé des janissaires d'Abdül-Hamid, le roi Milan s'était joué de l'Autriche et de la Russie en les dressant l'une contre l'autre au moyen de doubles négociations compliquées ; la même conjonction de ferveur et d'excellence qu'avaient requise leurs exploits transfigurait le dernier surgeon de leur race lorsqu'il était à ses fourneaux, car les prouesses du savoir-faire, dans quelque domaine qu'elles s'exercent, rendent magnifique celui qui les accomplit.

Pendant le déjeuner, Delphine avait éprouvé un malaise affreux. Une image qu'elle voulait bannir de sa mémoire était revenue la frapper en traître. La vision de Marie-Ange affalée dans la salle de bains avait oblitéré un instant la réalité présente sans que Delphine puisse rien pour la chasser. Cédant à sa fascination, elle avait alors essayé de fixer l'image le plus nettement possible : elle s'était forcée à évoquer les éclaboussures de sang qui piquaient la glace du lavabo et la lame de rasoir gluante abandonnée sur la tablette. Elle avait senti venir des larmes. Pour les empêcher de jaillir, elle avait vivement fermé les yeux en serrant fort les paupières, comme si l'éclat du jour gris lui faisait mal. Quand elle les avait rouverts, elle avait constaté que sa défaillance était passée inaperçue. Lazare qui pérorait mobilisait l'attention ou, au moins, concentrait sur lui les regards. Dans les rares occasions où il entreprenait de s'affirmer, ce timide faisait étalage d'une suffisance balourde agaçante et pathétique à la fois. Le journal où il occupait depuis plusieurs années en tant que pigiste un emploi mal défini et mal payé s'était enfin décidé à l'engager et Lazare dissertait sur les implications de cette promotion qui lui donnait conscience d'être « une source autorisée ». On aurait pu croire en effet que son nouveau statut professionnel l'avait subitement introduit dans la confidence des événements mondiaux. Une semblable initiation, par ce qu'elle comportait de révélations alarmantes, avait bien de quoi rendre songeur, grave. Lazare ne précisait pas quelle forme prendraient, dans un avenir indéterminé, les catastrophes dont il laissait entendre qu'il avait surpris le processus inéluctable. Nul n'éprouvait le besoin de le lui demander. Ces catastrophes relevaient désormais du lieu commun : il était clair qu'on n'éviterait pas l'escalade de la guerre au Vietnam ni la prolifération en Europe des dictatures militaires sur le modèle grec ou espagnol. Personne non plus n'ignorait qu'une telle menace pesait en particulier sur ce pays-ci où l'on assistait à une reviviscence des pires symptômes. Sans doute Lazare faisait-il allusion à cet état des choses lorsqu'il remarquait que la carte de presse, en cas d'arrestation arbitraire, pouvait se révéler une manière de protection contre les brutalités de la police : aussi longtemps que l'information garderait un peu d'indépendance, on éviterait de passer à tabac les journalistes... Delphine était irritée par ces propos où elle reconnaissait l'endoctrinement de Chantal; si elle respectait bizarrement chez celle-ci une horreur de tout ce qui imposait, représentait ou symbolisait l'ORDRE, elle méprisait la réplique insincère que Lazare tentait de donner du même sentiment. Une application servile qu'elle sentait dans son discours lui déplaisait surtout. Elle savait que Lazare vivait dans la terreur des représailles intimes par lesquelles Chantal sanctionnait ses moindres manquements et qu'il saisissait toutes les occasions de se la concilier en lui donnant des gages de sa soumission aux dogmes. Elle avait failli laisser éclater son irritation en protestant que les polices parallèles ne détenaient pas encore le pouvoir et que la France n'était pas la Grèce des colonels, mais la crainte que Chantal ne riposte par une liste détaillée des sévices perpétrés dans tel ou tel commissariat l'avait dissuadée de rien dire. Delphine avait déjà éprouvé à la faveur de discussions similaires combien Chantal et elle-même habitaient des univers incompatibles; elle s'attardait pour sa part dans la quiétude des beaux quartiers où rien de terriblement mauvais ne paraît pouvoir vous arriver et sa vision du monde – elle l'admettait volontiers – devait quelque chose au souvenir du boulevard d'Inkermann. Chantal à l'inverse, qui tenait le livre blanc des iniquités du régime, louvoyait au jour le jour et au prix d'un perpétuel qui-vive entre les dangers qu'un État scélérat fait planer sur la liberté des individus : perquisitions sans mandat, rafles, gardes à vue avec violences, etc. Chantal, et Lazare à sa suite – quoiqu'il ait été animé d'une conviction moins solide – vivaient en marge d'un monde d'oppression, retirés dans une manière de maquis mental et prêts à disparaître pour de bon au tout premier signe d'un déchaînement des périls totalitaires. Ils y gagnaient l'avantage de pouvoir s'abandonner à la normalisation petite-bourgeoise qui guette les couples tout en gardant l'illusion d'être, au moins en puissance, des clandestins.

L'après-midi, la pluie s'était arrêtée de tomber et il avait été impossible de couper à une promenade dans les bois. Delphine appréhendait depuis le matin cette étape obligée du déroulement de leur visite à Vauville. Le contact de la nature, particulièrement de la nature d'automne, la jetait dans une humeur songeuse faite de spéculations vagues et de réminiscences; la vue des troncs nus se découpant nets contre le ciel bas, les vols de corbeaux et le crissement des feuilles sèches qu'on écrase l'amenaient à se pencher éperdument sur elle-même. C'était la dernière chose dont elle avait envie pour le moment. On s'était mis en route aussitôt après le café à cause de la nuit qui tombe vite. Candice s'était munie d'un panier d'osier pour ramasser des champignons. Le panier devait rester vide, sa présence servant seulement à attester sur quel pied de familiarité Candice était déjà avec la campagne environnante. Comme Lazare ne portait qu'un léger blouson de cuir dont il avait frileusement remonté la fermeture Éclair,

Boj avait insisté pour lui jeter sur les épaules une pèlerine de grosse laine bleu marine et Chantal avait remarqué qu'elle lui donnait un côté *élève Dargelos*. Ce n'était pas l'avis de Delphine à qui Lazare, ainsi enveloppé de bure, évoquait plutôt un aumônier d'orphelinat ou bien encore un de ces bardes folkloriques comme on en voit dans les émissions de la télévision régionale. Elle l'avait considéré avec une espèce de pitié, détaillant sa silhouette déjà voûtée et sa démarche lourde, songeant que la jeunesse était un vêtement qui lui avait fait peu d'usage. Il fallait qu'il existe, entre l'être profond et un âge particulier de la vie, un point d'accord prédestiné exerçant sur le métabolisme une influence grâce à laquelle certains pouvaient s'accrocher longtemps à leur adolescence quand d'autres hâtaient le pas pour entrer plus vite dans l'âge mûr. Comment expliquer autrement cette propension à vieillir avant l'heure que Lazare et Boj accusaient tous les deux?

Barthélemy qui marchait non loin de Delphine, sur le chemin creusé de fondrières longeant des champs de betteraves, était une illustration inverse du même phénomène. La seule idée qu'il pût un jour être vieux semblait saugrenue. Imagine-t-on Mozart sexagénaire? A un degré plus modeste, Barthélemy lui aussi avait été touché par le miracle du génie, s'il est vrai que la beauté est celui du corps. Conscient sans doute de l'obligation qu'ont les jeunes prodiges de sa sorte de disparaître avant d'être tout à fait adultes, Barthélemy n'en finissait pas d'avoir dix-huit ans, ce qui chez lui n'était pas un âge défini, mais un emploi de théâtre beaucoup moins éphémère, car il y a des ingénues attardées comme il y a de précoces pères nobles. Delphine se fit la réflexion qu'il devait jouir de la faveur spéciale des ondes lumineuses : chaque fois qu'elle le regardait à l'improviste, comme en cet instant, il lui en apparaissait auréolé. L'unique et fugitif rayon qu'avait laissé filtrer de tout ce jour gris la calotte des nuages tombait sur ses cheveux où il allumait une réserve auburn. Lorsqu'on l'admirait, Barthélemy en était infailliblement averti par un sixième sens; il avait tourné la tête vers Delphine et, d'un large sourire, avait agréé son hommage. Se rapprochant d'elle, il avait voulu sceller leur connivence passagère par un aveu qui plaidait pour l'existence de la transmission de pensée ou bien révélait de la part de Barthélemy une surprenante intuition. Lui aussi, avait-il confié, détestait l'automne pour l'avoir trop longtemps associé à la rentrée scolaire. Quant aux promenades comme celle-ci, elles lui rappelaient justement les classes aérées du petit lycée lorsque, en colonne par deux comme les bagnards, on les emmenait ramasser des bogues de châtaignes autour de la mare Saint-James pour en illustrer la leçon de choses. Cette évocation avait déclenché en Delphine un écho ému. Comme une manière de Sésame, le nom de la mare Saint-James lui rendait accès à un fragment du passé dont elle retrouvait pour une brève seconde le goût exact. Qui aurait deviné alors dans le garçonnet adipeux et maussade qu'elle se remémorait, les dormantes ressources de séduction dont Barthélemy allait révéler un peu plus tard l'extraordinaire étendue?

Un amateur de perspectives contrastées aurait observé qu'à la même époque, boulevard d'Inkermann, chacun s'accordait pour prédire que Lazare deviendrait *quelqu'un*. Le roi l'affirmait, le colonel Solovieff n'en disconvenait pas et toute la famille Couvreur adhérait sans réticence à cette doctrine qui prenait son origine dans la maison du devant. Lazare Gairaut alliait en effet à une curiosité encyclopédique d'excellent augure quelques nobles qualités morales – d'autant plus rares chez un enfant si jeune qu'elles semblaient le fruit d'une réflexion indépendante. Il resplendissait de toutes les promesses qu'il ne devait pas tenir et l'on ne saurait jamais quel choc avait rabougri sa petite âme vive ni quel lien de conséquence portant la cicatrice d'une césure traumatique existait encore entre l'adulte grevé de compromissions et l'enfant intense qu'il avait été.

Un lien semblablement ténu rattachait les décombres d'être que Marie-Ange figurait aujourd'hui à l'image exemplaire qu'elle avait offerte jadis. Au moins, dans son cas, les raisons de l'effondrement étaient-elles évidentes. En ces temps d'incomplète libération des mœurs, le spectre romantique de la perdition gardait un secret crédit dans l'imaginaire bourgeois; il inspirait la conviction de Marthe Couvreur selon laquelle les délétères fréquentations de Marie-Ange portaient la responsabilité de son état présent. Delphine adoptait ce point de vue sans en rien discuter. Curieusement, lorsqu'elle interprétait la maladie de sa sœur comme la conséquence – et pour tout dire la sanction – de ses lamentables tribulations amoureuses, elle ne s'avisait pas qu'elle-même, depuis quelques années déjà, collectionnait sans préjudice notable pour son équilibre mental des aventures tout aussi navrantes. Mais Delphine ne songeait pas à se comparer à Marie-Ange ou, plus exactement, elle n'imaginait pas que le parallèle qui s'établissait automatiquement entre leurs expériences et leurs actions respectives pût les situer l'une et l'autre sur un pied d'égalité. Deux années les séparaient. Cette différence que Marthe Couvreur désignait comme le décalage idéal s'était révélée pour Delphine l'espace d'une vertigineuse dévaluation. Deux ans suffisaient en effet pour changer en incidents routiniers ce qui avait été le miracle unique des premières fois et, de l'apparition de la première dent de lait à la première fable de La Fontaine apprise par cœur, par quelque phase de la croissance ou de l'éducation que passât Delphine, Marie-Ange en avait déjà confisqué le sensationnel.

C'est contre Marie-Ange aussi que la plus violente vague des heurs et des malheurs de la vie avait éclaté d'abord. Delphine n'en avait rencontré que l'impact divisé et amoindri, confirmant son intuition que tout ce qu'elle serait amenée à éprouver ou à accomplir par la suite ne représenterait jamais qu'une parodie tardive et atténuée de ce que Marie-Ange aurait vécu avant elle.

Quelques erreurs lui avaient pourtant été épargnées. A l'inverse de sa sœur que la fréquentation des salles obscures, dès un âge impressionnable, avait prise au gluau de pathos qui sourdait des écrans du Régent et du Chezy le dimanche en matinée, elle n'avait pas cédé à la tentation de concevoir son destin selon le modèle emphatique proposé par le tout-venant de la production des années cinquante – où il n'était question que de sentiments irrésistibles et définitifs, de coups de foudre fatals et de nuits d'amour dérobées à la poisse du désespoir ordinaire. Le prix payé par Marie-Ange pour s'être crue la vedette de sa vie, et pour avoir osé confondre le comportement des habitants de la réalité avec celui des ombres bavardes qui peuplaient ses films préférés, avait averti Delphine que l'existence n'était pas du cinéma.

Suivant la pente de ces réflexions, Delphine s'était rappelé soudain, avec une sorte de stupéfaction rétrospective, que dans l'un des scénarios retenus autrefois par Marie-Ange pour y conformer son avenir – une optimiste comédie de mœurs sur le thème de la fille du garde-chasse qui conquiert le cœur du fils du comte et devient la maîtresse légitime du château – Lazare, pendant quelque temps, avait invraisemblablement figuré le jeune premier... Ce souvenir resurgi devait cheminer depuis un moment à fleur de conscience, Delphine y avait reconnu la cause de la bouffée d'hostilité ressentie à l'égard de Lazare pendant le déjeuner, où son angoisse avait semblé trouver un exutoire. Du fait de cette lointaine et brève aventure, Lazare prenait rang parmi les hommes qui avaient détruit Marie-Ange avec leurs promesses spécieuses et leurs sentiments joués. En n'importe quelle autre occurrence, Delphine se serait gardée d'avoir de la responsabilité totale des coupables et de l'innocence absolue de la victime une idée aussi tranchée, mais lorsqu'il s'agissait de sa sœur elle n'avait qu'à emprunter un peu de la conviction farouche de Marthe Couvreur pour croire à cette manichéenne version des événements.

C'est quelques semaines avant le départ de Lazare pour le service militaire qu'un nouveau ton d'intimité s'était fait jour entre lui et Marie-Ange. Des balades mélancoliques les avaient entraînés du côté de la cascade ou du Jardin d'Acclimatation. Certains autres après-midi s'étaient passés à écouter des disques dans la chambre de Marie-Ange où une seule lampe allumée contre la nuit précoce d'automne entretenait une pénombre rose. L'*Adagio* d'Albinoni qui faisait fureur cette année-là et que l'on entendait revenir jusqu'à six fois de suite sur le pick-up traduisait bien par ses accents la profondeur grave des affinités que s'étaient découvertes l'héritier de la maison du devant et la demoiselle des écuries.

Marthe Couvreur, qui s'approvisionnait en archétypes à la même source de mythologies que sa fille, avait encouragé cette bluette anachronique, voulant y voir la consécration d'un irrévocable amour d'enfance à la *Peter Ibbetson*. Elle s'était aussitôt représenté comme elle serait pour le grand finale de ce conte de fées – lors de la messe de mariage qu'elle situait à la Madeleine par un automatisme romanesque, et non à Saint-Pierre de Neuilly, ainsi que c'eût dû être logiquement le cas – vêtue de shantung réséda et coiffée d'une capeline dans le style de la Bégum assistant au prix de l'Arc de Triomphe. De telle sorte qu'un observateur un peu fin reconnaîtrait dans cette femme encore belle, flanquée d'un mari quelconque, la mère dont l'ambition impérieuse et altruiste avait été le véritable instrument de l'ascension sociale de sa fille. Bien sûr, entre les données de la réalité et les exigences du script, l'adéquation était approximative : Lazare n'était pas vicomte et la maison du devant n'était pas son château. Quant à ce que Marthe Couvreur, par un réflexe d'ancienne lectrice de Georges Ohnet, aurait sans doute appelé la *position dans le monde* des Gairaut, elle était, comme la fortune qui allait avec, une chose du passé. N'importe, de l'éblouissante aura que position et fortune avaient irradiée, il subsistait encore quelques feux portant jusqu'aux écuries. Marthe Couvreur n'était pas plus humble qu'une autre et son éducation laïque l'avait nourrie des principes républicains d'égalité, mais l'habitude de pénétrer quatre fois par an dans la maison du devant, côté cuisine, pour y déposer l'enveloppe du terme sur le plateau de café et de croissants qu'on s'apprêtait à monter à Léonie Gairaut, avait favorisé chez elle une conception quasi féodale des liens unissant la maison du devant et les écuries. Il lui semblait que la somme contenue dans l'enveloppe acquittait quelque inexorable gabelle et que les Couvreur étaient des vilains qui vivaient sur les terres des Gairaut. Ces jours de terme, en fin d'après-midi, lorsqu'elle rentrait de son travail à la pharmacie où elle avait brassé la décoction de bois de Panama et coulé la glycérine dans les moules à suppositoires, elle savait trouver sous sa porte un mot de Léonie Gairaut lui accusant réception du loyer. L'usage de la troisième personne déterminé par le support de la carte de visite donnait aux remerciements de pure forme une tournure plus distante encore. Cet invariable échange trimestriel avait constitué l'essentiel des relations de Marthe Couvreur et de Léonie Gairaut aussi longtemps qu'elles avaient vécu à portée de regard l'une de l'autre. C'est pourquoi l'idylle amorcée entre Lazare et Marie-Ange s'était aussitôt parée pour Marthe Couvreur d'une nuance de revanche personnelle.

Malheureusement, Léonie Gairaut n'y assistait pas; elle était morte l'année précédente et, depuis, la maison du devant allait à vau-l'eau. La cuisinière se plaignait qu'on lui devait plusieurs mois de gages dont le règlement était subordonné à celui de la succession. Si elle restait malgré tout, c'était simplement qu'elle n'avait nulle part où aller en attendant son admission dans une maison de retraite pour vieux domestiques. Par cette femme que le sentiment de l'injustice subie aigrissait et rendait bavarde, Marthe Couvreur était informée de la façon dont tournaient les choses de l'autre côté de la cour. *Le prince* faisait la java avec des filles sans moralité ni hygiène, qui maculaient de fond de teint gras les taies d'oreiller et bouchaient les cabinets en y jetant des tampons périodiques. Il arrivait aussi que certaines joyeuses équipées nocturnes finissent à l'aube par le sac de la cuisine, lorsqu'il prenait à Bojidar la fantaisie de confectionner impromptu pour ses compagnons de débauche des meringues italiennes ou un soufflé au cointreau. Barthélemy paraissait plus sage, mais il n'était que plus sournois, séchant le lycée un matin sur deux et écrivant lui-même ses mots d'excuse. Lazare, devenu le chef de famille, avait-il vent de ces déportements? De toute manière il était dans l'impossibilité d'y mettre le holà : il était encaserné à Saint-Maixent pour seize mois.

Il devenait pourtant urgent que quelqu'un prenne les choses en main et rétablisse un peu d'ordre dans la maison du devant. Non seulement Marthe Couvreur s'en croyait parfaitement capable, mais elle se flattait de posséder assez de tact pour y réussir sans froisser aucun amour-propre. Il ne lui manquait au fond qu'un titre légitime à intervenir. Elle avait exhorté Marie-Ange à entretenir avec Lazare une correspondance régulière qui l'avertirait incidemment, sans l'inquiéter trop, de ce qui se passait en son absence. On était à l'orée d'un de ces hivers froids qui inclinent à être casanier. Marie-Ange suivait alors un traitement psychothérapique consistant en une heure de conversation assortie de grosses pilules bleues qui la rendaient songeuse et somnolente. La rédaction de lettres insensiblement plus longues et plus fréquentes fixait un peu de son temps autrement dissipé en siestes crépusculaires et en bâillements interminables. Elle se sentait bien dans ce rôle de marraine de guerre nouveau pour elle. Lors de sa séance hebdomadaire, elle confiait au psychothérapeute qui l'écoutait les yeux mi-clos, à la manière des gens qui s'assoupissent au concert en feignant de se recueillir, les sentiments choisis qu'elle s'inventait à l'égard de ce fiancé épistolaire. Comme elle ne le désirait pas, comme il n'éveillait en elle aucune des émotions qui l'avaient déjà trop souvent lancée à la poursuite de l'impossible dans des aventures destructrices, comme elle ne ressentait pour lui qu'une affection tendre, elle ne doutait pas d'être entrée dans l'âge de raison des mouvements du cœur.

Pour Pâques qui tombait tôt cette année-là, Lazare bénéficiait d'une permission de huit jours. A la plus grande déception de Marthe Couvreur qui comptait sur l'élan des retrouvailles et sur de longs moments de solitude délicatement ménagés aux jeunes gens pour faire avancer les choses, il avait décidé de ne pas revenir à Paris. Une propriété que les Gairaut possédaient entre Langeac et Saint-Flour requérait sa présence. Il y avait là-bas des baux à réviser, du bois sur pied dont il faudrait commander et surveiller la coupe; huit jours y suffiraient à peine. Marthe Couvreur était résignée à ce contretemps quand une autre lettre était arrivée que Marie-Ange avait décachetée devant elle. Lazare lui demandait de le rejoindre dans cette maison de Noyac où il avait à faire, pour qu'ils y passent ensemble le temps de sa permission. Il était apparu aux deux femmes que cette proposition représentait un engagement implicite. Elles étaient tombées dans les bras l'une de l'autre. Quand leur étreinte s'était relâchée, Marie-Ange avait cru distinguer une rosée de larmes perlant au bord des cils raidis de mascara de Marthe Couvreur. Ni l'une ni l'autre n'avait voulu comprendre que ces effusions émues célébraient moins l'accomplissement d'un premier pas significatif vers la réalisation de leurs projets que le pur bonheur qu'éprouvaient la mère et la fille à comploter ensemble, à partager des secrets dont la discussion les tenait éveillées et chuchotantes jusqu'au milieu de la nuit, à se sentir *si proches l'une de l'autre*, comme disent les magazines. Marie-Ange avait toujours été la grande affaire de la vie de Marthe Couvreur. La préséance et la suprématie de cette affection sur toutes les autres relevaient pour Marthe d'une nécessité si péremptoire qu'elle ne songeait ni à s'en sentir coupable ni même à la dissimuler tant soit peu à ceux qu'elle lésait.

Marie-Ange quant à elle, éprise à travers Lazare du souvenir idéalisé de sa propre enfance, mettait sur le compte de cet illusoire sentiment un état de plénitude attendrie qui devait bien davantage au réconfort de l'intimité retrouvée avec sa mère – intimité qui, elle aussi, la ramenait délicieusement dans le passé. Grâce à cette étonnante faculté de tout associer et de tout confondre, donnée aux humains comme pour leur permettre d'asseoir leurs variables bonheurs sur le plus grand nombre de malentendus possible, les deux femmes avaient continué à communier quelque temps dans une allégresse hybride dont les préparatifs du voyage à Noyac avaient marqué le point culminant.

Sur le quai de la gare de Lyon, Marie-Ange avait vu disparaître Marthe Couvreur, toute droite, un sourire confiant rivé aux lèvres, qui agitait doucement la main en signe d'adieu. Sur le quai de la gare de Noyac aperçu par la fenêtre de la micheline, comme elle n'avait pas discerné immédiatement la silhouette de Lazare dans la foule clairsemée des voyageurs, elle n'avait pu refouler assez vite un souhait où elle avait voulu voir l'expression de son trac pour ne pas être forcée de convenir qu'il en disait long sur ses réelles dispositions. Elle avait souhaité en effet que Lazare soit absent à leur rendez-vous, lui donnant ainsi un prétexte plausible pour reprendre le premier train vers Paris où elle se serait remise à l'évoquer d'un cœur fervent et calme. Mais Lazare était là. Marie-Ange ne l'avait encore jamais vu vêtu de l'affreux uniforme kaki dont le pantalon élimé et trop court découvrait jusqu'au cou-de-pied de rutilantes galoches de croque-mort. Comme si, profitant d'une des rares prérogatives qu'il n'avait pas perdues avec la condition de civil, il avait délibérément voulu accentuer la disgrâce de cette métamorphose réglementaire, une barbe taillée en collier hérissait d'une lisière de poils de brosse le contour de son visage. Il est facile de s'abandonner à la pente de l'imagination qui charge un absent de tous les attraits auxquels on se sait le plus susceptible de céder. Cette pente, Marie-Ange comprit qu'elle l'avait dévalée imprudemment. Faire le chemin inverse lui avait paru, l'espace d'une seconde, une épreuve au-dessus de ses forces.

La seule proximité phonétique avait induit Marie-Ange à se représenter la maison de Noyac abritée par des noyers séculaires. Elle l'avait découverte entourée d'un jardin carré que traversait une allée rectiligne bordée de massifs de buis taillés en boules, d'un effet vaguement mortuaire. L'intérieur avait un goût aigrelet de placards humides et de vieille encaustique qui prenait à la gorge. Les parquets soupiraient sous les pas et toutes sortes de bruits minuscules dont on ne pouvait que supputer l'incertaine origine accompagnaient le silence des grandes pièces glacées. Des gémissements, des craquements, des souffles qu'exhalait l'âme du bois des poutres et des lambris, trahissaient comme une infinie lassitude de la matière. Au bout de quelques jours, quand la maison lui avait été plus familière, Marie-Ange y avait distingué plusieurs zones d'influence, chacune soumise à une odeur élémentaire : celle du feu dans le salon où flambaient des bûches, celle du vent, qui s'insinuait par les lucarnes, sur le palier et dans les couloirs, celle de la terre mouillée dans la cuisine, que semblaient absorber par capillarité et réfracter après chaque pluie les lourdes dalles de grès recouvrant le sol. Marie-Ange n'ignorait pas que remugles et bruissements étaient censés concourir à l'atmosphère typique des jours à la campagne; une vie torpide mais unanime, perceptible à ces effluves et à ces murmures, suivait au ralenti un cours parallèle à celui de la vie humaine et faisait écho à celle-ci. Mais la maison de Noyac ne vivait pas de cette vie solidaire. Il y avait en elle quelque chose de corrompu et de sinistre qui faisait évoquer un grand corps cachectique se vautrant sans vergogne dans les odeurs et les bruits de ses petites misères.

Bien qu'elle n'ait pas espéré que Lazare se déclare immédiatement, au sens où l'entendait Marthe Couvreur, Marie-Ange avait été décontenancée par son apparent détachement. Le ton de camaraderie qu'il avait affecté avec elle de prime abord démentait étrangement celui des lettres échangées et convenait mal aux circonstances. Marie-Ange qui se faisait de sa vie une idée musicale empruntant quelques traits de composition à la sonate, jugeait que le *passage* de leurs retrouvailles sur ce quai de gare du bout du monde était de ceux qu'une partition implicite recommande de jouer *avec sentiment*. Cela avait si peu été le cas qu'elle s'était prise à douter de la signification de ce qui s'était passé entre eux. En revoyant ces semaines qui avaient précédé le départ de Lazare pour l'armée, elle avait dû convenir que quelques baisers et des épanchements qu'inspirait dans une large mesure l'angoisse de séparation ne constituaient, au fond, guère plus que la base d'une méprise embarrassante. Elle s'était promis de la dissiper quoi qu'il en coûte, mais elle avait reculé cette échéance pénible sous le prétexte de trouver le moment propice. Il ne devait pas se présenter. Le soir même de son arrivée, ayant conduit Marie-Ange à la chambre préparée pour elle, Lazare était passé subitement du ton de la familiarité ordinaire, à des caresses brusques, presque brutales. Une de ces révélations dévastatrices qui fondent sur leurs victimes aux pires moments avait éclairé Marie-Ange quant à la véritable raison de sa venue à Noyac. Elle n'avait été attirée dans cette maison et dans cette chambre que pour « conclure ». L'étreinte avait été frileuse et brève, Lazare y avait mis une ardeur avide à laquelle Marie-Ange n'avait rien trouvé de flatteur; elle avait seulement songé que pendant ces quelques mois qui séparent l'incorporation de la première permission, les jeunes recrues sont chastes par la force des choses.

L'épisode de Noyac était une erreur et mieux valait au fond, comme Marie-Ange devait le confier à Delphine, que la désillusion ait été immédiate. Elle n'en voulait pas à Lazare; il n'était pour rien dans tout cela, ou pour si peu. Elle aurait dû se rendre compte plus tôt que les projets dont Marthe Couvreur et elle s'étaient bercées ne se conjuguaient qu'au conditionnel irréel et relevaient tout au plus de cette technique de psychanalyse douce qu'on appelle le rêve éveillé. Ne communiquant par aucun point avec la réalité, il n'était pas du ressort de la réalité de les exaucer. Mais Marie-Ange n'avait pas atteint tout de suite un tel degré de lucidité et de sagesse. Sur le moment, au contraire, elle avait voulu récuser l'évidence. Au mépris même de ce qu'elle éprouvait, elle était parvenue à se convaincre qu'aussi longtemps qu'elle était dans cette maison, près de Lazare, rien n'était perdu entre eux car rien n'était accompli. Tant bien que mal, elle s'était maintenue dans cette conviction tout au long de son séjour. Elle avait pourtant envisagé son retour à Paris avec une angoisse croissante à mesure que la date s'en rapprochait, sachant que celle-ci marquait impitoyablement l'échéance du morne délai de grâce que son aveuglement lui accordait. Au-delà, il lui faudrait reconnaître un nouvel échec et en affronter toutes les infimes conséquences. Car on ne fait pas en une seule fois le deuil de ses espérances; mille renoncements que l'on n'envisage pas d'abord se révèlent peu à peu, par petits chocs désagréables qui ravivent la douleur à n'en plus finir.

Profitant d'un soleil pâle qui se montrait avec assez de ponctualité en début d'après-midi, Marie-Ange allait s'asseoir dehors pour échapper à cette maison maléfique et pour réfléchir. L'odeur de la nature réveillée avait un pouvoir revigorant qui l'aidait à repousser la blême perspective de l'avenir proche et à lui en substituer une autre, hautement improbable mais apaisante. Elle se laissait encore aller à imaginer comment, lorsqu'elle serait devenue la maîtresse de la maison du devant, elle s'installerait dans l'ancienne chambre de Léonie Gairaut dont elle aurait fait changer l'affreux papier peint vert épinard et le mobilier de notaire. Il lui suffirait de se pencher à sa fenêtre pour apercevoir Marthe Couvreur dans sa propre chambre et elle pourrait s'adresser à elle sans même forcer la voix. Mère et fille avaient déjà évoqué la possibilité de communiquer ainsi de maison à maison et elles s'en étaient fait une joie enfantine. C'était absurde, mais le plus déchirant pour Marie-Ange était d'avoir à renoncer à ces conversations napolitaines; à présent qu'elle la savait inaccessible, l'image qui l'avait tant réjouie de ces deux fenêtres ouvertes de part et d'autre de la cour lui était un crève-cœur. Plus tard, avec Delphine, prise pour confidente de son bizarre regret, elles s'interrogeraient longuement sur la charge symbolique que recelait cet instantané mental.

Il avait été entendu qu'ils se sépareraient dans cette même gare où ils s'étaient retrouvés; Marie-Ange rentrerait à Paris tandis que Lazare rejoindrait son régiment à Saint-Maixent. Mais la veille de leur départ, le besoin panique de gagner encore quelques heures avait inspiré à Marie-Ange une résolution différente. Elle avait annoncé à Lazare qu'elle l'accompagnerait, pour ne le quitter qu'au dernier moment. Elle avait exprimé une détermination si farouche qu'il avait jugé inutile d'essayer de la combattre, peut-être aussi percevait-il confusément tout ce qu'une telle attitude masquait de détresse. Le comportement de Marie-Ange et les émotions bizarres qu'il laissait deviner avaient le don de déconcerter Lazare. Pendant ces huit jours passés ensemble, Marie-Ange s'était dérobée à lui derrière ses humeurs indéfinissables et ses silences, il l'avait sentie lointaine et il l'avait crue indifférente. Il ne savait comment interpréter cette répugnance qu'elle montrait soudain à le quitter. Quoi qu'il en soit, il était trop tard; elle aussi l'avait déçu. Il n'avait rien retrouvé du charme de leurs tête-à-tête de l'automne précédent, lorsqu'il s'était cru amoureux d'elle.

Quand elle avait décidé d'accompagner Lazare, Marie-Ange n'avait pas imaginé un voyage si long ni un itinéraire si compliqué. Jusqu'alors, elle ne s'était déplacée en France qu'en suivant la pente nord-sud des grands axes battus, elle était montée dans ces rapides de nuit au bout desquels on se réveille dans un Midi qui sent le mimosa desséché et la mandarine de gare. Mais la traversée du pays d'est en ouest, contre le vent du progrès ferroviaire, commandait un trajet circonvolutif haché de changements malcommodes. A l'aube, ils avaient pris un train omnibus pour une ville proche où ils devaient attraper une correspondance. Figée dans l'éclat du gel matinal, Marie-Ange avait découvert la physionomie de provinces ignorées, creuset d'une vie lente et comme alourdie par le froid. Ce qu'elle voyait avait la couleur de son état d'âme : un ciel de mercure écrasait le paysage de vieux volcans aux flancs desquels s'écaillaient des plaques de neige jaunie. Çà et là des pylônes d'acier dévidaient le câble d'un remonte-pente au bord d'une piste déserte. Le monde réel, avait-elle convenu, était trivial, dérisoire et enclin à la vulgarité, comme le confirmait la faune des vacanciers en fuseaux d'élastis encombrant les quais des gares de la région qui, en ces années de prospérité croissante et de contrôle des changes, posait au Tyrol de second rayon. Puis on avait changé de train et le panorama défilant par la fenêtre avait perdu tout aspect de villégiature. On avait dérivé de bourgs en sous-préfectures et lu au passage de ces noms de lieux qui se chargent automatiquement pour l'habitant de la capitale d'une valeur paradigmatique péjorative. A Angoulême étaient montés des soldats et des familles affamées. Le compartiment avait senti la canette de bière et le sandwich au beurre rance. C'est entre Angoulême et Saintes que Marie-Ange s'était mise à pleurer doucement, si doucement que les autres voyageurs avaient mis quelque temps à le remarquer. Ces gens n'étaient pas des bêtes, il s'était fait dans ce compartiment, bruyant une minute plus tôt, un silence de levée du corps. Obéissant à l'instigation des regards qu'il avait sentis sur lui, Lazare avait tendu la main pour toucher la main de Marie-Ange, mais elle avait esquivé son contact.

Il y avait encore eu cette dernière nuit qu'ils avaient passée ensemble à Niort, dans un hôtel proche de la gare. On leur avait donné une chambre aux murs de laquelle des dames en robes à panier promenaient des barzoïs. Dans la porte de l'armoire à glace, Marie-Ange s'était vue assise sur le lit à côté de ce soldat. Il se dégageait de la séquence une atmosphère à la Simenon. Elle avait noté l'ironie dérisoire qui voulait que le cadre et la circonstance, pour une fois, se parent naturellement de cette aura romanesque qu'elle souhaitait tant voir à sa vie.

De retour à Paris, elle avait augmenté la dose des pilules bleues. Elle n'avait revu Lazare que des mois plus tard; il venait de rencontrer Chantal.

Dans son bureau de l'agence de publicité Béryl, au dernier étage d'un immeuble récemment construit en lisière du cimetière Montparnasse, Chantal raccrocha le téléphone. Son geste fit tinter les bracelets d'acier peigné dont l'entrechoquement rythmait tous ses mouvements et traduisait en décibels son degré d'impatience, de détermination ou de colère. Elle était peu émue par la nouvelle qu'elle venait d'apprendre de Delphine. Précédant la réaction de surprise et la consternation que l'annonce de la mort d'un proche ne peut manquer de provoquer, surtout quand elle s'entoure de circonstances dramatiques, un réflexe fulgurant avait déjà permis à Chantal d'évaluer quels soucis immédiats celle de Bojidar risquait d'entraîner pour elle. Mais elle avait conclu presque aussitôt qu'il s'agissait d'une affaire de famille par laquelle elle n'était donc pas concernée. Lazare, Delphine et Barthélemy, unis dans le culte de leur passé commun, étaient désormais les seuls survivants de cette famille dont Chantal s'était toujours exclue. A eux d'aller tenir la main à la veuve, à eux de se charger des formalités éventuelles. Delphine le savait bien, qui n'avait appelé Chantal à son bureau que faute de pouvoir joindre Lazare en reportage quelque part en province. Chantal se flattait de n'être pas plus encline à la dureté qu'il n'est nécessaire dans une carrière fondée sur la compétition et dans un milieu professionnel où, de la standardiste à la direction générale, le ton ordinaire combine, avec les manières exubérantes de la fausse cordialité et du faux dynamisme, un sens pratique dont l'expression favorite reste le meurtre sacrificiel du plus faible. Mais, à mesure qu'elle avançait en âge, les sentiments lui apparaissaient de plus en plus une affaire de temps et, si elle en pratiquait quelques-uns, c'était à la manière dont on pratique un sport de détente, à ses heures de loisirs et dans la limite définie par ses autres engagements.

Manœuvrant une invisible charnière, elle fit jaillir un tiroir de l'espèce de catafalque de chrome et de verre fumé qui lui servait de bureau. Elle y cueillit le dossier Orex qu'elle devait discuter pendant le déjeuner. Démarchées par une agence concurrente, les montres Orex menaçaient de porter ailleurs un budget annuel important. Il s'agissait de retenir leur clientèle par des propositions alléchantes. Chantal feuilleta rapidement le dossier, considérant les projets élaborés par les concepteurs et les croquis du *roughman*. En dépit de l'indigente qualité du travail des *créatifs*, elle n'était pas inquiète. Elle comptait mettre en avant sa stratégie de redéfinition des cibles et sa nouvelle politique de spots de quatorze secondes. Elle savait d'ailleurs qu'en toutes circonstances, il est maladroit de s'appesantir sur les mérites concrets du produit qu'on veut vendre, car les consommateurs ont perdu l'habitude de répondre aux incitations fondées sur une claire logique de détermination. L'agence Béryl avait été parmi les premières à comprendre que la mentalité contemporaine envisageait désormais le monde comme une collection de sous-ensembles compartimentés, plus ou moins désirables, que dénotaient une demi-douzaine d'accessoires emblématiques. Le rôle du concepteur publicitaire consistait à jouer sur le clavier des aspirations universelles et, appuyant tantôt sur la touche *purification*, tantôt sur la touche *rajeunissement* ou sur la touche *prospérité matérielle*, à déclencher une sorte de courant d'air porteur d'associations sélectives qui se condensaient en l'une ou l'autre de ces vignettes. Quand l'image avait acquis un relief suffisant, on y introduisait in extremis l'objet à promouvoir et il se pouvait que la conjonction d'un carré de cachemire, d'une paire de lunettes polaroïd et d'une fugue de Bach accordée aux reprises d'un moteur à injection définisse le territoire fantasmatique d'une eau de toilette ou celui d'une carte de crédit. C'est selon une tactique comparable que Chantal vendait ses campagnes aux clients de Béryl. Elle trouvait sa tâche facilitée par la renommée de Béryl et par l'inexplicable prestige dont jouissait encore dans Paris celle qui jadis avait lancé l'agence et qui, bien qu'elle ait largement atteint l'âge où l'on n'a plus d'âge, continuait à la diriger par petites secousses tyranniques, au mépris de la haine unanime que lui vouaient ses collaborateurs, lesquels ne la désignaient que comme *la vieille*. Depuis plusieurs années pourtant, Béryl ni *la vieille* n'avaient plus attaché leurs noms à aucune campagne mémorable. Mais dans cette stagnante paroisse qu'est le tout-Paris des opinions, où les idées reçues se transmettent comme les vieux vêtements dans les familles nécessiteuses, où les lieux communs régurgités par les uns sont pieusement remâchés par les autres, il en faut beaucoup plus ou beaucoup moins pour défaire une réputation, et celle de Béryl était intacte.

Chantal était entrée à Béryl quinze ans plus tôt. A l'époque, elle achevait des études d'ethnologie aussi distinguées qu'offrant peu de débouchés et elle recherchait un travail à mi-temps pour assurer la matérielle. On lui avait proposé un stage de trois mois dans la publicité, mieux rétribué que les travaux saisonniers auxquels elle avait eu recours jusque-là pour subsister. Elle y avait vu le moyen de financer ce voyage en Afrique, nécessaire à la conclusion de son mémoire de maîtrise, dont le sujet était *Le rôle économique du mariage comme facteur d'échange et de redistribution des richesses chez les indigènes Makoutous et Kanokas*. Ce stage publicitaire présentait un autre avantage à ses yeux : il est bon de connaître les ressources exactes dont dispose l'adversaire et Chantal ne jugeait pas inutile de se familiariser avec l'un des outils indispensables à la survie du capitalisme exécré ; en passant le seuil de Béryl pour la première fois, elle s'était fait l'effet de l'espion franchissant les lignes ennemies. Elle n'était pas la seule à habiller ainsi du prétexte de desseins machiavéliques ce qui sans cela aurait eu tout l'air d'un ralliement. Une mystique de l'infiltration inspirait alors aux soldats de la révolution perdue que la nécessité contraignait à *entrer dans le système*, de s'installer aux postes où il était donné d'en examiner à nu le fonctionnement, autrement dit, de voir le diable en face. La banque, la publicité, la presse constituaient des terrains d'observation particulièrement recherchés.

Chantal s'était d'abord essayée à la création publicitaire sans bonheur spécial avant que le hasard d'une épidémie de grippe et d'un remaniement provisoire du personnel, qui avait fait d'elle l'assistante d'un responsable commercial, ne la mette sur la piste de ses dispositions véritables. Tant qu'elle avait pu, elle avait repoussé une révélation qui la dérangeait, voulant ignorer l'aisance spontanée dont elle faisait preuve dans les négociations les plus âpres, niant l'appétit de compétition et de succès qui l'animait pourtant chaque jour davantage. Mais en définitive, il avait fallu céder à l'évidence. La reconnaissance et l'acceptation d'un tel bouleversement dans les données de sa personnalité requéraient, pour être complètes, que Chantal trouve d'urgence de nouvelles assises à la bonne opinion qu'elle voulait conserver d'elle-même. Quand cela avait été chose faite – les pirouettes les plus extrêmes sont parfois celles qui coûtent le moins à accomplir parce que leur mouvement libère un penchant naturel comprimé comme un ressort –, Chantal s'était réveillée femme d'affaires. Elle n'avait pas eu à se départir du ton d'autorité brusque dont elle avait usé jusque-là pour exprimer sa vision politique du monde et il était trop tard pour que s'efface, au coin de sa bouche, l'espèce de parenthèse de commisération sarcastique avec laquelle elle accueillait la contradiction dans les débats. Ces techniques de l'intimidation trouvèrent à s'employer dans un autre contexte, elles firent merveille dans les séances de briefing comme elles avaient fait merveille dans les discussions d'assemblées générales.

Si la révolution était partie remise, Chantal ne retranchait rien à ses convictions et, dès qu'elle avait accédé au statut de responsable, elle avait témoigné de sa fidélité à l'idéologie généreuse de sa jeunesse en exigeant de ses subordonnés qu'ils la tutoient. Elle s'était également autorisée de cette fidélité qui la rendait inattaquable pour les traiter comme n'oseraient pas le faire de nos jours les partisans honteux de l'ordre social le plus rétrograde et pour les réprimander avec une rudesse d'autant plus désespérante, venant de quelqu'un qui prône l'égalité et la justice, qu'elle ne laisse même pas le recours à la révolte. C'est aussi en partie grâce à une aptitude héritée de sa période engagée que Chantal excellait tout particulièrement dans les contacts avec les clients potentiels de Béryl. Comme d'autres travaillent leur voix pour chanter, elle avait autrefois – dans la perspective d'être appelée à mener un jour sur une bien plus vaste échelle cette campagne d'épuration de la rhétorique bourgeoise à laquelle elle soumettait inflexiblement les propos de ses proches – cultivé la vigilance analytique qui permet de traquer le contenu insidieux du discours d'un interlocuteur. A cet effet, pendant tout un semestre, elle s'était montrée assidue à un séminaire de sémiologie. Les techniques d'écoute critique acquises alors lui revenaient opportunément dans ces déjeuners d'affaires où le bon vin, la chaleur du restaurant et l'excitation quasi voluptueuse que provoque la sensation de l'imminence d'un accord fructueux débrident les imaginations et délient les langues. Entre le turbotin à l'oseille et le double express serré, l'homme que Chantal voulait amener à signer un contrat se laissait aller à philosopher sur la merveilleuse aventure du capitalisme. Il envisageait sa propre action, à l'unisson de cette grande dynamique, selon une panoplie de flatteuses métaphores sexuelles qui assimilaient les marchés à des corps que l'on conquiert sur un coup d'audace et que l'on possède par surprise. Chantal l'écoutait avec une expression fascinée, sachant déjà que la minute d'après, du ton de gravité de quelqu'un qui pèse ses mots, il allait lui demander de le surprendre par la proposition d'un projet rompant avec tout ce qu'on avait l'habitude de faire. Chantal se garderait de lui obéir à la lettre. Elle savait que le double discours n'est pas fait pour les chiens et que les protestations d'audace, lorsqu'elles sont liées à d'importants investissements, ne sont que cela, des protestations. Au cours de sa carrière, elle avait déjà eu maintes occasions d'observer quelle attitude fuyante adoptaient soudain ceux qui avaient témoigné en paroles du plus aventureux enthousiasme, dès qu'il s'agissait d'engager de l'argent sur une idée vraiment novatrice. Aussi les révolutionnaires campagnes de promotion dont elle esquissait les grandes lignes à la faveur de ces déjeuners en évoquaient-elles d'autres qui faisaient justement la preuve de leur efficacité au même moment. L'art consistait à badigeonner sur ces reprises un glacis d'inédit. Quelques concepts dotés d'un faux air de précision technique et enrobés dans les derniers-nés des barbarismes périssables – tels qu'il s'en invente de nouveaux tous les trois mois au sein des petites élites dominantes, pour remplacer ceux, défraîchis, qui sont évacués vers le bas où ils encombreront des années encore le vocabulaire des préposés aux guichets, des speakers, des placiers en produits d'entretien, et figureront comme les eaux usées du langage – parvenaient à rendre irrésistibles des procédés galvaudés, à la manière des chocolats fins dont le papier d'emballage est pour moitié dans la succulence.

Mais, quelque répugnance qu'elle ait à l'admettre, les succès de Chantal dans ces négociations n'étaient pas seulement le résultat d'un savoir-faire délibéré, un autre facteur y contribuait, qui ressortissait aux émotions et s'apparentait à cette sincérité dont on parle à propos du jeu de certains acteurs. Dans le feu de la discussion et grisée par une euphorie mercantile, Chantal se surprenait à croire aux arguments qu'elle débitait. Elle oubliait alors sa haine du système et le mépris impersonnel que lui inspirait son interlocuteur. Pendant un instant elle rejoignait celui-ci dans ce qu'il avait à ses yeux de plus méprisable justement et qui n'était ni le conformisme pleutre ni même la cupidité, mais cette pernicieuse confusion des perspectives et des mobiles insinuant que le lucre n'est pas incompatible avec un souci humanitaire et des préoccupations esthétiques; invitant à croire qu'une providence complaisante a mis au bout de la même route le plus grand profit possible, l'œuvre morale et l'œuvre d'art – trinité éclatante qui couronne les réussites dans une apothéose de machine à sous dont toutes les lucarnes s'illuminent à la fois sous l'impact de la balle. En de tels moments d'égarement, Chantal ne trouvait pas absurde l'idée qu'une nouvelle marque de lessive ou de collants indémaillables pût réellement contribuer au lent progrès du monde vers le Bien. Et il n'était même pas certain qu'elle aurait eu la force de s'insurger contre l'assertion fameuse selon laquelle Rimbaud, s'il vivait aujourd'hui, travaillerait dans la publicité.

Une entêtante fragrance dont une bouffée vint l'assaillir avertit Chantal que *la vieille* était arrivée. Sur ces effluves qui s'engouffraient par la porte entrebâillée de son bureau, on mettait le nom aux consonances rares d'un parfum dont tout le monde savait le prix exorbitant. Ce prix se justifiait pourtant s'il était celui de la ténacité car les effluves en question qui avaient imprégné les moquettes et les murs de l'agence résistaient aux plus persévérants courants d'air. Chantal soupçonnait *la vieille* d'user de ce musc fort comme la peur et la souffrance des petits animaux qu'on avait torturés pour le produire, dans le but, peut-être inconscient, de marquer son territoire et d'entretenir, chez ses employés exposés à l'effet légèrement stupéfiant de ces exhalaisons perpétuelles, le fantasme de l'omniprésence du chef. Les apparitions effectives de *la vieille* coïncidaient avec une soudaine montée d'orgues de la capiteuse pestilence et constituaient une sorte de coup de théâtre olfactif.

Une secrétaire vint apporter le premier courrier et informa Chantal que la conférence qui réunissait chaque matin les collaborateurs de Béryl pour un tour d'horizon allait bientôt commencer. Chantal considéra le petit tas de courrier posé sur un coin de son bureau. Elle y distingua une large enveloppe havane qu'elle ouvrit d'abord, sachant y trouver le nouveau bulletin de l'association *Les Liens du cœur* à laquelle elle avait décidé de s'inscrire avec Lazare, un an plus tôt. Lorsqu'elle feuilletait l'un de ces bulletins, Chantal ne pouvait retenir un jugement professionnel. Si *Les Liens du cœur* lui avaient confié le soin de leur publicité, pensait-elle, elle se serait fait fort de trouver pour un coût pas plus élevé un papier de meilleure qualité que celui-ci et, puisque la quadrichromie semblait exclue, elle aurait au moins fait en sorte que le clichage des photos en noir et blanc ne donne pas aux enfants ces airs de repris de justice à l'anthropométrie. Mais *Les Liens du cœur* pouvaient s'autoriser le luxe d'ignorer les règles élémentaires du marketing; la marchandise que dispensait l'association était unique par définition et d'approvisionnement difficile. L'offre ne satisfaisait même pas le tiers de la demande. De temps en temps pourtant, une catastrophe naturelle ou politique permettait de dégraisser les listes d'attente. Ceux qui n'espéraient plus se hâtaient alors vers le théâtre du dernier tremblement de terre, du dernier raz de marée ou du dernier exode de population fuyant la guerre civile et le génocide. *Les Liens du cœur* s'occupaient efficacement de tous les détails d'intendance : les billets d'avion étaient pris, des chambres étaient retenues au Hilton de Tegucigalpa, de Bangkok ou de Lagos. Le correspondant local de l'association y retrouvait les candidats qu'il assistait tout au long de leur séjour, les accompagnant dans leurs visites des orphelinats et des camps de personnes déplacées. Le choix fait et les premiers papiers signés, *Les Liens du cœur* se chargeaient des démarches nécessaires pour obtenir le visa de sortie de l'enfant, démarches compliquées par le nationalisme archaïque qui va de pair avec le sous-développement et tend à considérer les êtres humains comme la propriété morale et physique des pays où ils ont la malchance de naître. Depuis peu, le bulletin s'était augmenté d'une rubrique nouvelle offrant une solution de rechange à l'adoption pure et simple. Cette rubrique contenait les photos et les fiches signalétiques de jeunes femmes recrutées dans les régions défavorisées du globe et dont *Les Liens du cœur* louaient les ventres. Un courrier convoyait la semence dans un conditionnement spécial jusqu'à la future porteuse qui pouvait se trouver en Colombie ou au Brésil. L'insémination avait lieu dans une clinique privée financée en majeure partie par l'association. Quand le terme était proche, la porteuse, munie d'un visa touristique, allait accoucher dans un État d'Amérique du Nord choisi en raison de sa législation propice à ce type d'adoptions. Chantal avait immédiatement exclu le recours à un tel procédé, non par répugnance morale mais parce que cet enfant qui de toute façon ne devait pas être celui de sa chair ne gagnerait rien à ses yeux à ressembler à Lazare. Elle ne s'était même pas retenue d'ajouter mentalement *au contraire*, car elle avait dépassé le stade de l'hypocrisie et elle savait qu'on peut vivre très confortablement avec quelqu'un que l'on n'aime plus, dont on ne pense pas monts et merveilles et pour qui l'on n'éprouve qu'une affection mêlée d'exaspération. Elle songea cependant que l'expression les *mystères de la conception* reprenait tout son sens dès qu'il s'agissait de ces chastes fécondations transatlantiques auxquelles avaient part l'altitude, la vitesse et la nuit immobile des fuseaux horaires traversés. Quant aux individus produits par cette féerie technologique à partir des pollutions d'un homme d'affaires occidental et de la complaisance utérine mercenaire d'une indigène du tiers monde, ils étaient imprévisibles. Chantal se fit la réflexion qu'elle appartenait sans doute à la dernière génération largement conçue par accident et à la faveur d'une rémission nocturne de la mauvaise humeur des ménages. Pendant les vingt premières années de sa vie, elle avait eu le discutable privilège de voir vieillir, s'aigrir et s'abrutir sous ses yeux les acteurs de l'étreinte calamiteuse à laquelle elle devait l'existence et dont le stimulus émotionnel avait, paraît-il, été l'amour. Chantal devait bien convenir que tout était préférable à cela.

La conférence par laquelle débutait la journée de travail avait lieu dans le bureau de *la vieille* où le nombre insuffisant des sièges forçait les uns à rester debout et d'autres qui cultivaient, au mépris de la trentaine sonnée, une désinvolture gamine, à s'asseoir en tailleur sur la moquette. Ces réunions auraient aussi bien pu se tenir dans une grande pièce qui avait été meublée à cet effet et où chacun aurait trouvé à s'asseoir, mais *la vieille*, qui ne devait pas détester de voir chaque matin la moitié de *son staff* debout devant elle comme au garde-à-vous tandis que l'autre moitié semblait à ses pieds, avait décrété que le cadre de la salle de conférences était *lugubrissime.* Son propre bureau qui, grâce à un mur d'aquarium, offrait une vue panoramique exceptionnelle sur le cimetière Montparnasse n'encourait évidemment pas le même reproche. La table de travail était placée au centre de cette espèce de baie ouverte sur la nécropole; *la vieille* y était assise à contre-jour. Sous le casque de raides cheveux nettement équarris, sa face tannée aux ultraviolets était léchée par les volutes de l'inamovible gauloise qu'elle laissait se consumer collée au coin de sa lèvre. Derrière elle on apercevait la multitude des mausolées et des caveaux dont l'agencement géométrique répondait à ce goût pour la stylisation et pour l'épure qu'elle recommandait à ses maquettistes de faire prévaloir dans leurs mises en pages. Chantal ne considérait jamais la silhouette épaulée et busquée qui se découpait en serge grain de poudre contre cette pertinente toile de fond, sans évoquer les portraits de cour où l'on voit des reines et des favorites dont l'index désigne en arrière-plan, au-delà d'une portière embrassée par des torsades de fil d'or, le domaine emblématique que représente la perspective fuyante des jardins de Versailles ou de Compiègne. Un rapport de même nature, imaginait Chantal, devait unir au paysage dont elle avait choisi la vue cette femme qui avait tué en elle tout ce qu'elle ne pouvait faire servir à satisfaire son obsession de domination.

Bien que la conférence n'ait pas encore commencé, une demi-douzaine de ces jeunes gens qu'on appelait par dérision *les pages* était déjà rassemblée autour de *la vieille* – sémillante garde prétorienne qui buvait ses paroles. La complicité spéciale dont s'enorgueillissaient les pages était le résultat de longs échanges téléphoniques à ces heures indues de la nuit où ni le confort de l'argent ni les ambitions sociales comblées ne protègent contre la révélation d'une solitude essentielle à laquelle les gens qui n'ont jamais pratiqué la solitude de leur plein gré prêtent mille maléfices. Le page que cet appel tirait du sommeil se savait réquisitionné pour distraire par son babil les insomnies au goût de nicotine froide de *la vieille.* Le compte rendu des ragots de bureau et l'occasionnelle dénonciation d'un collègue, en manière de protestation réitérée d'allégeance, préludaient à des confidences d'un caractère plus intime. La vie privée des pages n'était pas heureuse; ils ne rencontraient que des amants volages ou brutaux. *La vieille* compatissait à ces déboires trop constants pour s'expliquer seulement par un défaut de discrimination. Ces confidences imprudentes n'étaient pas oubliées, des semaines, quelquefois des mois plus tard, il arrivait, sur une bouffée d'humeur, qu'elles soient resservies en public à l'intéressé, sous la forme d'une allusion cinglante et transparente.

Lorsque Chantal entra dans le bureau directorial, *la vieille* détaillait aux pages les mérites d'une ligne de savonnettes écologiques non encore commercialisée et dont Béryl allait orchestrer le lancement. L'originalité du produit consistait à intégrer dans sa composition des éléments naturels – peu fréquemment associés à ce qu'elle appelait d'un néologisme de chef de rayon : la *toiletterie* – tels que la rhubarbe, le chou rouge ou l'artichaut. Elle avait expérimenté sur son propre épiderme l'action bienfaisante d'une *admirable* savonnette au fenouil. Chantal releva au passage le mot *admirable* et se fit la réflexion que dans peu d'années cette épithète appliquée à une savonnette dégagerait sans doute le même parfum de désuétude que le mot *valable* qui resurgit encore quelquefois au fond de provinces reculées pour qualifier la reprise d'une pièce de Sartre par les galas Karsenty. Elle sourit furtivement de cette analogie en considérant *la vieille*. C'est par le *texte* qu'elle se démodera d'abord, se dit-elle, son genre de préciosité commence déjà à être daté et elle n'aura plus le ressort d'évoluer vers autre chose... *La vieille* imaginait pallier l'indigence d'un lexique stéréotypé en abusant de ces œstrogènes du discours que sont les hyperboles. Elle basculait un peu la tête pour lancer comme un rond de fumée, mais avec toute la force ascensionnelle possible, un adverbe dont elle étirait les syllabes à les disloquer. Elle observait ensuite un temps de quelques secondes avant de laisser retomber de cet immatériel tremplin un qualificatif dont la formulation retardée pouvait induire à penser qu'il avait été choisi avec le plus grand soin. Ainsi, s'il fallait en croire ses propos qu'engorgeaient les superlatifs, *la vieille* avait l'enviable privilège, à une époque et dans un milieu où le hasard statistique vous exposerait plus volontiers à côtoyer des imbéciles et des goujats, de rencontrer quotidiennement des gens *d'une intelligence tellement aiguë!... d'un raffinement tellement inouï!...* De même, elle vivait dans un pays des merveilles où les savonnettes étaient *admirables,* où les téléphones sans fil que l'on balade de pièce en pièce et dont on interroge les répondeurs à distance étaient *divins,* où l'émincé de petits légumes en aspic qui avait établi la réputation de tel traiteur à la mode était *émouvant.* Ce brouillage systématique de la perception et de l'appréciation était peut-être le prix qu'il fallait payer pour continuer à trouver de l'agrément à une exigence bornée par la répétition de festivités toujours identiques. *La vieille* réservait le principe de réalité au seul domaine de sa carrière et de ses affaires. Pour tout le reste, elle flottait dans un nirvana de non-sens et de faux-semblants, incapable de faire face à une situation de la vie dont le dénouement n'aurait pas été du ressort des techniques du marketing ni n'aurait relevé du code de l'alpinisme social. A une secrétaire qu'elle avait surprise sanglotant parce que son enfant était en train de mourir d'une inopérable malformation du cœur, elle avait lancé un jour : « Nous avons toutes nos problèmes... On les laisse à la maison ! » L'incident avait été rapporté dans Paris et avait valu à *la vieille* une réputation de monstruosité qui ne desservait pas son personnage. Mais l'accusation était injuste et elle prêtait au caractère de *la vieille* une dimension de démesure qui lui seyait bien mal. Cette femme que les malheurs des autres exaspéraient aux heures de bureau, ne révélait-elle pas plutôt, à travers ces réprimandes de sous-maîtresse, la minuscule bourgeoise qu'elle était quant à l'essentiel et qui ne trouvait rien de mieux à opposer à l'intrusion de la tragédie dans son environnement immédiat qu'un lieu commun.

« Dans dix ou quinze ans, pensa Chantal, je serai comme elle et je serai à sa place... » Cette prédiction qu'elle ne trouvait pas spécialement réjouissante, Chantal sut pourtant que le plus clair de son énergie, au cours des années à venir, allait être employé à en hâter l'accomplissement. Vient un âge, songea-t-elle, où la volonté se désolidarise des désirs pour servir avant tout une sorte de nécessité dramatique de la vie... L'ordre des choses ? Le destin ? Il était dans l'ordre des choses et dans le destin de Chantal qu'un jour, à la suite d'une révolution de palais, son règne despotique commence où finirait le règne despotique de *la vieille*. Dix ans plus tôt, cette échéance qu'elle pressentait aujourd'hui inévitable lui aurait paru chimérique ; la jeunesse a étrangement foi en la pérennité de ce qui lui fait obstacle. Mais depuis, Chantal avait pris conscience de cette force qui s'exerce sans répit, quand bien même ses effets peuvent demeurer longtemps indécelables, et qui précipite toute chose vers sa conclusion. Elle avait vu tomber comme en poussière des dictatures réputées indestructibles, se terminer des guerres qu'on avait cru devoir durer indéfiniment, être rejetées comme périmées des convictions et des attitudes que sa génération qui avait lutté pour les imposer avait tenues pour des conquêtes inaliénables. Elle savait maintenant que les événements et les idées, fastes ou néfastes, n'ont qu'une signification transitoire et que quinze ans, c'est en moyenne le temps qu'il faut pour que tout passe. « Je serai là où elle est, pensa Chantal, parce que, par quelque chose que je ne contrôle pas, je lui ressemble... Et c'est pour cette ressemblance que je la déteste tant... »

Elle l'examina à la dérobée, s'exhortant à l'impartialité, s'appliquant à déduire du *produit fini* que représentait cette femme ce qu'elle-même, Chantal, devrait acquérir pour se conformer tout à fait au physique du rôle. Elle désespéra de posséder jamais la voix rauque et onctueuse à la fois dont le débit traînant donnait du relief aux perfidies prononcées. Mais pour le reste, ce genre d'allure-là s'achetait dans les magasins. Elle ne tenait qu'au savoir-faire d'un bon coiffeur et d'un bon faiseur allié aux résultats d'un régime draconien. Dans le cas de Chantal, le régime ne serait même pas nécessaire. Elle était naturellement et irrémédiablement, semblait-il, d'une maigreur anguleuse. Ce trait constitutif qui l'avait défavorisée à vingt ans sur les étals des plages faisait d'elle à présent un cintre idéal pour les tailleurs stricts. Quand le moment viendrait pour elle de se composer une image définitive, Chantal se promit qu'à l'inverse de *la vieille,* sa vigilance ne laisserait aucune hallucination narcissique compromettre l'équilibre d'un chic qu'elle aurait froidement machiné.

Pour distraire d'une physionomie plus qu'ingrate, *la vieille* avait cherché dans l'affamement et dans la culture physique des motifs de pouvoir dire comme cette héroïne de Drieu La Rochelle : « Ne regardez pas mon visage... ce n'est pas pour lui qu'on m'a aimée... » Cette stratégie de compensation attestait une lucidité estimable mais, hélas! si implacablement que l'on se regarde soi-même en face et, si sévère que soit l'évaluation, il faut bien que quelque chose échappe à la rigueur de ce constat. Il faut bien qu'un optimisme pernicieux trouve prétexte à s'exercer. *La vieille* jouait avec une complaisance excessive d'une morphologie de coureur de fond, de jambes interminables plutôt que belles et d'une chute de reins à la cambrure nette. Pourquoi fallait-il que ces honnêtes avantages physiques, aussi durement gagnés sur une nature adverse que le sont les polders sur le Zuiderzee, fussent sacrifiés au ridicule des hardiesses vestimentaires qu'encourageait chez une septuagénaire la représentation délirante d'elle-même en vénus callipyge?

A cet instant, par un mouvement qui lui était habituel, *la vieille* bascula la tête en arrière pour exhaler la première bouffée de la cigarette qu'elle venait d'allumer, provoquant la fuite vers l'oreille d'une frange de cheveux beiges et découvrant une longue balafre en forme de parenthèse qui courait de la pommette au maxillaire. Pendant l'exode, *la vieille* avait été assez grièvement blessée à la face dans un accident de voiture. Il lui en restait cette marque scellant sa laideur d'un cachet singulier et témoignant des sutures expéditives qui se pratiquaient dans des hôpitaux à moitié vidés de leur personnel en ces heures d'apocalypse nationale. Plus tard, la chirurgie plastique aurait pu reprendre la cicatrice et même l'effacer, mais l'intéressée avait dû juger que c'était se donner bien de la peine pour ne gagner au change qu'une laideur ordinaire. Le pragmatisme entrepreneur qui guidait ses décisions l'avait dissuadée d'investir dans la cause perdue qu'était son visage des soins qui pouvaient être employés plus fructueusement ailleurs. Elle avait travaillé l'enveloppe. Elle s'était voulue la girouette ultrasensible des vents de la mode et le cobaye de prédilection de quelques stylistes d'avant-garde qui testaient grâce à elle l'effet produit dans Paris par leurs créations radicales. Avec les années, la ferveur de cette obédience au dernier cri, loin de prendre en compte la décrépitude physique et de se tempérer de concessions au bon sens, s'était exacerbée, confinant à l'obsession maniaque. *La vieille* arborait des tenues idéalement conçues pour une femme de vingt-cinq ans et, ne cessant de renaître à ses propres yeux sous de nouvelles apparences, se berçait de l'illusion de n'avoir que l'âge de la dernière mode à laquelle elle se conformait. Ce parti pris vestimentaire découlait d'un état d'esprit plus général – assez répandu parmi les vieillards qui se refusent à *décrocher* –, tendant à faire de la modernité une valeur en soi et posant comme un principe la supériorité qualitative absolue du présent sur le passé. De cette philosophie *la vieille* était une adepte si littérale qu'on ne l'entendait jamais faire allusion à un événement survenu il y a plus de six mois et que pour elle, dans quelque domaine que ce soit des accomplissements de la civilisation, c'était toujours la minute présente qui inaugurait le siècle d'or des chefs-d'œuvre.

Quelques années auparavant, une vague d'humeur

rétrospective dont la publicité ne pouvait pas se permettre de ne pas tirer parti, avait déferlé à l'encontre de cette tension moderniste. En effet, comme s'ils s'étaient soudain mis en tête d'enrayer la course d'un monde naguère varié vers le plus bas commun dénominateur de l'uniformité totale, on avait vu des gens s'évertuer à saisir quelque chose de leur passé culturel spécifique en collectionnant éperdument les pots de chambre Louis-Philippe et en harcelant de demandes de recherches les préposés à l'état civil des mairies de province pour le frisson de se découvrir un bisaïeul charcutier à Criquebœuf... *La vieille* s'était alors trouvée confrontée à un dilemme imprévu : comment concilier l'affectation d'amnésie, où elle voyait le corollaire de son agilité à poursuivre l'air du temps, avec ces aspirations passéistes que trahissait le *marché*? Mais la solution s'était imposée presque aussitôt : investi par la mode, le passé était débarrassé du même coup de ses connotations négatives. Il devenait permis et même profitable de renouer avec sa mémoire. S'avisant qu'une péripétie au moins de son propre destin avait eu partie liée aux commotions du siècle et que cette coïncidence la plaçait pour ainsi dire dans l'éclairage indirect de l'histoire, la rescapée de l'Hotchkiss tragique s'en était autorisée pour mettre dans ses évocations la gravité à quoi l'on reconnaît les témoins privilégiés. Quand il s'était avéré qu'on ne pouvait plus faire vendre un paquet de lessive ou un pot de confiture sans recourir à une rhétorique vichyste de l'authentique et de l'éternel, *la vieille* avait eu ainsi des accents inimitables pour exalter la douceur des traditions, la sagesse des terroirs, l'ambiance magique des vastes cuisines d'autrefois... Chantal admirait particulièrement chez *la vieille* cet art de la volte-face. Elle le lui enviait car elle savait que sur ce terrain elle ne s'égalerait jamais à elle. L'inconséquence naturelle qui permet d'opérer de tels revirements avec candeur lui ferait toujours défaut. Elle serait au mieux capable de palinodies dictées par un opportunisme cynique et vécues dans la mauvaise conscience. Qu'elle soit un charme ou un vice, Chantal savait que la légèreté s'imite à la rigueur mais qu'on ne l'acquiert pas. Elle prévoyait que lorsqu'elle aurait atteint cette position où l'on ne rend compte de ses décisions à personne, mais où la distance ironique dont elle s'offrait encore le luxe intermittent n'est plus guère compatible avec la poursuite du succès, son principal handicap serait un penchant pour le raisonnement cohérent allié à un quotient intellectuel d'une altitude superflue. Car dans certains cas, le fait de n'être pas plus intelligent que ce qu'on est commis à vendre est le secret de la réussite.

Il y a d'autres secrets et Chantal fondait plutôt ses espérances d'un avenir brillant sur ce qu'une équipe de psychologues behavioristes américains définissait comme l'*échec initial générateur d'énergie.* En effet, selon une étude dont elle avait lu récemment le compte rendu dans une revue de chasseurs de têtes, la plupart des réussites hors pair pouvaient être interprétées comme la compensation d'un échec initial essuyé dans un tout autre domaine que celui des compétences professionnelles. Échec oublié, refoulé, mais subconsciemment reconduit, dans le registre de la vie privée, par le chef d'orchestre en renom ou par le spécialiste de droit maritime internationalement consulté, de façon à sauvegarder les bénéfices qui résultent pour leurs carrières de ce processus de compensation. A l'instar des sujets observés par les savants américains, Chantal ignorait quelle avait été, en ce qui la concernait, la nature du traumatisme initial. Elle était tout à fait consciente en revanche des diverses formes sous lesquelles s'était perpétuée, au long de son existence adulte, cette sensation de défaite d'immémorable origine. Elle revoyait sans complaisance ses années militantes aux aguets des iniquités du monde. Elle oubliait maintenant ce que le fait de vivre en continuel état d'alerte dans l'attente d'une prise de pouvoir fasciste ou de quelque autre imminente catastrophe historique avait eu d'exaltant et, somme toute – au regard de mille plus vaines manières de gaspiller sa jeunesse –, de respectable. Elle s'accusait parfois de n'avoir tant investi d'elle-même dans la cause de la révolution libératrice des peuples que pour répéter à travers le destin, combien prévisible, de la cause en question, un échec personnel.

Le dernier avatar de ce souci de faillite dont Chantal décelait rétrospectivement la permanence dans sa vie intime était incarné par les mauvaises photographies d'enfants qui illustraient le bulletin de l'association *Les Liens du cœur.* Ce désir de maternité, d'abord vague, lui était venu sur le tard. Il s'était soudain fait poignant quand Chantal avait été informée que, dans son cas, la probabilité de le satisfaire de la façon naturelle était faible. La perspective d'une échéance biologique plus très lointaine ajoutait à la situation une urgence dramatique. Pendant deux ans, Chantal avait exigé de Lazare qu'il se soumette avec elle à une série d'examens et de traitements. Ils y avaient gagné de découvrir que, sans être catégoriquement stériles, les chances qu'ils avaient de procréer chacun séparément étaient médiocres tandis que leurs chances de procréer ensemble étaient nulles. Cette révélation avait décidé de leur adhésion aux *Liens du cœur*. Devant les photos d'enfants, Chantal pressentait parfois avec tristesse que, des deux ou trois choses qu'elle avait voulues jusqu'à l'obsession à différents moments de sa vie, la volonté d'être mère, en dépit de l'auréole de légitimité dont l'entourait la nature, pouvait bien être la plus égoïste. Elle ne s'abusait pas sur la signification d'un besoin davantage symbolique que viscéral ni sur le rôle de dérivatif que jouerait dans son existence cette maternité tardive. Elle savait tout ce qu'à travers un enfant elle se donnerait l'illusion d'avoir accompli et, à l'inverse, tout ce que l'absence d'enfant cristalliserait d'amertume et de regret. Chantal devait bien reconnaître qu'aux temps où, avec une passion égale, elle ne désirait que la révolution, ses mobiles étaient plus purs. Elle se surprenait à feuilleter le bulletin de l'association comme s'il s'agissait d'un catalogue de grande braderie, assimilant par le regard ces enfants à des articles et cherchant, malgré elle, à repérer l'*affaire* exceptionnelle... De ce réflexe-là, elle s'absolvait aisément car elle réalisait qu'il ne témoignait pas d'un défaut d'humanité de sa part, mais plutôt de sa parfaite adaptation au monde actuel. Après tout, elle était bien placée pour savoir que l'œuvre de la civilisation sur les individus consistait à former, avant tout, des acheteurs.

Lazare cligna les yeux. Il s'était levé à une heure impossible, n'avait eu que le temps d'avaler un liquide au goût de vase bouillante servi sur le zinc d'un café qui ouvrait à peine et, depuis qu'ils roulaient, le défilement monotone de l'autoroute dans cette pénombre bleuâtre de nuit américaine qui précède le jour commençait à avoir sur lui un effet hypnotique. Pour lutter contre le sommeil, il s'appliquait à lire au passage les distances inscrites sur les panneaux et à calculer mentalement le temps qu'ils mettraient à atteindre cette ville de province dont il se rappelait seulement, dans l'état de torpeur où il basculait par intervalles, qu'elle avait un nom de tapis et que lui, Lazare, devrait y élucider une de ces énigmes de chiens écrasés – au sens littéral – dont le compte rendu occupait les pages de *L'Arche de Noé* à la rubrique intitulée, sans intention dérisoire, « Grand Reportage ». Le photographe chargé d'assurer l'illustration du reportage en question, et qui avait offert à Lazare de partager sa voiture, meublait le silence par des propos déliés. Les réminiscences foisonnantes d'une carrière longue et variée en alimentaient le thème et il était question pour le moment d'une séance de portraits à laquelle Martine

Carol s'était prêtée à son retour de Tahiti... Lazare ne lui accordait d'attention que ce qu'il en fallait pour relancer au moment opportun le débit de son bavardage. En l'examinant à la dérobée, il nota que, contrairement à lui, cet homme ne trahissait aucune fatigue. Sa voix était claire et il avait la mine dispose de quelqu'un qui a dormi une nuit complète. En outre, il avait trouvé le temps de se raser avec soin et d'assortir sa cravate à une chemise bien repassée. Cette apparence impeccable de son compagnon de voyage inspira à Lazare un réflexe dont il eut honte : il se surprit à essayer de retourner vers la doublure l'extrémité décousue et élimée de la manche de son loden. Il s'adjura de réserver une heure dans la matinée du lendemain à l'achat d'un manteau neuf; celui-ci dont les coutures craquaient de toutes parts et qui n'avait plus ni couleur ni forme lui donnait l'air d'avoir couché sur un banc. Périodiquement, Lazare envisageait dans le même esprit une série de mesures pratiques censées préluder à une reprise en main de sa vie. Mais le déclic intérieur qui amenait une telle résolution devait consumer toutes les ressources de sa volonté car l'intendance suivait rarement. Il différait encore le moment de remédier à cette apparence déjetée qui le faisait rabrouer par les secrétaires, toiser avec méfiance par les hôtesses d'accueil, et qui lui interdisait de fait l'accès de certains endroits chics élus par les membres les plus lancés de sa profession comme lieu de leurs rendez-vous, pour le *cachet* d'un décor conjuguant les lambris d'acajou avec les éclairages indirects, et propre à favoriser chez ces parvenus l'illusion qu'ils n'étaient pas n'importe qui. Il s'accordait un nouveau délai de grâce dans le but, se persuadait-il, de mettre au point sa stratégie avant de téléphoner à deux ou trois personnes dont il avait été le collaborateur et le camarade, jadis, alors qu'ils débutaient ensemble dans le journalisme. Il estimait être resté avec elles sur un pied de familiarité suffisant – bien qu'il n'ait fait que suivre à distance, depuis dix ou douze ans qu'il ne les avait pas vues, la progression ascendante de leurs carrières vers les rédactions des grands quotidiens nationaux et des news-magazines – pour leur exposer clairement et sa situation actuelle et son désir d'en changer, et pour leur dire sans ambages l'aide qu'il espérait d'elles. Mais le délai se prolongeait et Lazare imaginait d'excuser sa paresse dilatoire en se convainquant peu à peu qu'il avait d'abord inconsidérément prêté à ces anciennes relations plus d'entregent qu'elles n'en possédaient. De toute façon, à l'abri des vicissitudes comme ils l'étaient, dans l'univers confortable de la presse sur papier glacé, ces gens seraient probablement peu disposés à se montrer serviables envers un camarade malchanceux croisé du temps de leur jeunesse obscure – si même le nom de ce camarade éveillait encore en eux le moindre souvenir.

A ce point de son raisonnement, Lazare renonçait tout à fait à ses velléités d'ambition. Aucune carrière ne lui semblait mériter le sacrifice de la délectation fataliste, corsée d'un peu d'amertume, qu'il éprouvait à s'abandonner sans vergogne à l'avachissement, à arriver en retard à tous ses rendez-vous, à égarer le courrier important, à ne se raser qu'un jour sur deux ou sur trois, comme Chantal lui en faisait le reproche en soulignant ses paroles d'une mine répugnée. Il accueillait ces critiques avec la placidité d'une résignation déjà ancienne; il savait en effet depuis longtemps ne plus représenter, aux yeux de Chantal, qu'une chose encombrante et un peu sale qu'elle avait la faiblesse ou l'indulgence de laisser traîner dans sa vie. Leurs dernières étreintes remontaient à plusieurs mois; la fréquence et l'occurrence de celles-ci étaient alors soumises au contrôle de divers spécialistes de la stérilité et la conscience fantasmatique d'une humiliante supervision, jointe au défaut d'inspiration de partenaires usés par quinze ans de lit, avait réduit leurs ébats à de strictes et laborieuses performances mécaniques. Au plus fort de ces coïts sur ordonnance il arrivait qu'un mouvement maladroit libère une bouffée d'exaspération et que, dans un râle, ils se sifflent à l'oreille des exhortations hargneuses. On aurait dit un couple de travailleurs de force, à bout de nerfs et d'épuisement, s'incitant durement l'un l'autre à tenir la cadence infernale de la chaîne. Le diagnostic, attribuant l'insuccès persistant de leurs efforts à la destruction par l'excès d'acidité du milieu vaginal chez Chantal des spermatozoïdes fragiles que produisait Lazare – lequel n'avait pu s'empêcher de voir dans une telle cause une sorte de métonymie physiologique spontanée –, les avait délivrés de ce stakhanovisme sexuel. Définitivement sans doute, puisque Lazare était désormais pour Chantal un objet de dégoût. Non pas de dégoût violent, plutôt de dégoût atténué par l'habitude d'une fréquentation quotidienne, de dégoût mitigé d'ennui, de dégoût tel qu'en inspirent les vieilleries un peu abîmées, un peu cassées, et qu'on a trop vues mais dont on hésite pourtant à se défaire en se disant qu'elles peuvent encore servir.

Le plus étrange, remarquait Lazare en son for intérieur, chaque fois que Chantal le houspillait à propos d'un col sale ou d'une barbe de quarante-huit heures, le plus étrange c'est qu'à l'époque de leur première rencontre la situation était à peu près inverse. Il était alors un jeune homme tiré à quatre épingles et cette grande fille anguleuse et malveillante, à qui il avait permis de promener sur les étagères bien rangées de ses principes et de ses naïves valeurs bourgeoises la dévastation de son regard critique, lui avait appris comment il convenait de reconnaître dans le débraillé, le désordre, la crasse même, le sens d'une protestation politique.

Pendant des années Lazare avait cru à la légitimité morale du désordre de Chantal et il s'était si docilement conformé à ce désordre qu'il lui semblait en être devenu lui-même un des éléments. Sa foi aveugle lui avait dérobé le processus presque insensible d'une de ces modifications qui ne se révèlent radicales que dans la perspective du temps. Un beau jour, il était sorti de sa longue inconscience avec l'expression éperdue que les feuilletonistes prêtent au soldat amnésique lorsqu'il revient à lui et comprend que la guerre, qui faisait encore rage un instant plus tôt dans son imagination, est terminée depuis des lustres. Il avait ressenti toute la profondeur du changement avant de pouvoir dire ce qui avait changé, avant de réaliser que le temps n'était plus où des objets de première nécessité disparaissaient sous des amoncellements de linge sale, où Chantal invitait six personnes à dîner pour les abandonner aux seules ressources de leur ingéniosité, dans une cuisine innommable aux placards vides. A présent, tout était accessible et en abondance. Chantal jetait sur cette nouvelle prospérité le voile d'un fouillis cosmétique destiné à masquer combien, en réalité, chaque chose autour d'elle avait désormais sa place précise et combien elle-même était solidement installée dans sa vie. Alors que lui, Lazare, il ne tenait à rien, il dérivait. Il avait éprouvé à son égard une rancœur confuse, comme si elle l'avait abusé, trahi ou, plutôt, comme si elle lui avait délibérément communiqué une maladie incurable, dont pour sa part elle avait réussi à guérir. Il s'était mis à la regarder avec incrédulité et un sentiment de malaise, comme le promeneur un trajet pourtant familier dont se déroberait soudain tout point de repère. Il s'était efforcé de se rappeler depuis quand ces ensembles discrets qui portaient la griffe de bons faiseurs avaient remplacé dans la penderie les hardes indiennes délavées et informes, depuis quand les néologismes promus naguère par la culture de la subversion-pour-tous, afin de servir de signes de reconnaissance aux contestataires de 1970, avaient disparu de sa conversation courante... De ces questions et de ces constats Lazare ne tirait aucune conclusion significative et l'urgence du quotidien qui figurait comme une brise superficielle sur la profonde stagnation de son existence suffisait à les expulser de l'horizon de ses soucis immédiats. De nouveaux reportages exigeaient qu'il parcoure les provinces en quête d'exploits d'animaux héroïques. Il y avait l'affaire du courageux teckel de la buraliste d'Arras, qu'il fallait couvrir pour le prochain numéro dont on retardait tout exprès le bouclage; il y avait encore Ida, la maman saint-bernard, qui par son intrépide conduite, etc.

A présent, la voiture longeait sur la gauche de la route un rideau de brouillard encore sombre mais comme embrasé par l'incidence du jour qui l'ourlait d'une lueur violette. Lazare lut sur un panneau indicateur La Ferté-Saint-Aubin et une association spontanée entre ce nom et le phénomène dont il observait le progrès par la vitre latérale embuée lui fit imaginer un roman dont la première phrase aurait été : *Le jour se levait sur La Ferté-Saint-Aubin.* Curieux, songea-t-il, comme une douzaine de mots peut suffire à déterminer l'essentiel : avec le lieu, l'ambiance, le genre et pratiquement l'histoire... car si la variété des événements susceptibles de se produire à La Ferté-Saint-Aubin est infinie dans la réalité, elle est limitée dans un roman par la rhétorique de la vraisemblance... Ce roman, Lazare, lorsqu'il avait quatorze ou quinze ans, se serait sans doute promis de l'écrire. L'année de ses quatorze ans s'était consumée en lectures. Inaugurée par les aventures de Fantômas, elle s'était gravement terminée sur quelques grands classiques. Entre-temps, Lazare avait dévoré un salmigondis de littérature où Pierre Benoit voisinait avec Zola et Vicki Baum avec Mauriac. Le dénominateur commun de ces lectures étant le catalogue éclectique du Livre de Poche et la rare exaltation que lui procurait, tous niveaux de littérature confondus, le simple développement d'une histoire. Par ces échappées dans la fiction, il avait commencé à satisfaire sa curiosité du monde; il avait marché sur les eaux, il était entré dans le feu, il s'était avancé exempt de craintes sur le terrain des lamentables expériences adultes, se sachant garanti contre toutes les atteintes par le miraculeux bouclier de la littérature. A travers les personnages des livres, il s'était essayé à vivre; il s'était senti plus intelligent qu'eux, plus sage, plus clairvoyant, ayant deviné longtemps avant qu'ils ne s'en avisent eux-mêmes vers quels désastres ils se précipitaient. Un mouvement de sensiblerie égoïste, un refus d'assister au pire si prévisible, lui avait parfois soufflé d'abandonner ces personnages à un sort qu'ils avaient largement mérité par leur aveuglement opiniâtre et leur sottise. Mais il avait été incapable de s'y résoudre et il avait découvert alors quelle solidarité irrationnelle unit, malgré lui, le lecteur à ces hypothèses d'existence qui peuplent les romans. Il avait souffert les humiliations du Petit Chose, il avait pris part à la déconfiture du ménage Coupeau, la fin d'Aurore de *Kœnigsmark* l'avait laissé ému et sombre. Ses lectures avaient hâté la révélation de quelque chose qu'il avait déjà pressenti obscurément et qui lui était apparu un élément inappréciable de la connaissance : les êtres humains avaient un destin, tel était le message que répétaient les romans. Si la plupart de ces parenthèses dans l'infini du néant que représentaient au fond les vies, étaient vouées à la médiocrité et au gâchis, aucune pourtant ne parvenait à être absolument insignifiante. Toutes possédaient au moins cette dimension rédemptrice : elles se racontaient.

Cette conviction essentielle et les spéculations romanesques auxquelles elle donnait libre cours dans l'imagination de Lazare avaient trouvé un écho de la part de Delphine. En effet, la même conviction s'était fait jour chez elle au terme d'un processus identique. Est-ce que les amateurs de romans se reconnaîtraient entre eux à des indices particuliers, comme se reconnaissent les membres d'une secte? Toujours est-il que les adolescents en étaient venus à se repasser leurs livres et à confronter leurs impressions de lecture. Les péripéties de la littérature prêtant comme un double fond à leurs existences sans mystères, leur bavardage s'était peu à peu chargé de tout un attirail de références sibyllines à ce patrimoine de fiction qu'ils partageaient. De telles allusions restaient incompréhensibles aux adeptes de la vie immédiate que figuraient autour d'eux Marie-Ange, Barthélemy et Bojidar.

Si, les soirs d'été, selon une habitude jugée commune par Léonie Gairaut, les parents Couvreur sortaient des fauteuils de toile pour les installer dans l'angle que formait le bâtiment des écuries avec ce mur de la cour que Marthe Couvreur avait *habillé* d'une haie de plantes en pots et si, par la fenêtre ouverte, on percevait le clapotis tranquille que faisait dans la nuit leur conversation à voix basse, cette cour murmurante évoquait à Delphine, qui refermait tout juste *Le Nœud de vipères* prêté par Lazare, la terrasse de Calèse où le vieux grigou aux aguets derrière ses persiennes suit les complots de ses futurs ayants droit.

Au début de 1960, quand le colonel Solovieff avait quitté le boulevard d'Inkermann et son poste de précepteur de l'héritier présomptif pour se retirer dans le pavillon qu'il venait d'acquérir à Asnières, grâce à une vente judiciaire, la cérémonie des adieux avait donné lieu à un échange de menus cadeaux. Pour récompenser et stimuler chez Lazare un goût des belles-lettres qu'il se désolait de n'avoir pas réussi à éveiller en son élève, le colonel lui avait offert une édition reliée de *Guerre et Paix*, tandis que Bojidar recevait avec une bonne humeur désarmante – sans s'aviser que ce tribut humoristique à sa vocation véritable représentait une manière de bonnet d'âne et vengeait sans doute chez le vieux pédagogue des années de ressentiment étouffé – un de ces fouets mécaniques qui servent à monter les blancs d'œuf en neige.

Guerre et Paix avait traversé la cour. Des écuries à la maison du devant on s'était encouragé à vivre à l'heure de la paix de Tilsit. Si Delphine, en secret, avait spontanément assimilé la distance sociale séparant les Rostov des Bolkonski à cet écart dont le périmètre de la cour semblait la matérialisation symbolique, entre les Couvreur et les Gairaut, elle avait répugné à s'identifier à la trop pétulante Natacha comme à la larmoyante Sonia. Elle avait néanmoins vécu avec tous ces héros et ces héroïnes dans une promiscuité passionnelle qui ne laissait aucune place à l'objectivité sereine et qui la faisait bringuebaler sans cesse entre l'indignation, l'exaspération et l'attendrissement. Lazare qu'une grippe de fin d'hiver avait cloué au lit pendant quinze jours avait été tenu au fait de ces sentiments turbulents grâce à des billets griffonnés sur des pages de cahier quadrillé. Delphine l'informait ainsi lapidairement que la princesse Marie lui tapait sur les nerfs, qu'Hélène était une tête à claques, qu'Anatole Kouraguine ressemblait à Bojidar comme deux gouttes d'eau et qu'au fond, il n'y avait que Koutouzov qui lui plaisait vraiment. L'épisode de la maladie de Natacha l'ayant émue, en dépit du peu de sympathie que lui avait inspiré jusque-là le personnage, elle avait aussitôt averti Lazare de ce revirement et elle avait joint à son mot une boîte de boules de gomme à l'eucalyptus qu'elle disait avoir achetées pour lui dans cette pharmacie de l'Arbat où l'on envoyait chercher des potions pour la petite Rostov. Il s'agissait en fait d'une pharmacie de la rue de Dreux à l'angle de la place Parmentier. Le même mirage romanesque qui faisait surgir au hasard de Neuilly des éléments de la topographie moscovite avait déjà changé l'avenue du Roule en boulevard de Tver. Ces transports d'une saison ou deux, où s'exprimaient les alchimies encore invisibles de la puberté, s'étaient calmés d'eux-mêmes. Le long intermède des vacances d'été qui découpe les années d'enfance en tranches exactes avait précipité l'avènement de nouvelles préoccupations et celles d'octobre n'avaient plus rien à voir avec celles de mai. De l'unisson passager de leurs imaginations, il n'était resté à Lazare et à Delphine qu'un sentiment d'embarras qui les avait conduits à s'éviter, un peu comme s'évitent, faute d'avoir rien de plus à se dire, des gens qui ont trop éperdument vécu ensemble. Pour Lazare, les années suivantes étaient venues, comme autant de crocs-en-jambe, faire justice des élans de sa prime jeunesse. Il y avait eu les morts, les surprises des successions par lesquelles Barthélemy et lui avaient vu réduire à rien l'horizon naguère encore si vaste de leurs espérances bourgeoises; il y avait eu l'abandon du boulevard d'Inkermann livré à la pioche des démolisseurs. Cette rupture nette avec les restes d'un mode d'existence depuis longtemps anachronique aurait pu marquer le commencement de quelque chose d'autre, un nouveau départ dans la vie, comme on dit. Mais Lazare qui ne partageait pas avec Barthélemy le don bienheureux de l'inconscience n'y avait jamais cru. Lorsqu'il avait refermé pour la dernière fois la porte de la maison du devant, une intuition, à laquelle son expérience livresque du destin n'était sans doute pas étrangère, l'avait averti que l'histoire des enfants Gairaut finissait là. Tout ce qui adviendrait ensuite ne procéderait plus que de la survie... Le temps avait donné raison à Lazare et lui avait fait découvrir en outre combien cette autre grâce de la jeunesse, que représente la sensation joyeuse d'une réalité environnante comme tendue par le trop-plein des virtualités de l'avenir, s'émousse vite; à moins que ce ne soit la réalité elle-même qui s'use, s'édulcore et perde cette sapidité que l'on confond dans les meilleurs moments avec le goût d'être en vie.

Des exaltations de son adolescence, Lazare avait gardé presque intact son amour de la lecture. Mais cet amour ne l'avait cependant pas immunisé contre les préjugés mesquins qu'engendre la peur de passer pour un gogo. Lazare était de ces lecteurs avertis pour lesquels le génie n'existe sous une forme contemporaine que s'il est traduit du brésilien ou du guatémaltèque, de ces lecteurs qui se flattent comme d'une marque d'indépendance d'esprit de ne jamais lire le prix Goncourt. Il était surtout de ces lecteurs qui, faute d'avoir trouvé la persévérance nécessaire à la rédaction du roman dont ils croient receler en eux-mêmes la matière, évaluent tous les livres à l'aune de cette hypothèse de modèle idéal, les jugent d'autant plus sévèrement qu'ils s'en écartent et voient dans un dénigrement à la fois vétilleux et vague des œuvres des autres comme un exercice préparatoire qui préluderait à l'entreprise de la leur. Lazare n'avait jamais sérieusement tenté de donner forme aux aspirations littéraires qu'il avait déclarées vers quinze ans et qu'en secret il caressait peut-être encore, non pas dans la perspective de son avenir probable sur lequel il conservait peu d'illusions, mais dans une version concurrente de son existence, version revue et embellie par le rêve et constituant une sorte de cabinet dérobé, contigu à son existence effective, dans lequel il se retirait de plus en plus souvent et de plus en plus longuement. Pourtant, lorsque la réalité âpre et agressive lui apparaissait à la faveur d'une fissure dans la cloison de ce refuge, il était forcé de convenir que sa carrière littéraire la plus vraisemblable continuerait à être celle d'un « grand reporter » à *L'Arche de Noé.* A condition qu'il n'en soit pas renvoyé sous le prétexte d'une faute professionnelle excluant le paiement d'indemnités – procédé auquel les frères Groin, propriétaires du journal, et leurs avocats n'avaient jamais montré aucun scrupule à recourir... Lazare se félicita de l'infaillible compulsion masochiste qui lui faisait choisir le moment où une route blafarde comme l'avenir même défilait à grande vitesse devant ses yeux pour réitérer ce constat lamentable. Il s'efforça de s'en distraire en fixant à nouveau son attention sur le fragment lumineux de sa mémoire qui associait Delphine à la lecture de *Guerre et Paix*. A ce propos, il était parfois visité par un doute rétrospectif dont il reconnaissait la fatuité. Il se demandait s'il n'avait pas été pour sa jeune voisine l'objet d'une toquade secrète et si, les émotions de la réalité trouvant leur expression sublimée dans celles décrites par le roman, il n'avait pas à tout le moins prêté ses traits au prince André tel que Delphine se l'était représenté alors. Il ne connaîtrait sans doute jamais la réponse. Par la suite, Delphine et lui n'avaient fait aucune allusion à cet incertain épisode de leur adolescence. Pas même lorsqu'un jour le hasard les avait inopinément mis en présence l'un de l'autre, dans la rue de Grenelle, comme Lazare sortait d'un ministère où il avait interviewé un sous-chef de cabinet au sujet d'un vague projet de loi – à cette époque, Lazare n'était pas encore rédacteur à *L'Arche de Noé* et l'exercice de la profession de journaliste ne se limitait pas encore pour lui au recensement ému des exploits des animaux prodiges... C'était peu de semaines après le suicide de Marie-Ange et leur rapprochement imprévisible de ce jour-là n'avait tendu à rien de plus, Lazare en était sûr, qu'à abolir momentanément le vide laissé par cette mort. Delphine avait paru à Lazare transie de froid et il l'avait entraînée dans un café voisin. Ils y avaient échangé des phrases ternes et laborieuses, paralysés qu'ils étaient par la hantise de tout ce qu'il valait mieux ne pas dire et par l'intuition que ce qu'ils auraient été tentés d'évoquer de leur passé commun les ramènerait inévitablement au drame récent. Après, Lazare avait accompagné Delphine jusqu'à une station de métro. Mais là, on aurait dit qu'ils ne pouvaient se résoudre à se séparer encore. Les épaules rentrées dans une posture frileuse, ils étaient restés de longues secondes fixes, indécis, insensibles au frôlement de la foule des voyageurs qui s'engouffraient dans la bouche de métro et dont l'espèce de récif qu'ils formaient, au milieu de l'escalier, divisait le flux. Lazare avait pressenti que l'engourdissement qui pesait sur ses gestes et stupéfiait sa volonté n'était pas le seul fait du vent glacial, une angoisse amorphe y avait part dont il croyait distinguer le reflet exact dans le regard de Delphine. C'était cette angoisse qu'il leur fallait encore prendre le temps de conjurer. Sans qu'ils aient eu besoin de se consulter, ils s'étaient éloignés ensemble de la station de métro. Ils étaient d'abord entrés dans un autre café puis, un peu plus tard, dans un hôtel de la rue du Bac.

Dès l'arrivée à Aubusson, Lazare devina que le nom qu'il avait associé jusque-là à des guirlandes de roses au petit point recouvrait une de ces villes que l'on peut traverser dix fois de bout en bout avec l'impression de n'en voir que les faubourgs. Près de lui, le photographe poursuivait sans lassitude apparente le même monologue fluide qu'il avait entamé à Paris... Collaborateur exceptionnel de *L'Arche de Noé* où l'angle pathétique dont on lui reconnaissait le secret faisait merveille dans les compositions avec chien perdu promis à la fourrière, cet homme avait jadis fait ses preuves dans d'autres provinces de l'empire Groin; la majeure partie de sa carrière était liée à la page la plus glorieuse de l'histoire de cet empire de presse : les mémorables campagnes de *Paris En Fête* et de *Personnalités 50*, hebdomadaires que l'aîné des frères Groin, au lendemain de la guerre, avait lancés à la conquête des loges de concierges et des boutiques de coiffeurs. Ces magazines avaient cessé de paraître depuis plusieurs années déjà; le monde insouciant et clinquant dont ils avaient eu vocation de propager le reflet féerique, aux pires heures de la pénurie et de la reconstruction, ne comptait plus que des vieillards. Refusant, par un conservatisme candidement littéral, de voir que des coteries identiques (à ceci près que des phénomènes du rock y surpassaient désormais en prestige les monarques disponibles) perpétuaient la même société à travers de nouvelles générations, les frères Groin avaient laissé leurs journaux vieillir à l'unisson de leur clientèle. Ils s'étaient résolus à les saborder juste avant que ne disparaisse le tout dernier carré des viveurs cosmopolites et des vieilles actrices qui avaient composé autrefois le panthéon mondain selon *Paris En Fête*. Les belles tablées où l'Aga Khan, la duchesse de Windsor et telle speakerine de la chaîne de télévision unique voisinaient avec le marquis de Cuevas, au profit d'une œuvre pour les handicapés, s'étaient défaites d'elles-mêmes. Le photographe, qui se souvenait avoir couvert pendant quinze ans le bal des petits lits blancs, les évoquait avec le même emportement de nostalgie que Chateaubriand prête à l'abbé de Rancé revivant les soirées de l'hôtel de Rambouillet...

Lazare remarqua que les spectres brassés par le rappel de ces festivités antédiluviennes s'accordaient mal au décor pavillonnaire qu'il avait devant les yeux. Depuis un quart d'heure, la voiture tournait dans la ville à la recherche d'une petite rue placée sous le vocable d'un militaire obscur et dont un plan rudimentaire pris en dictée au téléphone était censé leur indiquer l'emplacement par rapport au musée de la manufacture.

C'est par un entrefilet paru dans une feuille locale et transmis au secrétariat de rédaction du journal que *L'Arche de Noé* en était venue à s'intéresser à l'affaire du chat migrateur d'Aubusson. Perdu par ses maîtres pendant un séjour dans un camp de camping de la côte

Atlantique, cet animal doué d'un sens de l'orientation remarquable était reparu quatre mois plus tard, efflanqué, couvert de morsures et de croûtes, devant la porte de son premier domicile. C'est du moins ce que Lazare et le photographe s'entendirent expliquer par le gros homme en salopette qui vint leur ouvrir. L'homme les entraîna ensuite, à travers la maison, vers une pièce qui devait être la cuisine. Lazare nota à nouveau, comme toutes les fois que la nécessité d'un reportage l'amenait à pénétrer chez des inconnus, que chaque logis a une odeur sui generis, presque imperceptible à ses habitants qui y sont aguerris, mais saisissant les étrangers dès le seuil. Les effluves domestiques concourant à la définition de ce fumet singulier sont d'autant plus violents qu'ils sont les odeurs de la pauvreté; la maison d'Aubusson, partie d'un ensemble achevé depuis peu de bâtisses toutes semblables, exhalait un remugle composite de matériau de construction, de plomberie engorgée et de plat mijoté. L'homme s'arrêta, la main sur la poignée d'une porte dont la vitre dépolie filtrait de la lumière, et se retourna vers Lazare : « Il faut que je vous prévienne, dit-il en baissant légèrement la voix tandis qu'une expression anxieuse traversait son brave visage mou, ma femme est encore sous tranquillisants, toute cette histoire l'a secouée... » Il eut un sourire qui plaidait par avance pour l'indulgence et le ménagement, mais Lazare pressentit que cette mise en garde embarrassée dissimulait une autre requête encore, que l'homme ne savait pas comment formuler. Dans la cuisine, la femme était assise devant la table, tenant dans ses bras un grand chat maigre au pelage moucheté. Lazare eut aussitôt la conviction qu'elle avait pris la pose en les entendant venir, comme si elle se préparait déjà pour la photo. Ce n'était pourtant pas une complaisance narcissique qui inspirait son attitude, on n'y sentait pas non plus la jubilation puérile que provoque chez la plupart des gens la perspective de rompre avec le ban des foules anonymes en paraissant en photo dans un journal ; il se dégageait au contraire de cette composition apprêtée quelque chose de crispé, de suppliant, et comme une aura de détresse. La femme au chat rappela à Lazare ces ménagères que les caméras des informations télévisées surprennent parmi les accessoires d'une existence triviale mais paisible, défaites parce que, dans cette illusion de sécurité où elles vivaient, le malheur vient d'ouvrir sous leurs pas une trappe sans fond en faisant d'elles les héroïnes d'un sinistre fait divers d'enfant qui n'est jamais rentré.

Il s'assit en face d'elle et étendit la main par-dessus la table pour caresser le chat qui voulut s'enfuir. Il tira de la poche de sa veste un stylo et un petit carnet sur lequel il avait l'habitude de jeter des notes. Cet outil de travail superflu dans le cas présent lui donnait une contenance tandis qu'il essayait d'obtenir des détails sur les circonstances de la disparition et du retour de l'animal. A toutes les questions qu'il lui posait la femme réagissait évasivement, évitant de le regarder en face et s'efforçant de donner à ses réponses parcimonieuses la forme d'un commentaire qui se serait adressé au chat dont elle grattait la tête. Lazare n'aurait pas su dire si la réticence qu'elle manifestait tenait plus à la timidité ou à la mauvaise grâce. Depuis le début il concevait des soupçons, ils se précisèrent lorsque la femme laissa échapper que le retour de son chat l'avait *sauvée*. Pendant les quatre mois qu'avait duré l'absence de l'animal, elle avait vécu au jour le jour dans un état de dépression larvée, n'ayant de goût à rien. « Elle n'en dormait plus ! » ajouta son mari. Se souvenant que la secrétaire de rédaction qui l'avait lancé sur ce *scoop* lui avait parlé de photos antérieures à la disparition et constituant une preuve de l'identité de l'animal, Lazare demanda à voir ces instantanés. Sa requête rencontra d'abord un silence embarrassé puis l'homme entreprit d'expliquer le malentendu. C'est lui qui avait mentionné les photos sans savoir alors que sa femme les avait détruites : après la disparition du chat, elle s'était débarrassée de tout ce qui lui rappelait sa perte. L'atmosphère avait changé brusquement, ce soupçon à peine exprimé avait suffi à la corrompre, preuve qu'il tombait juste. Lazare sentait une hostilité butée se développer chez ses interlocuteurs. « Ça ne fait rien, dit l'homme, puisque c'est le même chat... » Il haussa les épaules. « Nous, conclut-il, ça nous suffit... » Et il ajouta, avec cette maladresse révélatrice des gens trop empressés à se défendre pour s'apercevoir qu'on ne les a pas encore accusés : « C'est vous qui avez voulu venir. On n'a pas demandé à être dans les journaux... » C'était joindre la mauvaise foi à la maladresse car les maîtres du chat perdu et retrouvé étaient au moins responsables de l'écho paru dans la gazette locale. Lazare pressentit que ces gens, de l'espèce simple qui croit d'une façon quasi mystique que ce qui est imprimé *est*, n'avaient peut-être cherché à donner du retentissement à l'affaire que pour consolider en eux-mêmes une conviction laborieusement formée. La conviction providentielle selon laquelle le chat errant trouvé sur leur seuil était celui disparu quatre mois plus tôt, à des centaines de kilomètres de là.

On entendit le crépitement d'un flash et l'espèce de soupir que fait le déroulement automatique de la pellicule. Le photographe répondait moins à l'urgence de fixer l'instant qu'à celle de faire diversion au silence lourd. En face de Lazare, la femme baissait la tête; on aurait pu la croire prostrée, n'était une sorte de litanie murmurée, intelligible, adressée au chat qu'elle tenait toujours serré contre elle et qui manifestait des velléités d'échapper à son étreinte. Lazare plaignait ces gens, il comprenait bien la nécessité intérieure à laquelle ils avaient obéi, lorsqu'ils avaient entrepris de maquiller en prodige de l'endurance et de l'instinct le hasard qui plaçait sur le pas de leur porte un chat ressemblant à celui qu'ils avaient perdu. Quelquefois, les éléments qui composeraient une manière de miracle semblent, presque tous, si opportunément réunis que l'esprit est bien excusable de suppléer par une étincelle de conviction à ce trois fois rien qui manque encore. S'il n'avait tenu qu'à lui, Lazare n'aurait pas hésité à donner à la prétendue odyssée du chat la caution éclatante d'un article dans *L'Arche de Noé*. Mais il savait que les frères Groin ne l'entendraient pas ainsi. Certaine rubrique de leur feuille de chou était vouée à l'investigation sur le mode sensationnel et policier des grandes énigmes du monde animal. Comme telle, l'affaire du chat d'Aubusson serait instruite implacablement. L'absence de toute preuve et même de toute présomption sérieuse serait mise en évidence, la théorie du retour serait récusée et, finalement, on ne garderait l'histoire que pour servir de prétexte à une enquête plus large sur le sort des animaux errants, source à n'en pas douter inépuisable de ces évocations morbides qu'appréciaient tant les frères Groin, comme dans l'affaire du petit âne martyr ou de l'épagneul réduit à se nourrir de ses excréments.

Ils laissèrent la voiture sur une place au centre de la ville et avisèrent un café-restaurant dont les brise-bise à carreaux rouge et blanc empestaient la vieille huile de friture. Pendant que le photographe qui avait davantage que Lazare l'usage du monde et des gargotes interpellait avec pétulance une souillon obèse pour s'enquérir du plat du jour, Lazare gagna la guérite en verre qui abritait le téléphone. Au journal, la secrétaire qui lui répondit lui dit que *M. Claude*, le cadet des frères Groin faisant fonction de rédacteur en chef, était déjà sorti pour déjeuner. Lazare s'en voulut de se sentir bêtement soulagé. Il redoutait les traits de *M. Claude* enclin à se venger sur ses collaborateurs des humiliations publiques que lui faisait subir son aîné, *M. Pierre*, propriétaire de la majorité des parts de l'affaire. Avec l'infaillible intuition que lui donnait dans ce domaine l'expérience de sa propre faiblesse, *M. Claude* savait choisir pour les tourmenter les plus vulnérables parmi ses sous-ordres et, depuis quelques mois, il avait fait de Lazare sa tête de Turc. Au moment où Lazare allait raccrocher, la secrétaire se souvint avoir pris pour lui une communication personnelle et elle lui transmit un numéro qu'il était prié de rappeler le plus tôt possible. Il reconnut le numéro du laboratoire où travaillait Delphine; à travers la cloison vitrée de la cabine, il fit signe à la serveuse pour qu'elle lui redonne la ligne. C'est Delphine elle-même qui répondit. Dès qu'elle eut reconnu la voix de Lazare, la sienne, d'abord impersonnelle et accorte, se chargea d'une inflexion panique de funeste augure : « Tu es au courant ? » interrogea-t-elle à brûle-pourpoint. Sans attendre sa réponse, elle lui assena la nouvelle de la mort de Boj. Bien qu'elle la sût depuis plusieurs heures déjà, cette nouvelle ne commença à prendre toute sa signification dans son propre esprit qu'à l'instant où elle s'entendit en faire part à Lazare. L'activité convulsive qu'elle avait déployée durant la matinée à propos de tout et de rien l'avait aidée à tenir en respect une détresse à laquelle elle savait bien qu'il lui faudrait céder tôt ou tard. Le moment était venu, Delphine n'essaya plus de se défendre, elle se laissa submerger et trouva dans les larmes un curieux soulagement. L'expression de la douleur levait sans doute d'autres barrières en elle car elle se surprit à relater les circonstances du drame dans les détails exacts qu'avait donnés la radio et qu'elle n'aurait pas soupçonné avoir si précisément fixés dans sa mémoire. Ces détails, n'aurait-il pas mieux valu pour le moment les épargner à Lazare? Delphine réalisa l'inutilité de ce scrupule tardif : de toute façon, les sanglots rendaient ses paroles inintelligibles.

Les armées des puissances s'étant retirées à dix lieues au-delà des frontières, il sera procédé à l'élection d'un souverain héréditaire... Cette phrase qui lui revenait si inopinément à l'esprit, Lazare se souvint qu'elle inaugurait le deuxième paragraphe du traité d'Eupatoria ratifiant l'accession du pays de l'oncle Danilo à l'existence politique. Le conflit des intérêts russes et ottomans dans la région, la guerre qui en était résultée et qui avait précipité la création d'un État indépendant, la paix d'Alexandropol qui avait conclu cette guerre et les trois règnes autocratiques qui s'étaient succédé au long des soixante années ultérieures, toutes ces péripéties infimes au regard de la chronologie universelle composaient l'histoire du royaume, affluent modeste de celle de l'Europe, affluent si négligeable, en fait, qu'aucun manuel d'histoire générale ne se souciait de le remonter jusqu'à sa source symbolique figurée par les onze paragraphes du traité d'Eupatoria – ces onze paragraphes que Bojidar avait eu tant de mal à retenir par cœur.

L'indolence de Boj en matière d'études désespérait

l'oncle Danilo et gâchait immanquablement l'atmosphère des déjeuners du jeudi, jour dont la matinée était consacrée, selon l'emploi du temps que le colonel Solovieff avait établi pour le prince héritier, à un cours d'histoire nationale. Lazare profitait du congé du lycée pour assister à ces classes bien que le savoir qui s'y dispensait fût dans son cas tout à fait inutile. Son zèle obscène n'avait pas d'autre motif que l'espèce de compulsion studieuse à laquelle il était en proie à cette époque. Entre la poire et le fromage, l'oncle Danilo lançait la conversation sur un point de science politique pour évaluer les progrès de Bojidar. Il adoptait un masque de grande bénignité et s'efforçait de donner à cet examen le tour d'un dialogue libre. Mais dès les premières question Boj se troublait et le roi ne contenait pas longtemps son impatience. Il se mettait à marteler la nappe du plat de son couteau à dessert tout en répétant d'une voix menaçante : « Le deuxième paragraphe, Bojidar ! Je te demande ce que stipule le deuxième paragraphe !... » Lazare, bien entendu, aurait pu le réciter par cœur, mais il était trop conscient de son rôle de comparse, dans ces épisodes qui dégénéraient en affrontements entre le père et le fils, pour se risquer à intervenir. Tout au plus remâchait-il silencieusement en lui-même la réponse exacte qui lui brûlait les lèvres et mettait-il toute sa foi dans le phénomène de la transmission de pensée pour la souffler à Bojidar. Mais Boj négligeait de recueillir les ondes salvatrices que Lazare dirigeait vers lui ; il bafouillait et pleurnichait jusqu'à ce que le roi, exaspéré, lui intime l'ordre de quitter la table. Par leur récurrence trop régulière et leur déroulement invariable, ces scènes avaient quelque chose de douloureux et d'écœurant. Lazare retrouva brusquement la sensation de malaise qu'il éprouvait vingt-cinq ans plus tôt, lorsqu'il en était le témoin impuissant. Il lui revint d'un de ces dramatiques déjeuners une image fulgurante à la faveur de laquelle il aperçut sa grand-mère, Léonie Gairaut. Elle était vêtue d'une robe de soie bouton d'or à pois blancs que fermait au cou une intaille d'onyx piquée sur un rabat. Elle pressait un coin de sa serviette pliée contre le bas de son visage pour résorber le vernis superfétatoire que l'huile de la vinaigrette des artichauts avait étalé sur son rouge à lèvres, faisant briller sa bouche violette comme une laque de Chine. Si Lazare était ainsi sensible aux moindres nuances de la composition chromatique de son souvenir, c'était que celui-ci empruntait les teintes un peu forcées des vieux films en technicolor après restauration de la pellicule... Le même instantané lui montrait aussi le roi, son torse à demi basculé en travers de la table, tendu vers sa victime larmoyante. Bojidar avait l'attitude résignée et fascinée de la chèvre que menace un boa tandis qu'il voyait se rapprocher du sien le visage de son père, aux traits durcis par la colère. Le point particulier de ce visage qui semblait concentrer tout l'effroi de Bojidar était l'espèce d'avancée cursive formée par le menton impérieux, comme s'il s'agissait d'une arme redoutable, quelque chose de comparable à ces pieux aigus, couronnés de barbillons et de dents, qui prolongeaient les carènes des galères romaines et transperçaient les coques des bateaux de la flotte ennemie. De fait, ce visage qu'il voyait avancer belliqueusement à sa rencontre par-dessus l'étendue uniforme de la nappe pouvait représenter à l'imagination de Boj la trirème assaillante dans une fantasmatique bataille navale dont il savait déjà figurer le vaincu. Lazare avait du roi un point de vue moins inquiétant et infiniment plus trivial puisque à mesure que l'oncle Danilo se penchait vers Boj, il amenait à la hauteur du regard de Lazare un crâne poli que parcouraient de maigres rubans de cheveux poissés de gomina argentina et disposés en dents de fourche entre le front et l'occiput...

Lazare se sentit envahi par une immense commisération rétrospective pour tous ces disparus. A les voir si sincèrement prisonniers de leurs préoccupations transitoires, un instant seulement avant le gouffre où allaient s'abîmer en même temps qu'eux toutes les questions et tous les petits drames qui les agitaient, il admira leur persévérance absurde. Il s'avisa qu'à l'époque où les scènes pénibles qu'il venait d'évoquer troublaient les déjeuners du jeudi, il ne restait à l'oncle Danilo que quelques mois à vivre. Son apparence et son caractère étaient considérablement altérés : il avait fléchi, vieilli, ses traits s'étaient creusés; on ne l'entendait plus jamais siffler de valses à la fenêtre de la salle de bains. Lazare lui pardonnait la sévérité à la limite de la cruauté dont il faisait preuve à l'égard de Boj. Déchu de ses titres et privilèges, ruiné, conscient de n'être séparé de cet ultime outrage du sort qu'eût représenté à ses yeux l'existence besogneuse d'un petit-bourgeois ordinaire que par la distance de quelques vanités, de quelques diamants à crapauds rescapés de la dispersion du trésor royal et par l'hospitalité indéfinie que lui accordait une vieille maîtresse, l'oncle Danilo pouvait maudire le destin qui avait contrarié ses ambitions, ridiculisé ses espérances, et qui lui résistait encore dans ses œuvres vives, en l'espèce de ce fils dont il devait bien s'avouer qu'on ne ferait jamais un prétendant convenable. Boj s'efforçait pourtant de ne pas démentir trop radicalement dans son attitude les desseins qu'on avait pour lui. Mais si la docilité et l'affection filiale lui inspiraient de s'appliquer à donner satisfaction à son père, ses bonnes intentions se heurtaient bientôt à l'écueil de sa nature nonchalante. Il pressentait en outre que la connaissance des onze paragraphes du traité d'Eupatoria, comme les lumières qu'on tentait de lui inculquer sur la politique de panslavisme du voïvode Stanko et sur celle, louvoyante, adoptée par Milan Ier face aux grandes puissances, lui seraient un bagage de peu d'utilité dans l'avenir que caressaient ses inclinations. Bref, au moment où le colonel Solovieff dévoilait pour lui les arcanes de cette fameuse conférence d'Oréanda, réunie à l'issue de la seconde guerre balkanique, il se pouvait que Bojidar, dans son for intérieur, soit en train de méditer l'ajout d'un filet de citron pour relever une marinade à l'aneth.

Boj s'évertuait à tenir encore secrètes des ambitions dont il savait la réalisation incompatible avec les projets que son père formait pour lui. Car, comme le chuchotait avec malice le colonel Solovieff, le drame de cette famille c'est que le père et le fils étaient tous les deux pour la restauration, mais qu'ils entendaient le mot dans des sens différents. Ce conflit larvé entre leurs aspirations respectives avait assombri la fin de la vie de l'oncle Danilo et gâché pour Boj un moment de son adolescence qui, sans cela, eût été heureux... Lazare le déplora d'autant plus dans la perspective de la nouvelle qu'il venait d'apprendre que, si l'on croit à une infaillible économie de la fatalité, la balle qui avait tué Boj ce matin avait dès cette époque entamé son trajet, rendant dérisoires les soucis dynastiques du père aussi bien que les aspirations rebelles du fils. Les hypothèses de destins, que les gens se plaisent à échafauder pour eux-mêmes ou les uns pour les autres, apparurent à Lazare des bâtis fragiles, soumis au caprice d'une prédestination omnipotente et toujours susceptible, par le biais d'une balle perdue quelconque, de faire préemption sur ce qu'on imaginait avoir à craindre de pire, comme sur ce qu'on pouvait espérer de meilleur.

Quand il sortit de la cabine téléphonique, Lazare constata que le photographe avait mis à profit le bref moment de son absence pour achever la conquête de la souillon. Debout près de lui, la hanche appuyée contre le bord de la table dont un bourrelet de sa chair recouvrait l'arête, elle commentait les différents plats dont son index, glissant sur l'enveloppe de plastique du menu, suivait la nomenclature. Sans doute Lazare était-il particulièrement défait car, lorsque le photographe leva les yeux sur lui, il prit une expression pleine de compassion et de bonhomie. Témoin à plusieurs reprises des tempêtes de mauvaise humeur que le cadet des frères Groin déchaînait sur Lazare, il ne douta pas que son compagnon de voyage venait d'avoir *M. Claude* au téléphone et que sa pâleur subite était le stigmate d'une *engueulade carabinée*. « Allons, Allons ! adjura-t-il d'un ton qui s'autorisait de l'expérience et de l'âge pour être un peu protecteur, il ne faut pas vous frapper comme ça... »

Quittant le restaurant proche de la gare Montparnasse où avait eu lieu son déjeuner, Chantal décida de regagner son bureau à pied. En contraste avec le matin de plomb, il faisait soudain un temps inespéré. On aurait dit qu'il circulait un air neuf, comme enrichi d'un arriéré d'oxygène. Un vent léger avait chassé l'inerte bouillie nébuleuse qui limite habituellement l'horizon des grandes villes et fait que les vies citadines semblent se jouer, comme les intermèdes au théâtre, devant un rideau opaque qui réduit les proportions de la scène. Chantal bascula la tête en arrière pour découvrir un ciel d'une netteté éblouissante. Elle eut la sensation qu'elle n'avait pas regardé le ciel de cette manière depuis des éternités, depuis sa jeunesse ou peut-être même depuis son enfance. Elle se souvint qu'à se tenir ainsi, le visage à la renverse, on risquait d'attraper le vertige, d'autant qu'il n'y avait pas le moindre fragment de nuage pour arrêter la dérive du regard dans tout ce bleu limpide. Le rare éclat du jour à cet instant rejaillissait sur la foule qu'il rendait un peu moins laide, sur les commerces des soldeurs en tous genres dont la marchandise écornée, maculée, ébréchée, formait des tas piqués d'affichettes criardes annonçant des promotions exceptionnelles.

Chantal se mit à remonter le boulevard, esquivant d'un mouvement machinal les tréteaux qui encombraient les trottoirs et les passants qui venaient en sens inverse. Comme chaque fois qu'elle sortait d'un déjeuner d'affaires, elle était en proie à un léger mal de tête qui s'était déclaré au moment du café et dans lequel elle reconnaissait l'effet du kir royal. Elle n'en était pas vraiment incommodée, le lancinement de la névralgie accusait par contraste la douceur de la détente progressive à laquelle elle pouvait s'abandonner après des négociations difficiles. Chantal avait œuvré efficacement pour Béryl en sauvegardant le budget des montres Orex et il avait même été convenu au cours du repas que ce budget serait encore augmenté de façon substantielle. Chantal s'interdit pour l'instant de voir plus loin que ce dérisoire triomphe qui lui donnait un sentiment d'aisance et de puissance. Elle savait de telles bouffées d'humeur allègre aussi rares et aussi instables que les embellies du temps ; c'est pour jouir pleinement de l'harmonie que composait celle-ci avec l'après-midi radieux qu'elle avait résolu de rentrer à pied. Elle n'était pas encore dégrisée lorsqu'elle atteignit le coin du boulevard Raspail et de la petite rue Schoelcher. Au contraire, le grand air qui lui avait mis le rose aux joues avait également attisé au fil du trajet son délire optimiste. Chantal en était arrivée à ce degré d'aberration où votre propre vie vous apparaît soudain simple comme bonjour parce que les événements qui en déterminent la physionomie vous semblent se prêter avec une complaisance quasi obséquieuse au contrôle de votre volonté. Elle se reprochait à présent de s'être résignée, en de trop nombreuses occasions, à l'idée que certains des obstacles qui entravaient l'accomplissement de ses souhaits étaient par nature insurmontables. Elle s'accusait d'avoir cédé à des conduites d'échec inspirées par une conception petite-bourgeoise de la fatalité. Comment en était-elle venue à adopter le préjugé lamentable selon lequel c'est le plus souvent l'existence qui décide pour vous, au point de ne pas voir que tout ce qui laissait à désirer dans la sienne pouvait, à condition qu'elle le veuille, être réglé aussi facilement que l'affaire du budget Orex? D'une lecture exhaustive de l'œuvre de Sartre, en classe de première, et de sa foi exacte dans les principes fondateurs de la doctrine freudienne – parmi lesquels la séduisante hypothèse de l'acte manqué – Chantal retenait la conviction que chacun, à tous les instants de sa vie, choisit son destin. Comme si elle avait voulu exercer aussitôt cette prérogative universelle, elle décida que quarante ans n'était pas l'âge où le hasard romanesque qui donne tout son sel à la vie vous abandonne à un restant de parcours, pour l'essentiel, tristement prévisible, mais bien plutôt l'âge où une femme est enfin en mesure de choisir avec discernement les aventures qui lui arrivent et d'en dominer avec sérénité les développements. Lorsque Chantal évoquait ainsi des aventures, elle ne l'entendait pas dans l'acception restrictive que les incidents des jours suivants, s'appliquant à démentir le contrôle qu'elle se flattait d'avoir sur sa vie, allaient conférer à ce mot. Et c'est seulement afin de vérifier *l'image positive qu'elle projetait d'elle-même* – comme on disait à Béryl, dans le jargon en vigueur lors des réunions de staff –, qu'elle s'arrêta devant un magasin d'antiquités dont elle n'avait encore jamais remarqué l'existence et chercha son reflet dans le miroir que lui tendait la vitrine. Elle ne put déchiffrer d'elle-même qu'une image diaphane aux contours estompés par la lumière éclatante qu'un gros lustre de cristal répandait à l'intérieur du magasin.

La boutique venait sans doute d'ouvrir ou de changer de propriétaire car il y régnait un désordre d'emménagement. Des sièges empilés et emboîtés les uns dans les autres, des guéridons, des secrétaires et des commodes aux plateaux surchargés d'une multitude de bibelots s'alignaient sans espacements contre les murs. Ceux-ci étaient tapissés d'une vieille toile de Jouy à motifs de rinceaux, qui donnait à la pièce le genre bonbonnière et sur laquelle des rectangles de couleur plus vive marquaient les endroits où avaient été suspendus des tableaux. Tournant le dos à la porte et le torse à demi ployé en avant, un homme dont Chantal n'apercevait par intermittence que le profil perdu passait l'aspirateur sur un grand tapis à ramages qui recouvrait de sa surface tout l'espace dégagé par l'entassement des meubles. Elle s'attarda à observer un instant cette silhouette énigmatique à laquelle il manquait un visage. Peut-être son imagination en élaborait-elle déjà d'hypothétiques qui s'accordent à cette nuque sombre, à cette peau mate des avant-bras que découvraient les manches roulées d'une chemise quadrillée de filets jaunes, à ce dos mince dont un fin chandail cannelle moulait les muscles petits ronds et l'espèce de chapelet de coquillages dessiné par la courbure de l'épine dorsale. Lorsqu'elle attendait ainsi, sans en avoir clairement conscience, que l'homme se retourne et révèle sa physionomie, Chantal obéissait moins à un mouvement de curiosité défini qu'à un vague réflexe conditionné, comme celui qui pousse le lecteur d'un journal à chercher en dernière page la solution d'un jeu dont les questions pourtant ne l'intéressent pas. Le ronronnement de l'aspirateur qui avait accompagné sa réflexion s'arrêta et l'homme leva la tête, trop brusquement pour que Chantal ait le temps de donner à son insistante station l'alibi d'un intérêt pour l'un des meubles qui s'entassaient au fond du magasin et sur lequel elle se serait hâtée de reporter son regard. Leurs yeux se rencontrèrent et Chantal en éprouva un peu de gêne, visible sans doute, mais le jeune homme eut le bon goût de ne pas le remarquer et de retenir le sourire charmeur par lequel un autre, à sa place, aurait peut-être été tenté d'établir une complicité équivoque avec une passante inconnue. Il affecta de croire que Chantal cherchait à entrer et il vint lui ouvrir la porte.

Des mois plus tard, Chantal n'en finirait pas de ressasser le souvenir de cet instant qu'elle appellerait mystiquement le *début*. Il serait associé dans son esprit à une litanie de ces questions qui n'espèrent pas de réponse : Pourquoi faut-il que rien ne distingue à première vue les rares séquences significatives de la vie de toutes les minutes et de toutes les heures qui passent sans laisser de trace? Ne ferait-on pas plus fermement face, ne serait-on pas plus souvent à la hauteur des défis du sort, si seulement on n'était pas pris en traître? Si quelque chose dans l'atmosphère, un perceptible changement de la densité de l'air, ou une vapeur, ou un effluve, ou n'importe quoi d'autre, vous avertissait d'être sur vos gardes parce que les choses deviennent sérieuses et que le destin tourne. Car plus tard, quand elle y repenserait, Chantal serait certaine de n'avoir rien pressenti. Elle reverrait le jeune homme en chandail cannelle qui se tenait dans l'encadrement de la porte et elle-même qui jetait un bref coup d'œil à sa montre avant de se décider à entrer dans le magasin, parce qu'elle se rappelait soudain un rendez-vous à son bureau, à quatre heures.

Elle était entrée, elle n'avait pas éprouvé la moindre prémonition. Le jeune homme s'était excusé du désordre en confirmant, comme elle l'avait supposé, qu'il venait juste d'ouvrir et que rien n'était encore installé. Chantal l'écoutait mais elle affectait de ne pas le regarder. Elle qui n'avait jamais marqué d'attirance pour ce qu'elle appelait avec un ostensible dédain les *objets* se donnait une contenance en simulant la curiosité de l'amateur. Elle allait d'un bibelot à un autre, examinant une statuette du Bénin ou une tabatière en écaille. Ses doigts rencontrèrent ceux de l'antiquaire autour d'un sulfure mille-fleurs qu'elle ne savait plus où reposer. Elle retrouvait dans la boutique l'odeur particulière qu'on respirait boulevard d'Inkermann, dans les pièces fermées du rez-de-chaussée. Ces émanations douceâtres que dégagent les vieux meubles l'écœuraient alors parce qu'elles étaient l'odeur de l'héritage bourgeois des Gairaut, l'odeur même de leur réactionnaire attachement au passé. Aujourd'hui, débarrassé de ces connotations incriminantes, innocenté, ce parfum reconnu l'émouvait presque. Chantal songea qu'elle avait changé et que les années écoulées depuis le boulevard d'Inkermann l'avaient persuadée de renoncer, entre autres choses, au rêve progressiste qui assimilait simplistement l'odeur du neuf à une modernité ayant fait table rase des patrimoines de classes. Sans qu'elle s'en doute encore, le remugle spécifique qui conjuguait le goût de la poussière des tapisseries et celui de la cire d'abeille imprégnant le bois des meubles était en train de devenir pour elle le détonateur d'associations d'une tout autre nature. Bientôt il ne lui évoquerait plus l'image lointaine de la maison de Neuilly, mais les tourments du cœur et d'autres délices dont elle allait faire la découverte avec ébahissement. Comme ces fièvres infantiles qui sont plus graves lorsqu'elles se développent chez les adultes, Chantal, à l'approche de la quarantaine, s'apprêtait à contracter sous une forme assez violente ce mal de l'immaturité par excellence que ceux qui en sont les victimes appellent avec complaisance l'amour fou.

La relative innocence de Chantal en matière d'émotions amoureuses allait donner à tous les instants de la liaison avec l'antiquaire un tour inutilement paroxystique qui ne contribuerait pas peu à en précipiter le dénouement. Car l'exercice qui consiste à s'exhausser jusqu'aux cimes de la passion et du drame n'est pas de ceux qu'on peut répéter de manière quotidienne sans entraîner rapidement chez son partenaire une extrême lassitude. Faute de pouvoir tirer du souvenir d'expériences similaires le paradigme d'un comportement avisé et approprié, Chantal, s'enfonçant à travers les *terrae incognitae* de l'état amoureux, en serait réduite à se guider aux clichés de la pire culture du cœur. N'ayant pas eu non plus de précédentes occasions d'exposer ceux-ci à la froide lumière de l'esprit critique qu'elle projetait pourtant si volontiers sur les autres registres de sa conduite, elle s'en inspirerait littéralement pour modeler son attitude. Elle épouserait sans en rien retrancher cette conception de l'amour, à la fois absurde et tragique, qu'une civilisation fondée sur la spéculation cartésienne semble avoir ourdie à seule fin d'y évacuer toutes ses mauvaises aspirations à l'irrationnel. A l'instar d'une Marie-Ange Couvreur qui d'ailleurs était morte de sa jobardise, Chantal se mettrait à croire à la prédestination des rencontres, à la fatalité des attachements, à l'unicité essentielle de l'objet aimé, à l'impuissance de l'être humain dépouillé de son libre arbitre face à la passion qui le submerge et l'emporte dans son déferlement tumultueux... Mais de tout cela, elle ne devinait rien, ne pressentait rien encore. L'attention flatteuse de l'antiquaire concourait à son sentiment de bien-être et c'est seulement, comme par jeu, pour vérifier la persistance de l'intérêt manifesté par ce jeune homme maigre qui n'était pas son genre, qu'elle devait s'arranger, dès le lendemain, pour repasser devant la boutique. Pour l'instant, elle se dit avec une vulgarité délibérée qu'elle avait *une touche* et comme elle ne s'interdisait pas, dans ces phases d'euphorie, d'avoir recours à une rhétorique pour horoscope de magazine, elle conclut qu'il y avait des jours ainsi où, on ne savait pas pourquoi, tout vous réussissait.

En rentrant de déjeuner, Delphine trouva un message laissé par Danny au laboratoire : il venait d'arriver d'Amérique, il récupérait la fatigue du voyage en dormant le reste de l'après-midi, il lui indiquait l'adresse d'un restaurant où il l'attendait pour dîner.

Danny n'était pas Rachmaninoff, Delphine se revoyait l'affirmant à sa sœur quand celle-ci lui avait posé la question. C'était l'été avant le suicide de Marie-Ange, pendant ce séjour dans une clinique de Meudon qui avait coïncidé avec une brève mais si spectaculaire amélioration de son état que Marthe Couvreur avait décidé d'y voir le premier pas, enfin, vers une guérison définitive. Marie-Ange, que la dépression avait longtemps tenue enfermée en elle-même, s'était remise à manifester de la curiosité pour l'existence de ses proches. Lorsque Delphine venait la voir, elle exigeait d'elle la relation détaillée de l'emploi de ses journées. Pour Marie-Ange qui, depuis des mois, dérivait de cliniques en maisons de repos dans un univers de sensations blanches, émoussées par les hypnotiques et les calmants, le récit du genre de vie qui consiste à prendre un autobus ou un métro, à entrer dans un café ou un cinéma, avait des allures de chronique fabuleuse et le monde extérieur où il était commun de s'adonner à de telles activités lui semblait une planète inaccessible. A cette époque, Delphine venait de s'installer dans la mansarde de la rue Fresnel qu'agrémentait un balcon taillé comme une baignoire d'avant-scène dans le toit en pan coupé. Elle assurait son indépendance récemment acquise grâce à un poste de caissière intérimaire à l'ANPE, travail qui ne l'occupait qu'à mi-temps et lui laissait tout loisir de suivre l'enseignement que Gloria Pacca, *la reine du swing* comme on la surnommait du temps où Radio Paris diffusait ses derniers succès, dispensait les après-midi à une douzaine de jeunes talents dans son Académie de Variété. Cela faisait déjà plusieurs années que Delphine se montrait ponctuelle au cours de Gloria Pacca; elle avait pourtant renoncé depuis belle lurette au projet, caressé vers seize ans, d'une carrière de yéyé romantique dans le sillage de Françoise Hardy, tout comme elle avait renoncé au projet qu'elle avait un moment envisagé ensuite d'une carrière de diseuse poétique dans le style d'Anne Sylvestre. Son assiduité aux cours de l'Académie de Variété lui servait d'excuse pour surseoir encore à une dramatique remise au point de ses ambitions et de ses perspectives d'avenir, tout en la distinguant à ses propres yeux d'une simple caissière intérimaire à l'ANPE. Les « jeunes talents » qui, sous prétexte de se faire aux manières impitoyables des professionnels du *show-biz*, souffraient avec une passivité un peu répugnante que la reine du swing, l'écume de l'hystérie à la bouche, les abreuve d'injures et parfois les gifle, se trouvaient tous, pour une raison ou pour une autre, dans un semblable état de disponibilité désemparée. L'Académie de Variété-Gloria-Pacca était en effet de ces établissements dont la fréquentation ne mène nulle part mais permet à des adultes vulnérables à la réalité, de maquiller indéfiniment en contention perfectionniste un inavouable désir de fuite. Les grandes villes sont pleines de ces phalanstères propices à l'aventure de la régression collective : dans certains on s'initie à la technique du cri primal, dans d'autres on s'entraîne à la gymnastique suédoise ou au tango de compétition ; chez Gloria Pacca, une estrade bordée de lumignons figurant la rampe témoignait qu'on apprenait à se tenir en scène. La vocation de dérivatif de l'Académie de Variété était évidente pour chacun, sauf pour Gloria Pacca elle-même qui tirait son dynamisme magnétique d'une conviction sans faille et ne doutait pas de former, bon an mal an, la fine fleur du music-hall de demain. Aussi personne ne se hasardait-il à sourire lorsqu'elle exhibait pour preuve du rayonnement de son enseignement une carte postale que lui adressait une ancienne élève en tournée de galas au Maroc ou lorsqu'elle évoquait Tino, Maurice, Johnny, comme si elle les avait vus la veille. C'était de cette familiarité prestigieuse avec des « têtes d'affiche » qu'elle s'autorisait pour brutaliser la triste escouade de nymphettes anémiques et de *teddy-boys* bedonnants qui formaient son écurie. A coups de taloches, elle s'évertuait à leur insuffler un peu du *peps* indispensable pour réussir dans le métier et continuait à les menacer, comme d'une épreuve imminente, de l'espèce de jugement de Dieu que représentait à ses yeux un passage en vedette américaine à Bobino. Curieusement, nul non plus ne s'avisait de mettre en question la vraisemblance d'une telle éventualité ; l'avenir comme on le concevait entre les quatre murs de l'Académie de Variété était une catégorie du temps spéciale et qui n'avait pas d'équivalent au-dehors. L'allure même de Gloria Pacca prononçait son divorce avec la réalité littérale et la temporalité ordinaire. Elle était de ces gens qui ne suivent pas la mode mais la rattrapent à intervalles irréguliers et que l'effort fourni pour franchir d'un bond la distance parcourue par d'autres grâce à un cheminement insensible épuise, dirait-on, et fige à nouveau pour longtemps dans une apparence immuable. Une coiffure en chou et une prédilection pour les carreaux vichy, qui dataient sa dernière mise à jour du début de la décennie, juraient avec certains traits subsistant d'une version précédente, comme les sourcils épilés que la reine du swing continuait à dessiner d'un coup de crayon gras. Gloria Pacca telle que l'avait façonnée l'ère zazou et remaniée la mode de la nouvelle vague présentait le même genre de défi esthétique que les cathédrales restaurées par Viollet-le-Duc et dont on se demande si elles sont plutôt gothiques ou plutôt Napoléon III.

Grisée de sa propre force qu'accusaient par contraste la vulnérabilité de ses élèves et l'absence de résistance qu'ils opposaient aux mauvais traitements, Gloria Pacca évoluait dans cette jungle des ambitions rêvées et des espérances stagnantes que constituait l'Académie de Variété, comme un grand fauve prédateur sur son territoire de chasse. Devant certaines pitoyables chiffes qu'une réflexion sarcastique de la reine du swing suffisait à faire fondre en larmes, Delphine se disait parfois qu'entre les fidèles de l'Académie de Variété et les patients des institutions où elle rendait visite à Marie-Ange depuis quelques années, il n'y avait peut-être que la distance d'une illusion absurde mais, somme toute, salvatrice.

Danny, dès sa première apparition à l'Académie, avait frappé Delphine par le contraste qu'il produisait avec la clientèle standard de l'établissement. Ses manières et sa façon de s'exprimer reflétaient un état d'âme paisible. Il y avait dans sa physionomie ce quelque chose de lisse et de diaphane qui révèle une saine intégrité de l'être et semble fait pour décourager les assauts de l'inquiétude. Dans un autre environnement que celui de l'Académie de Variété, ces indices d'une nature heureuse n'auraient peut-être pas suffi à le distinguer et son originalité reposait aussi sur des marques plus immédiatement perceptibles. Une américanomanie fervente, dernier avatar de l'élan romantique qui désignait depuis peu le Nouveau Monde des *transcontinental highways* et des *diners* hyperréalistes comme l'ultime territoire de l'aventure, inspirait sa prédilection pour une mode western à quatre sous. Elle le déguisait en cow-boy de publicité pour cigarettes et le contraignait à avancer dans la vie inconfortablement juché sur les semelles pentues de bottes jaunes, surpiquées d'arabesques, dont les empeignes aiguisées ressemblaient à des armes tranchantes. Cette panoplie exotique, le charme délicatement hirsute que lui donnait un moutonnement de boucles, sa voix profonde lorsqu'il chantait *Freight Train* avec un accent qui se voulait du Texas en s'accompagnant au banjo, tout cela avait amené une confusion passagère à la faveur de laquelle Delphine avait couché avec Danny... Mais Danny n'était pas Rachmaninoff, son étrangeté superficielle était fabriquée de bric et de broc, et lui-même n'abusait qu'un instant le regard et le goût; la comparaison avec un spécimen authentique dénonçait aussitôt en lui l'ersatz approximatif.

Si Delphine pouvait encore nourrir des doutes, tandis qu'ils se séparaient au matin de leur première nuit et qu'elle regardait Danny s'éloigner dans le corridor – ses santiags sous le bras car un scrupule touchant lui faisait craindre que le martèlement de ses talons sur le plancher nu du couloir et sur les marches de l'escalier de service ne réveille tout l'immeuble et ne compromette sa nouvelle maîtresse –, un appel de lui qu'elle avait reçu à son travail à l'ANPE, un peu plus tard dans la matinée, avait achevé de lui ouvrir les yeux. Danny l'avait invitée à dîner pour le soir même et lui avait exprimé par une allusion gauche son espoir de passer la nuit suivante avec elle. Delphine avait accepté l'invitation, flattée et déçue à la fois, et songeant que non, décidément, ce garçon bouclé n'était pas Rachmaninoff... L'intérêt qu'il manifestait si naïvement, l'espèce d'avidité puérile qu'elle percevait dans le désir qu'il avait d'elle étaient exactement à l'opposé du charme évasif et de l'aptitude à fuir qui rendaient Rachmaninoff insaisissable et, par voie de conséquence, irrésistible.

Il manquait encore à Delphine, à l'époque, la pratique de ce moment capital d'une liaison qu'est la rupture. La fréquentation à peu près exclusive de tendres touristes qui s'en allaient au matin comme Danny mais, à la différence de Danny, ne donnaient plus jamais de leurs nouvelles ne lui avait pas fourni beaucoup d'occasions d'apprendre à rompre. La perplexité résultant de cette lacune dans son expérience avait contribué à prolonger bien au-delà de ce qu'elle aurait souhaité les voir durer ses relations amoureuses avec Danny. Se méprenant sur la nature de ce qui n'était qu'un délai de grâce, Danny avait commis l'erreur supplémentaire de donner à leur liaison un tour de routine conjugale. Rue Fresnel, la vue de son peignoir éponge suspendu à la patère derrière la porte rappelait désagréablement à Delphine que la présence de Danny dans son lit ne relevait pas de ces précaires conjonctions de hasards qui avaient mesuré la durée de ses précédentes aventures. Danny avait investi sa vie et sa chambre, il avait jeté autour d'elle, comme les mailles d'une nasse, les signes extérieurs de la sédentarité et de l'habitude. Cette défroque, dans les plis de laquelle il semblait à Delphine qu'elle reconnaissait la forme laissée par le corps de son amant, prenait alors une ampleur et une épaisseur fantasmagoriques; elle encombrait la pièce, restreignait la liberté de ses mouvements, grignotait son espace vital, l'étouffait. Si elle détournait les yeux du peignoir, c'était pour rencontrer un indice plus obscène de cette impraticable cohabitation : l'espèce de bouquet, comme une allégorie de l'intimité amoureuse, que formaient les tiges multicolores de leurs brosses à dents réunies dans un verre au-dessus du lavabo. Si Danny la voyait sombre et, sans comprendre les raisons de sa tristesse, entreprenait de la dérider, c'était pire encore : il lui parlait longuement de leur avenir ensemble comme s'il s'agissait d'une chose inéluctable.

Un jour qu'elle s'était montrée particulièrement irritable et injuste avec lui, elle avait imaginé de s'en excuser en mettant sa mauvaise humeur sur le compte de ses soucis : son contrat d'emploi à l'ANPE expirait bientôt et elle venait d'apprendre qu'il ne serait pas renouvelé, il lui fallait trouver très vite un autre travail. Danny avait cru dissiper comme par enchantement ses inquiétudes d'avenir en lui disant qu'il connaissait un laboratoire d'analyses médicales où on cherchait une hôtesse d'accueil. Il avait évoqué le montant du salaire que Delphine pouvait espérer. Elle lui avait opposé avec amertume que, pour ce prix-là, il était peu vraisemblable qu'on engage une postulante sans expérience ni diplômes. Danny l'avait assurée du contraire et avait ajouté qu'il était temps d'ailleurs qu'elle fasse la connaissance de sa famille : le laboratoire, en effet, appartenait à son père.

Delphine s'était avisée brusquement que Danny devait être riche et cette révélation l'avait laissée songeuse. L'allure de Danny et les ambitions qu'il affichait n'étaient pas de celles qu'on associe couramment à la situation de *fils de famille.* Pourtant des détails auraient déjà dû éclairer Delphine ; Danny ne semblait jamais ni compter ni manquer d'argent, et les accessoires qu'il éparpillait autour de lui dans la mansarde témoignaient d'un luxe indubitable : le peignoir était du coton le plus onctueux, la montre au cadran compliqué de chronomètres et de calendriers lunaires portait la marque d'un fameux horloger suisse et le poste transistor réglé en permanence sur une station qui diffusait de la folk-music représentait la plus récente prouesse japonaise dans la technique de la miniaturisation. Delphine s'était étonnée que tant d'indices ne lui aient pas inspiré plus tôt de s'interroger sur les origines sociales et l'exacte situation financière d'un amant qui aurait tout aussi bien pu tirer de sinistres trafics ou de la fréquentation mercenaire de dames mûres les moyens de s'offrir ces coûteuses babioles. Elle avait conclu, avec quelque cynisme, que sa curiosité, en la circonstance, était à la mesure de son intérêt pour Danny.

A peu de temps de là, Danny avait annoncé à Delphine que sa présentation rue des Colonels-Renard prendrait le prétexte d'un déjeuner de famille, un dimanche. Sans doute, en les prononçant, fait-on résonner indéfinissablement dans les mots la conception singulière qu'on s'est faite de la réalité qu'ils recouvrent et Delphine s'était demandé pourquoi Danny étirait la demi-voyelle mouillée de *famille*, comme pour donner à ces deux syllabes une amplitude vague. Elle avait trouvé la réponse rue des Colonels-Renard. Les parents de Danny avaient encore chacun les leurs qu'ils avaient imaginé de mettre en commun. Danny pouvait ainsi embrasser d'un seul regard autour de la table, intacte sur deux générations, la pyramide renversée que dessinait la progression géométrique de ses ascendants. Les trésors de sollicitude dont ces derniers disposaient se conjuguaient pour refluer torrentiellement vers lui, enfant unique de ses parents et seul commun dénominateur d'une ribambelle d'aïeuls dont le but avoué avait toujours été de le gâter et la principale distraction, l'invention de nouveaux moyens d'y parvenir. Les moyens n'étaient pas non plus ce qui avait manqué aux Aubiac et aux Charbonnier pour se disperser confortablement à travers Paris. Mais comme le privilège d'être tous ensemble primait, aux yeux de ces bourgeois opulents et obscurs, n'importe quel autre que leur fortune aurait pu leur procurer, ils s'étaient regroupés dans ce vaste appartement d'entresol décoré de fanfreluches écossaises et meublé en faux Regency de chez Maple. Ils y composaient un de ces milieux affectifs, comme disent les psychologues scolaires, dont on ne se relève pas et Delphine avait compris que c'était pour avoir été étouffé d'amour que Danny, à son tour, voulait l'étouffer.

Elle s'était attendue à ce que ces gens la reçoivent avec méfiance, au moins avec circonspection, et elle avait été surprise de se voir, au contraire, accueillie à bras ouverts. Le sentiment de sécurité que les Charbonnier et les Aubiac tiraient de leur intime cohésion s'exprimait dans leur hospitalité sans réticence. A l'étrangère que Danny leur amenait du dehors ils avaient manifesté une cordialité immédiate, ne voyant pas en elle une intruse mais plutôt une recrue qu'ils se faisaient fort de convertir rapidement aux joies du cercle de famille.

De fait, à un mois de là, Delphine occupait au laboratoire d'analyses médicales un poste qui combinait les fonctions d'hôtesse d'accueil et diverses responsabilités d'intendance. Mme Charbonnier l'appelait familièrement trois fois par jour au moins, pour prendre de ses nouvelles, pour partager avec elle le souvenir d'une anecdote de l'enfance de Danny ou pour avoir son sentiment sur la composition du menu du prochain déjeuner dominical dont Delphine était devenue une convive attitrée. Curieusement, la conjonction de cette dépendance professionnelle et de ces liens privés qui faisait d'elle, doublement, l'otage de la famille Charbonnier semblait à Delphine moins pesante que ne l'avait été jusque-là la solitude amoureuse avec Danny.

Son nouveau travail lui procurait une satisfaction – presque une sérénité – qu'elle n'aurait pas pensé trouver là. Le laboratoire s'était révélé pour elle ce point privilégié de l'espace, ce point subjectif, d'où l'univers vous apparaît raisonnablement en ordre. L'ordre était d'ailleurs le schéma fondateur en même temps que la vocation du laboratoire : les fauteurs de tous les troubles y étaient traqués, isolés et rangés dans des éprouvettes étiquetées. On pouvait s'y laisser aller à l'illusion que la vie obéissait à un mode de fonctionnement aussi simple, aussi infaillible, que celui des bactéries scissipares fixées sur des lames de verre dans un fragment de leur bouillon de culture. Les souffrances, les morts, comme à l'inverse les guérisons prodigieuses que laissait inférer le grouillement versicolore des corpuscules sous les lentilles des microscopes, représentaient des commotions lointaines et pour ainsi dire abstraites. Lorsque, au début de chaque semaine,

Delphine faisait brièvement l'inventaire du matériel courant afin de déterminer de quels ustensiles il lui faudrait renouveler la commande, elle se réjouissait secrètement de ce que l'humanité se résumait pour elle, au moins pendant ses heures de travail, aux éprouvettes dans lesquelles on recueillait les spécimens de sang et aux boîtes de fer-blanc qui servaient aux analyses de selles. Elle trouvait à cette organisation élémentaire de son environnement quelque chose d'immensément rassurant.

Comme les locaux du laboratoire occupaient le rez-de-chaussée d'un immeuble, les volets des fenêtres donnant sur la rue étaient tenus fermés en permanence, et le miroitement laiteux des tubes de néon se reflétant en traînées de lueurs sur les pâles surfaces aseptiques des linoléums et des matières plastiques ne laissait deviner ni le jour ni la nuit. Cet éclairement invariable accentuait encore l'impression qu'on avait de procéder à l'intérieur d'un cocon étanche et favorisait comme des réminiscences de la paix embryonnaire. Delphine convenait que le laboratoire était un lieu magique, le premier dont elle éprouvait les sortilèges depuis la disparition de la maison du devant avec laquelle il présentait d'ailleurs des similitudes ineffables. Peu à peu, elle prenait le pli d'arriver la première le matin et de s'attarder le soir, en prétextant d'un classement urgent à terminer, bien après les heures de bureau. Ces sortes de veillées dans le laboratoire désert encourageaient en elle l'émergence d'un étrange sentiment de propriété et elle avait d'autant plus de mal à quitter le lieu de son travail que, les autres employés partis, elle s'y sentait enfin chez elle, comme on se sent chez soi après avoir reconduit à la porte le dernier invité d'une grande réception. Dans l'entourage de Delphine, personne ne soupçonnait cet insolite attachement et l'on mettait son assiduité sur le compte d'un zèle professionnel intempestif. Les Charbonnier n'étaient pas les derniers à s'en inquiéter et, lors des réunions du dimanche, comme le père Charbonnier servait les apéritifs dans le salon écossais, il grondait gentiment Delphine à qui il trouvait une petite mine et lui faisait promettre de se ménager. Mme Charbonnier intervenait en simulant une indignation plaisante; elle reprochait à son mari d'être un vrai négrier qui tuait ses employés à la tâche. Elle l'avertissait que Delphine était sous sa protection et qu'il aurait affaire à elle si jamais la petite tombait malade. C'était alors au tour des Aubiac de prendre haut et clair la défense de leur gendre en s'élevant contre les injustes accusations d'une harpie... « Une harpie ! » s'exclamait la grand-mère Charbonnier avec un haut-le-corps de révulsion douloureuse, tout en saisissant la main de sa bru qu'elle tapotait dans un geste de réconfort. « Une harpie ! voyez-vous ça, ma pauvre Micheline, comment on vous traite !... » De telles scènes, jouées sur un tempo de comédie bouffonne, qui semblaient tant divertir la famille Charbonnier, embarrassaient plutôt Delphine et la perspective d'en être la spectatrice, sinon même le prétexte, lui faisait envisager avec un peu d'anxiété les réunions du dimanche. Pourtant, à la longue, elle avait pris à ces impromptus, préludes invariables des déjeuners de famille, un plaisir témoignant qu'ils relevaient d'un goût acquis. Une vingtaine d'années plus tard, le temps écoulé ayant opéré parmi les acteurs ses inévitables soustractions, Delphine se remémorerait avec nostalgie les rires et les interjections affectueuses dont avait retenti le salon écossais et cette atmosphère de gaieté un peu sotte qui régnait rue des Colonels-Renard vers 1970.

L'une des premières conséquences de l'intérêt inattendu qu'elle s'était découvert pour son nouveau travail avait été l'abandon de ses cours de chant à l'Académie de Variété. Cet abandon n'était pas le résultat d'une décision nette de la part de Delphine; il s'était fait insensiblement, de lui-même, et le temps l'avait confirmé. Quand Delphine en avait pris conscience, elle s'était dit, avec une satisfaction mitigée d'un peu de tristesse, qu'elle avait grandi, qu'elle avait définitivement laissé derrière elle les fantaisies de son adolescence, qu'elle n'aurait plus jamais la taille des rêveries de réussite à quatre sous à la poursuite desquelles elle avait atterri jadis chez la reine du swing. Elle voyait dans cette démonstration de maturité une autre manière encore de s'éloigner de Danny qui continuait pour sa part à courir les auditions, les imprésarios et les maisons de disques. Delphine saisissait ainsi toutes les occasions d'attirer l'attention de son amant sur l'abîme de divergences qu'elle constatait entre leurs aspirations respectives – abîme qu'elle aurait voulu pouvoir creuser davantage et plus vite. Elle donnait à sa hâte de se débarrasser de Danny l'alibi de l'honnêteté, de la charité, de l'ordre; elle s'en justifiait en invoquant une sorte d'hygiène radicale des sentiments qui lui commandait de précipiter un processus de toute façon irréversible, d'achever ce qui s'achevait. Car Danny lui-même, s'il acceptait de regarder les choses en face, ne pouvait pas nier ce dont elle avait pris conscience la première : ils se quittaient. Ils se quittaient à petit feu, mais inéluctablement.

Profitant de l'assurance qu'elle tirait des nouvelles données réalistes de son existence, Delphine avait déployé, pour négocier ce périlleux tournant dans ses relations avec Danny, une adresse imparable et une mauvaise foi absolue. Elle avait imaginé de considérer leur liaison finissante comme une phase exploratoire dans le développement d'une complicité autrement durable et autrement significative; elle avait fait semblant de croire que Danny et elle atteignaient enfin ensemble cette altitude de croisière des affections – azur vivifiant que caractérisaient la sérénité et le désintéressement, et vers lequel les manifestations inopportunes de l'instinct de possession, de la jalousie, du désir physique, n'avaient fait jusque-là que retarder leur ascension. Elle mettait au service de son argumentation spécieuse tant d'éloquence et d'autorité que Danny ne trouvait rien à lui répliquer. Devant son silence, Delphine se félicitait de l'avoir enfin convaincu qu'il ne la désirait plus, qu'il n'avait jamais été sérieusement amoureux d'elle.

Pour lui démontrer aussi que l'inconfort d'habiter à deux une chambre de bonne de dix mètres carrés n'était qu'en partie seulement responsable de l'échec de leur vie commune et qu'ils ne se seraient pas mieux aimés dans plus d'espace, elle avait accepté la proposition de Danny d'aller s'installer avec lui rue des Colonels-Renard, pendant ce mois et demi d'été que les Charbonnier et les Aubiac passaient dans leur maison du Pyla. Cette concession dissimulait un calcul : Delphine se disait que l'apparence d'une migration provisoire lui permettrait de déloger Danny sans drame et qu'à la fin de l'été elle n'aurait qu'une valise à boucler pour réintégrer seule la mansarde de la rue Fresnel.

Rue des Colonels-Renard, les jeunes gens eurent à leur disposition huit pièces et trois salles de bains pour s'y disperser et s'y fuir l'un l'autre. Le passage trop brusque de l'exiguïté de la mansarde à cet espace vital déconcertant ne fit pas peu pour précipiter entre eux l'instauration d'une fraternelle chasteté. Dès le deuxième soir, Delphine prétextant d'insomnies alla faire son lit dans la chambre laissée vide par les Aubiac et qui se trouvait juste de l'autre côté du couloir. A partir de là, ils prirent l'habitude d'échanger, par leurs portes entrouvertes, des propos engourdis qui étiraient jusqu'à la frontière de l'inconscience et des songes une conversation décousue. Jamais Danny ne s'enhardit à franchir la manière de Rubicon amoureux que figurait entre eux le corridor. Delphine s'en réjouissait, interprétant sa timidité comme la preuve qu'il se détachait d'elle.

En réalité, Danny était moins détaché que désemparé. Danny était un enfant gâté d'une espèce particulière; les efforts conjugués d'une demi-douzaine d'adultes attentifs à prévenir ses moindres désirs n'avaient pas corrompu sa bonne nature, mais ils avaient gravement perclus sa détermination. Où sa volonté ne pouvait prévaloir avec douceur, il cédait aussitôt. Même dans sa petite enfance il avait toujours ignoré les colères des caprices contrariés : les siens d'ailleurs ne l'avaient été qu'à de rares occasions. Delphine était la première, vraiment, à résister à ses espérances. Elle le familiarisait avec ces bêtes fabuleuses que représentaient pour lui, dans leur nouveauté, le déni, la privation, le désir insatisfait... Et sa tendresse pour elle s'en compliquait d'une certaine révérence.

Delphine ne voyait pas dans quels bas-fonds de mélancolie résignée ces découvertes avaient précipité Danny; s'en fût-elle aperçue qu'elle y aurait été indifférente. Les révélations que la vie lui proposait de son côté – révélations exaltantes – requéraient toute son attention. Jusqu'alors, sous l'influence de l'exemple pathétique qu'offrait Marie-Ange laminée par ses déceptions amoureuses, Delphine n'avait pas complètement cessé de croire que la solitude, chez les femmes, témoignait à la fois d'une défaite personnelle et d'une faillite sociale. A présent que ses yeux s'ouvraient, elle dénonçait à l'origine de ce pernicieux préjugé Marthe Couvreur et sa sommaire philosophie de la vie, Marthe Couvreur qui n'avait pas été capable d'envisager d'autre apothéose aux éblouissantes carrières dont elle rêvait pour ses filles que celle qui consiste à être passivement distinguée, choisie, et trouve son expression ordinaire dans un mariage. Marie-Ange avait payé le prix de ce manque d'imagination en se jetant sans le moindre discernement à la tête de garçons médiocres dont elle avait attendu monts et merveilles, puis en vivant chaque nouvel abandon comme une dévaluation d'elle-même.

Delphine réalisait qu'elle était au moins en train de confirmer par l'exception cette règle maternelle qui identifiait à une dépossession et à un déficit l'état de solitude retrouvé. A mesure qu'elle prenait ses distances avec Danny, à mesure qu'elle le persuadait de renoncer à elle, elle assurait plus fermement sa prise sur le territoire qu'il lui avait livré. Au laboratoire, l'absence d'une partie du personnel pendant les mois d'été élargissait le champ offert à son initiative. Elle acquérait des rudiments de gestion. Elle nouait au téléphone avec la clientèle importante que constituaient les gros cabinets médicaux, des rapports propres à inspirer dorénavant qu'on la recherche de préférence comme interlocutrice, pour le sérieux, la compétence et l'amabilité dont elle avait fait preuve. Une telle application à plaire et à se rendre indispensable aurait risqué de la désigner à ses nouveaux collègues comme une intrigante, mais sa frénésie d'intervention s'exerçait avec trop d'éclectisme pour qu'on la soupçonne de servir une ambition précise. En définitive, on lui pardonnait son hyperactivité comme le seul moyen qui lui permettait sans doute de conjurer une angoisse intime.

Rue des Colonels-Renard aussi, Delphine multipliait furtivement ses points d'ancrage. Elle se plaisait dans ce vaste capharnaüm. Meublé et tapissé tout de neuf vers 1957 par les soins d'un ensemblier qui n'avait laissé aucun détail à la discrétion des occupants, l'appartement présentait cette unité excluant les repentirs et les ajouts tardifs qu'on rencontre rarement dans les demeures privées, mais qui démode et millésime les décors de films. A ce titre, la rue des Colonels-Renard, comme la maison du devant, était un espace de survivance menacé, un point de congestion dans la substance fluide du goût. Delphine apprivoisait ce domicile provisoire par d'infimes remaniements dans l'agencement des bibelots et des meubles. Il ne s'agissait pas d'en altérer le décor, mais de l'infléchir de manière presque imperceptible afin d'y laisser, comme en creux, la trace de son passage. Tout en s'adonnant à ces manipulations quasi magiques qui pouvaient consister à intervertir des cendriers ou à déplacer un coussin, Delphine songeait que les ambitions de Marthe Couvreur pour le bonheur de ses filles s'étaient toujours compliquées d'une sorte d'enjeu immobilier symbolique. La maison du devant qui dressait face aux fenêtres des écuries son mur de meulière habillé de glycine était implicitement désignée comme l'archétype de cet enjeu. Il apparaissait à Delphine que sa hâte à disposer entre le salon écossais et la chambre des Aubiac un subtil réseau d'empreintes, comme pour protester qu'elle avait sur les lieux un droit indéfinissable, perpétuait cette obsession formatrice qui avait associé dans l'esprit des filles de Marthe Couvreur le triomphe de l'amour à la conquête de l'espace bourgeois. Les plus insistantes leçons ne sont pas toujours entendues comme on voudrait et Delphine avait donné à celles de sa mère un retournement pervers : si elle appréciait le confort des beaux appartements, elle n'avait d'inclination que pour des hommes sans domicile.

Une ou deux fois par semaine, Delphine rendait visite à ses parents. Elle arrivait chez eux au bout d'une déambulation complexe à travers Paris, qui nécessitait deux changements d'autobus. Le même trajet en métro aurait pris trois fois moins de temps, mais Delphine arguait de la douceur de l'air, du soleil et de la circulation fluide du mois d'août pour préférer les transports de surface. Elle y avait une raison supplémentaire : les moments qu'elle passait dans l'autobus étaient autant de soustraits aux navrantes doléances de Marthe Couvreur.

Depuis que le projet d'élever une dizaine d'étages de béton et de verre fumé sur l'emplacement du domaine des Gairaut les avait chassés des écuries, les Couvreur menaient dans Paris une existence d'exilés. La seule condition qu'ils avaient mise à leur départ de Neuilly était d'être relogés dans un quartier aéré, à proximité d'espaces verts. Cette raisonnable exigence avait été respectée à la lettre puisque leur nouvel appartement se trouvait à peu près à la même distance du morne bois de Vincennes que les écuries l'avaient été de son glorieux pendant le bois de Boulogne. Malgré cela, Marthe Couvreur n'était pas heureuse. Une veine de lamentations possessives lui faisait évoquer jusqu'au radotage ces fragments du paradis perdu qu'étaient *son* escalier, *sa* vue sur le jardin, *sa* cuisine si spacieuse et si claire. Bien que le nouveau cadre de vie qu'on lui avait procuré en échange se soit révélé décent et même commode, il n'était pas digne d'être rapproché, fût-ce le temps d'une comparaison en sa défaveur, de ces représentations radieuses. Elle confiait à Delphine que, lorsqu'elle s'éveillait, il lui arrivait parfois pendant quelques secondes d'imaginer qu'elle était encore dans sa chambre des écuries. L'écho du trafic matinal sur l'avenue Daumesnil proche la ramenait à la réalité et une nostalgie affreuse l'étreignait comme elle prenait à nouveau conscience de tout ce qu'elle avait perdu. Au lieu du charme vernaculaire de Neuilly, diffus dans la saveur limpide de l'air et dans cet assortiment de bruits choisis qui enfermait comme une rumeur de parc entre les artères paisibles d'un faubourg résidentiel, elle ne percevait que l'étendue chaotique et vaguement menaçante de Paris brassant ses foules indistinctes. La nécessité, pour s'y situer géographiquement, d'avoir recours à l'impersonnelle numérotation des arrondissements ou, pire encore, à l'usage courant qui fait un lieu-dit de la station de métro la plus proche, usage selon lequel les Couvreur habitaient désormais *à* Michel-Bizot, lui semblait une intolérable déperdition d'identité. Les deux syllabes onctueuses à l'oreille qui avaient si longtemps constitué son adresse désignaient à présent pour elle l'espace de tous les regrets.

Pendant vingt-cinq ans les sortilèges de Neuilly qui s'étaient conjurés pour arrondir les angles de sa vie, pour jeter sur ses dilemmes et ses drames domestiques le voile d'une atténuation trompeuse, avaient entretenu chez Marthe Couvreur un fonds d'optimisme irraisonné mais tenace. Dans la perspective approximativement féerique du jardin sous le soleil, toute chose en effet semblait promise à un dénouement heureux et Marthe Couvreur n'avait jamais douté que, même à l'incompréhensible désordre mental responsable des rechutes de

Marie-Ange, on finirait par trouver un remède. Pendant ces vingt-cinq années qui vous mènent d'une jeunesse encore relative jusqu'au seuil de la vieillesse, elle n'avait voulu s'avouer que des déceptions circonstancielles, des tracas passagers; elle n'avait pas cessé de s'en remettre à l'avenir, confiante qu'en temps voulu il pourvoierait de solutions harmonieuses tous les problèmes qui la préoccupaient. Elle s'était reposée sur la conviction que l'expérience enrichit, que l'existence vous est donnée comme un champ en friche où chacun a loisir de démontrer ses talents de jardinier, que le sens de la vie est celui d'un épanouissement, d'un perfectionnement progressif...

Dans la nouvelle lumière ambiante, elle était revenue d'un coup de ces apaisants lieux communs et une certitude inverse s'était fait jour, selon laquelle l'avenir qui résout les questions et exauce les vœux n'était qu'une autre catégorie du rêve. En revanche, Marthe Couvreur comprenait ce qu'on entend par « avoir sa vie derrière soi ». Si elle regardait de ce côté-là, l'étendue du gâchis lui apparaissait; elle distinguait clairement tout ce qu'elle avait laissé lui échapper et qu'il n'était plus temps de ressaisir. Une telle constatation lui était particulièrement douloureuse lorsqu'elle l'associait aux troubles dont souffrait Marie-Ange. Marthe se persuadait que la clef de tous ces troubles devait être un moment lointain dont elle ne se rappelait ni la teneur ni la circonstance, et dont elle avait failli à pressentir aussitôt le potentiel funeste. Pour mieux s'accuser de n'en avoir rien fait, elle se leurrait de l'illusion dévastatrice qu'en intervenant alors elle aurait pu tout éviter, tout sauver. Mais elle avait choisi de tourner la tête et cette source, désormais inaccessible dans le passé, continuait à produire du malheur.

Parfois, ces reproches qu'elle se faisait à elle-même s'exprimaient tout haut en propos décousus. C'était le soir, après le dîner, Xavier Couvreur lisait un journal sous la lampe, Marthe tricotait indéfiniment des chandails et des écharpes dont elle avait grand mal à trouver à qui faire cadeau. Elle persévérait cependant dans cette activité vaine, pour le cliquetis pacificateur que faisait dans l'appartement silencieux l'entrechoquement des aiguilles. Ce cliquetis accompagnait ses soliloques vagues que ponctuait aussi le froissement espacé des pages de journal qu'on replie. La lugubre quiétude des soirées chez les Couvreur formait un contraste anachronique avec la nouvelle culture du bruit et de l'image qui, déjà en cette aube des années soixante-dix, avait achevé la conquête des foyers moyens et retentissait en fredons ineptes sur les paliers de tous les étages de l'immeuble. Les Couvreur ne possédaient pas la télévision, ils s'y étaient refusés autrefois en invoquant la jeunesse de leurs filles qu'ils ne voulaient pas exposer à l'abrutissement d'images indiscriminées et cette prévention avait survécu à sa raison d'être. Pour Delphine et Marie-Ange, les distractions des veillées à la maison avaient consisté à écouter une émission policière hebdomadaire intitulée *Les Maîtres du mystère* et des pièces radiophoniques de Steve Passeur. Déjà alors, l'entrechoquement des aiguilles à tricoter avait produit un contrepoint trivial aux répliques de la comtesse Olympe dans *Je vivrai un grand amour*.

Il arrivait qu'à la longue le silence indifférent dans lequel tombaient ses paroles agace Marthe Couvreur. Comme le maître dirige abruptement sa question sur l'écolier distrait qu'il veut confondre, elle élevait un peu la voix à l'improviste pour demander à son mari ce qu'il en pensait. Désorienté, Xavier Couvreur émergeait de sa lecture avec un sourire accort et répondait : « Plaît-il ? » Il était coutumier de ces désuétudes d'expression, de ces raffinements trop ostensibles auxquels recourent les gens qui voient dans la pratique d'un purisme rétrograde une manière de distinction accessible à toutes les bourses et une occasion de signifier, par leur langage choisi, qu'ils valent mieux que la position modeste où la vie les a réduits. Contre la mauvaise fortune qui l'avait obligé à renoncer à des études de médecine et qui avait fait de lui un simple représentant en matériel offset pour le compte d'une firme américaine de Des Moines, avant de le forcer – l'époque où les représentants de commerce pouvaient faire leurs tournées en train étant révolue – à prendre une retraite prématurée faute de posséder un permis de conduire, Xavier Couvreur perpétuait des formules de politesse grand siècle, resserrait ses imparfaits du subjonctif et soignait ses liaisons. Il disait *plaît-il, mille pardons, mes hommages, il eût mieux valu...* Il prévenait qu'il serait de retour vers sept heures-z-et demie. Ces préciosités laborieuses de son mari, et ce ton d'affabilité commerçante, si invariable à présent chez lui qu'il semblait s'être fixé à la manière d'une seconde nature, avaient le don d'exaspérer Marthe Couvreur. Avec une mauvaise foi éhontée, comme si elle n'avait pas parlé seulement pour elle-même, elle lui reprochait de ne jamais faire attention à ce qu'on lui disait, elle lui reprochait d'être absent même quand il était là. L'énervement la rendait injuste. Cette querelle qu'elle provoquait lui offrait une occasion, trop tentante pour qu'elle y résiste, de rejeter sur son mari la plus grande partie des torts dont elle se chargeait un instant plus tôt dans ses ruminations. Elle l'accusait de n'avoir pas été plus attentif aux demandes de ses filles qu'il ne l'était aux paroles de sa femme. Sa fatigue quand il rentrait d'une de ses tournées, sa distraction décourageante à tous les autres moments, son attitude évasive, fuyante, qu'il trouvait toujours le moyen de justifier en invoquant ses soucis professionnels, tous ces prétextes dont il s'était servi pour esquiver ses responsabilités de père portaient aujourd'hui leurs fruits, et sans doute fallait-il se féliciter que le bilan d'une si constante démission ne soit pas plus catastrophique encore. Marthe Couvreur prenait conscience de l'énormité et de la cruauté de ces accusations un instant après qu'elle les avait prononcées, mais elle n'en concevait qu'un remords négligeable. Bien qu'elle ne s'avouât pas la violence de son animosité en des termes aussi clairs, tous les coups lui semblaient permis contre cet étranger avec lequel elle était condamnée à vivre. Lorsqu'elle se prenait à l'examiner à la dérobée, elle était forcée de convenir qu'il avait vieilli proprement : il était resté maigre, il avait gardé tous ses cheveux qui grisonnaient à peine. Mais derrière cette façade satisfaisante, Marthe voyait la coquille évidée, rongée par les insectes de la petitesse. Elle rappelait de lui de vieux souvenirs qu'elle trouvait invraisemblables à présent et dont l'évocation lui mettait un amer sourire d'ironie au coin de la bouche. Elle se demandait à quel diktat biologique commandant la paralysie momentanée de ses facultés critiques elle avait obéi en cette époque lointaine où elle l'avait trouvé séduisant. Elle se souvenait avec une stupéfaction rétrospective avoir guetté éperdument ses retours, s'être effrayée de ses silences quand il négligeait plusieurs jours de suite de lui donner de ses nouvelles, et elle se demandait encore par quelle aberration qui plaçait sa vie tout entière dans une lumière dérisoire son cœur avait pu battre pour ce petit homme flapi. Dans le vague dégoût qu'elle éprouvait pour lui à présent, elle ne distinguait pas bien ce qui tenait à des habitudes superficielles de ce qui trahissait le fond de veulerie de son caractère, comme dans le cas de cette manie qui lui faisait chausser des pantoufles aussitôt qu'il rentrait, mais garder sa cravate – compromis où Marthe Couvreur voyait une sorte de relâchement furtif par le bas.

Delphine observait avec tristesse la mésentente grandissante entre ses parents. L'intuition que le pourrissement de leurs rapports continuerait indéfiniment à s'exprimer par ces récriminations vétilleuses qui gâchent la vie, sans jamais aboutir à rien d'aussi sensationnel qu'un divorce, ne lui paraissait pas une circonstance réconfortante. Lorsqu'elle était témoin d'une de ces scènes lamentables entre eux, le souvenir de l'incident de la *disparition* d'Auray, vieux d'une dizaine d'années, lui revenait par contraste.

Un matin, un client de Nantes chez lequel Xavier Couvreur était attendu pour une démonstration, ne le voyant pas arriver, avait alerté le bureau de Paris. Le bureau de Paris, à son tour, avait appelé Marthe Couvreur pour s'enquérir des causes possibles de cette absence. Quelques coups de téléphone qu'elle avait donnés ensuite dans différentes villes de province lui avaient permis de retracer l'emploi du temps de son mari pendant les deux journées précédentes, mais depuis onze heures du soir la veille, quand il avait quitté son hôtel de Bordeaux pour se rendre à la gare où il devait prendre un train de nuit, Xavier Couvreur était introuvable. Tout en répétant avec un peu trop d'insistance qu'il ne fallait pas dramatiser, Marthe Couvreur ne cessait d'imaginer des malaises cardiaques dans des lavabos de gare, des portes ouvertes par erreur sur la voie, en pleine nuit. Malgré cela, elle s'était astreinte au calme, mais avec une application bien trop évidente pour que l'inquiétude qu'un tel comportement trahissait ne fasse pas naître chez ses filles les pires craintes. Pendant les quelques heures qu'avait duré leur incertitude, l'ombre portée d'une menace qu'elles s'interdisaient tacitement de nommer avait paru arrêtée au-dessus des trois femmes. Telle est l'influence de la rhétorique sur la mémoire que, dans le souvenir de Delphine, les ténèbres de l'angoisse obscurcissaient ce matin d'été jusqu'à le faire ressembler à la nuit. Vers deux heures de l'après-midi, un appel de Xavier Couvreur lui-même, se répandant en excuses et en explications bousculées, avait mis fin à l'épreuve. En raccrochant l'appareil, Marthe Couvreur avait essuyé une larme de soulagement et un sourire qui se réessayait à l'insouciance et à la gaieté avait éclairé son expression – ce qui fait que l'espace d'un instant elle avait ri et pleuré à la fois, comme on voit faire les actrices dans les mélodrames. « Votre père n'en fera jamais d'autres! avait-elle annoncé d'un ton d'indulgence tendre. Figurez-vous qu'il dormait si profondément qu'il a laissé passer sa station et qu'il m'appelait d'Auray dans le Morbihan!... » La mésaventure d'Auray les avait mises en joie et pendant tout le reste de la journée il leur avait suffi d'y faire allusion pour se remettre à rire. Le malheur les avait frôlées mais épargnées. Leur soulagement se compliquait d'une vanité inavouable, absurde, à l'idée que, peut-être, la qualité de certains bonheurs domestiques, la qualité de certaines affections en imposent à la fatalité et la tiennent en respect. L'amour qui les unissait tous était de cette trempe-là.

Qu'était-il advenu de cet amour? Delphine prenait prétexte du soir qui tombait pour s'arracher à ces réflexions déprimantes en écourtant sa visite. Un rayon de crépuscule entrait par la fenêtre du salon qui donnait à l'ouest, allumant les chevrons cirés du parquet. Delphine contemplait ses parents dans la lumière frisée qui accusait les reliefs d'expression sur leurs visages. L'incendiement où se consume le phénix du jour mettait la dernière touche sinistre au tableau de ces vies dévastées. Delphine allait poser un baiser sur la joue de son père en guise d'adieu. On ne la retenait jamais; Marthe Couvreur rangeait ses aiguilles et se levait en soupirant pour la raccompagner jusqu'à la porte. Un scrupule l'effleurait peut-être comme elle se rendait compte que, depuis deux heures qu'elle était là, elle n'avait entretenu Delphine que de ses plaintes et des inquiétudes que lui donnait Marie-Ange, sans même songer à prendre de ses nouvelles. N'importe, le temps qu'on mettait à parcourir la dizaine de mètres séparant la pièce de séjour de la porte d'entrée lui semblait amplement suffisant pour s'assurer que dans la vie de sa fille cadette tout continuait à aller pour le mieux. Elle le faisait distraitement et Delphine ne manquait pas de répondre par l'affirmative avec une conviction calme qui attestait une félicité exemplaire. Avant d'embrasser Delphine, Marthe Couvreur concluait hâtivement, mais avec une trace de dédain dont elle n'était sans doute même pas consciente, qu'*elle*, au moins, lui donnait toute satisfaction. Delphine était trop perspicace, et depuis toujours trop sensible à la préférence que sa mère accordait à Marie-Ange, pour l'entendre comme un compliment. D'ailleurs, avait-elle jamais eu le choix? Marie-Ange était la folle, il fallait bien qu'elle fût la sage. Lorsque Marthe Couvreur parvenait pourtant à divertir un peu son attention du souci taraudant qu'était Marie-Ange et interrogeait Delphine plus précisément, elle ne s'enquérait que des événements de son travail, jamais de ceux de sa vie intime. Elle avait décidé, une fois pour toutes, de présumer celle-ci en ordre ou inexistante, afin de l'ignorer plus commodément. Delphine ne pouvait se défendre de la déplaisante impression qu'elle figurait aux yeux de sa mère, en contraste avec la pathétique héroïne qu'était Marie-Ange, une espèce de cousine Bette.

A quelque temps de là, Delphine ajouta une étape supplémentaire au parcours sans faute que tendait à représenter sa vie. Quand les Charbonnier et les Aubiac rentrèrent de vacances, elle réintégra la rue Fresnel et Danny ne tenta pas de la suivre. La séparation s'effectua exactement comme elle l'avait préméditée, sans heurts et même avec une sorte de grâce chorégraphique. Un mercredi, Delphine quitta la rue des Colonels-Renard avec la valise qu'elle y avait amenée pour l'été. Le dimanche suivant, elle était l'hôte des Charbonnier dans le salon écossais et le père Charbonnier lui servait l'apéritif comme si de rien n'était. Elle disparaissait dans un rôle pour revenir aussitôt dans un autre : on avait vu en elle la belle-fille probable et il semblait qu'on se soit trompé, elle demeurait l'amie intime dont la présence à la table de famille allait de soi. Les Charbonnier, qui aimaient Delphine et l'appréciaient, se désolèrent avec une louable discrétion de ce changement de cœur chez les jeunes gens. Ils en firent porter la responsabilité à l'inconstance de Danny, car l'idée qu'on pût se déprendre de leur fils ou lui préférer une liberté illusoire ne leur venait même pas à l'esprit. Ils en redoublèrent de prévenances avec Delphine qu'ils soupçonnaient, malgré sa crâne détermination de n'en rien laisser paraître, de beaucoup souffrir. Danny, de son côté, ne chercha pas à détromper ses parents et supporta leur reproche implicite. La vérité eût risqué de tempérer leur affection pour Delphine, au moins de compromettre gravement cette image de la perfection qu'ils avaient d'elle. C'était ce qu'il voulait éviter surtout. Danny envisageait une absence prolongée et il lui apparaissait que la place conquise par Delphine dans l'intimité des Charbonnier et des Aubiac la désignait pour combler un peu du vide que laisserait son départ. Dans ce rôle de substitut d'objet d'affection, il ne doutait pas qu'elle ferait merveille, pour la raison même qu'elle ne s'y sentirait engagée à rien. Depuis plusieurs semaines, Danny méditait un pas décisif; sa déception sentimentale avec Delphine avait achevé de le convaincre que la suite de son avenir était au pays de ses fantaisies, de l'autre côté de l'Océan. Il avertit son père du désir qu'il avait d'aller passer quelque temps à Nashville dans l'État du Tennessee. Interrogé sur ce qu'il comptait faire là-bas, il ne pouvait produire qu'une réponse vague; ses projets avaient la consistance des rêves incompatibles avec le verbe et dont la cohérence s'effrite dès qu'on entreprend de les raconter. Nashville était la capitale du monde de la folk-music, Danny y nouerait des contacts, y passerait des auditions, y enregistrerait bientôt son premier disque. M. Charbonnier n'avait jamais imaginé de prendre au sérieux les ambitions de son fils, mais comme il n'en nourrissait pas d'autres de rechange qu'il veuille lui faire endosser, il le laissait tout à fait libre et lui fournissait volontiers les moyens de cette liberté. Il semblait à cet homme d'expérience que le choix d'une carrière, à moins qu'il ne réponde à une vocation indiscutable, est à peu près indifférent et rien moins qu'urgent dans le cas d'un jeune homme ayant le soutien d'une famille fortunée disposée à assurer ses arrières. Lui-même avait commencé à gagner sa vie à quinze ans et s'était fait tout seul, comme on dit, mais il ne lui serait pourtant pas venu à l'esprit que ceux qui profitaient à présent de son argent dussent payer de quelque façon le mal qu'il s'était donné pour le gagner. M. Charbonnier pensait ingénument et peu communément, pour un bourgeois, que l'usage de la fortune est d'adoucir et de faciliter la vie, de réaliser les désirs, si futiles et déraisonnables qu'ils soient. Il entendait que Danny prenne avantage de l'aisance que lui assurerait indéfiniment un patrimoine confortable pour mettre son énergie tout entière au service d'une quête plus essentielle ; celle du bonheur s'imposait à ce père bienveillant et sage comme devant être la grande affaire de la vie de son fils. Il consentit au départ pour l'Amérique, confiant que Danny leur reviendrait bientôt en revenant de ses chimères. Il estimait qu'il valait mieux pour lui tenter l'aventure et vivre plus tard avec le souvenir de quelques échecs formateurs qu'avec le regret de choses qu'il aurait voulu faire. Il serait toujours temps pour Danny, à défaut d'un destin plus passionnant, de lui succéder dans quelques années à la tête du laboratoire, situation qui n'exigeait pas d'autres compétences – Dieu merci, l'affaire marchait toute seule ! – que le simple bon sens que l'on possède ou non mais qui, de toute façon, ne s'acquiert pas...

La mansarde, lorsque Delphine l'avait retrouvée au début de septembre, avait cette odeur de chaleur recluse, comme confite, des combles de Paris qui ont cuit au petit feu de l'été sous le couvercle de zinc des toits. Elle avait ouvert grand la fenêtre pour chasser les anciens relents de sa vie commune avec Danny, en suspens dans la touffeur prisonnière qui les perpétuait et les exaltait. Elle s'était avancée sur le balcon jusqu'à cet angle extérieur d'où elle pouvait apercevoir l'espèce de tranchée que formait, contre le flanc blême du musée d'Art moderne, l'échappée de la rue de la Manutention vers la passerelle de Billy. Delphine avait conscience d'habiter un repli d'un panorama spectaculaire dont tous les éléments se dérobaient à sa vue. Elle n'apercevait ni les vestiges de l'Exposition universelle, ni la Seine, ni même l'avenue du Président-Wilson dont l'envolée barrait son horizon d'un trait oblique et dont elle n'entrevoyait, par la trouée entre les bâtiments du palais de Tokyo, que l'arête, comme d'une marche colossale. L'air du soir était entré dans la chambre, un air parisien estival, comme artificiellement brassé par la précipitation des myriades de vies qui s'y débattaient, un air qui sentait le marronnier, l'essence et le restaurant italien en terrasse. Delphine avait attrapé les anses du panier de paille tressée qui lui tenait lieu de sac à main et dévalé les six étages en faisant claquer sur les marches de l'escalier des sabots de cuir jaune confectionnés au Danemark. Avant de sortir dans la rue, elle avait jeté un coup d'œil à la glace qui garnissait tout un mur du hall d'entrée, côté maîtres. La mode de cet été-là brodait sur des thèmes rustiques et Delphine avait découvert, avec son panier, son châle, ses sabots jaunes et sa longue jupe imprimée de fleurs, une villageoise pour bergeries libertines à la Restif de La Bretonne. Elle avait descendu la rue de la Manutention, tourné l'angle du quai, longé la Seine sur une centaine de mètres et passé le porche d'un bâtiment rectangulaire qu'une plaque désignait sous le vocable romanesque de conservatoire Rachmaninoff. De ce conservatoire dépendait un restaurant à prix modestes, primitivement destiné à l'usage des étudiants en musique, mais qu'une recommandation dans un guide de l'Europe, énumérant à l'intention des nouvelles générations vagabondes les moyens de survivre pour cinq dollars par jour, avait promu pendant la saison touristique cantine d'une jeunesse errante et cosmopolite, uniformément chevelue et savamment débraillée.

La salle était aux trois quarts vide quand Delphine était entrée. C'était exprès qu'elle venait dîner tard ; le tohu-bohu et le mouvement de l'heure du coup de feu se prêtant mal à son propos. Elle s'était assise à une table placée sous l'espèce de soupirail que formait la fenêtre et sur laquelle tombait un restant de lumière dessinant un intangible triangle isocèle. Un jeune virtuose du violon, à n'en pas douter, avec un tablier de plongeur noué sur son blue-jean, desservait paresseusement de la vaisselle sale comme à ses heures perdues. Au mur, une ardoise délavée affichait le menu où des prétentions *vieille Russie,* inspirées par le patronage de Sergueï Rachmaninoff, s'exprimaient au chapitre du plat du jour par l'invariable alternative shashlik d'agneau, bœuf Stroganoff. Quand Delphine avait détaché son regard de l'ardoise et l'avait laissé errer à travers la salle, elle avait rencontré celui d'un jeune homme habillé d'une tunique indienne abricot, auquel elle avait trouvé une incertaine ressemblance avec Douglas Fairbanks Jr dans *Le Voleur de Bagdad.* Après une perceptible hésitation, il s'était risqué à lui sourire. Delphine s'était sentie aussitôt rassurée, en terrain connu ; elle avait été à la fois satisfaite de voir ses desseins se matérialiser si vite et un peu frustrée que la suite en soit si prévisible. Le sourire, en effet, entamait un ballet dont elle connaissait par cœur toutes les figures.

Pour Delphine, le bref trajet qui la menait de chez elle jusqu'au conservatoire Rachmaninoff était la piste de l'aventure amoureuse. Elle l'avait parcouru pour la première fois en toute ingénuité un peu plus d'un an auparavant, le soir même de son installation rue Fresnel. Elle cherchait un endroit pour dîner, dans ce quartier où elle n'avait pas encore d'habitudes, et elle avait fait la découverte de l'improbable restaurant du conservatoire Rachmaninoff. Le garçon qui lui avait souri ce soir-là était un Néo-Zélandais de dix-neuf ans, extraordinairement mat et d'un ton doré uniforme. C'est moins par ses traits, avenants mais plutôt mièvres, qu'il avait retenu l'attention de Delphine que par une sorte de texture rugueuse. Il était sec, décoloré et vaguement poudreux, comme les déserts qu'il avait traversés. Il était arrivé le matin même d'Algésiras et, après avoir passé vingt-quatre heures à Paris, prendrait un train pour Londres d'où il devait s'envoler pour Wellington dans la soirée du lendemain. L'aventure que lui faisait entrevoir cet inconnu, avec lequel elle communiquait sommairement grâce à un lexique d'une cinquantaine de mots et qui n'avait à lui proposer qu'une étreinte sans avenir entre un avion et un train, avait semblé à Delphine une occasion de dépaysement irrésistible. L'assurance, représentée par un billet à date fixée pour les antipodes, que cette histoire serait strictement limitée dans le temps, avait eu raison de ses scrupules de principe. Elle avait décidé de ramener le jeune homme dans la mansarde où régnait le fouillis ordinaire des emménagements et où le lit était encombré de valises ouvertes à demi défaites.

Cette inavouable passade l'avait mise de bonne humeur pour plusieurs jours. Son geste révélait une complexité insoupçonnée de sa libido; il inaugurait un nouvel aspect de sa vie, aventureux et même un peu louche, contrastant absolument avec ce qu'elle croyait connaître d'elle-même et avec ce qu'elle avait cru de bonne foi désirer jusque-là. A quelque temps de cet épisode, l'envie qu'elle éprouvait d'en partager le secret avec quelqu'un lui avait fait voir en Marie-Ange, alors dans une de ses phases de rémission, une confidente possible. Elle lui avait raconté toute l'histoire. A cet instant seulement elle avait réalisé qu'elle avait oublié le nom du protagoniste ou, peut-être même, qu'elle ne l'avait jamais su. Comme les enfants trouvés à qui on donne le nom du lieu où ils ont été découverts, elles avaient imaginé de le baptiser Rachmaninoff, pour simplifier.

Rachmaninoff s'était avéré peu à peu le nom d'une sorte d'amant générique, de physionomie, d'âge et de nationalité variables, mais toujours rencontré dans les mêmes circonstances et dans le même endroit. Ces spécimens présentaient de ces traits communs qui font les lignes de force des grandes collections : il s'agissait de blonds aux yeux clairs, dont l'âge dépassait rarement vingt-cinq ans. Lorsqu'elle s'avisa de cette prédilection pour le type caucasien nordique qui la guidait dans le choix de ses amants d'un soir, Delphine songea à une analogie cocasse : c'était *Mon légionnaire* qu'elle jouait dans la mansarde, à ceci près qu'elle se gardait d'y mettre le *sentiment*. L'analogie n'était pas non plus littérale quant à la durée de ces aventures ; Rachmaninoff pouvait s'attarder quelques jours, quelques semaines, n'importe, c'était la perspective de la séparation inévitable qui donnait du prix aux instants de sa présence passagère. En partant, il inscrivait longuement son adresse sur une feuille de carnet que Delphine rangeait avec d'autres dans un tiroir. Cet échange d'adresses préservant la possibilité de contacts ultérieurs n'était qu'une civile clause de style dans le rituel des adieux.

Delphine savait bien qu'elle ne recevrait pas de lettres, qu'elle n'en écrirait pas, mais rares sont les gens qui peuvent se quitter avec la certitude froidement acceptée qu'ils ne se reverront jamais. De fait, certains jours, pour meubler sa solitude songeuse, il arrivait à Delphine d'égrener ces bouts de papier pliés en quatre. Ce qui se reflète, paraît-il, dans l'écriture, des mystères de la personnalité, lui ramenait comme une intuition essentielle de ses conquêtes passées. Un nom de rue à Seattle, à Brisbane, à Christchurch, la portait à imaginer un instant un coin de ville inconnue où elle voyait invariablement des maisons de bois peintes en blanc et des palmiers.

Comme pour démentir que la répétition d'aventures sans lendemain ait un caractère totalement systématique, le hasard produisit l'exception qu'on attendait de lui. Une année, Rachmaninoff était un jeune assistant de biologie à l'université de Columbia. Il écrivit et même il invita Delphine à venir passer quelque temps avec lui à New York. Sa lettre contenait une brochure donnant la liste des compagnies de charters qu'elle pourrait emprunter pour le voyage. Ce projet de visite occupa Delphine durant plusieurs mois et donna lieu à une correspondance régulière. Dans le feu de ces échanges et de ces préparatifs, Delphine oubliait que Rachmaninoff dans cet avatar particulier s'écartait fâcheusement du type consacré et que ce garçon de taille médiocre, qui frisait la trentaine et portait des lunettes à verres grossissants, représentait une de ses conquêtes les moins flatteuses. Des mois étaient passés ; elle avait pris prétexte d'une rechute de Marie-Ange l'empêchant de quitter Paris pour remettre un voyage dont elle avait d'abord fixé le moment à la fin de l'hiver. A quelqu'un qui lui demandait vers cette époque où en étaient ses projets de départ, elle avait répondu d'un air évasif et sur le ton un peu las qu'on prend pour répondre à une question qu'on s'est souvent posée soi-même, elle avait répondu qu'il faudrait pouvoir partir *indéfiniment*. Cette réflexion n'était pas préméditée, elle lui avait échappé et elle l'avait laissée songeuse. Delphine avait soupçonné qu'en fouillant un peu elle y trouverait la clef de ses aventures. Partir indéfiniment, fuir indéfiniment, plutôt, faisait-elle rien d'autre en effet? Avec beaucoup d'injustice, elle en avait voulu à Rachmaninoff. C'était lui, en compliquant d'une figure inédite le rythme simple des rencontres et des séparations, qui l'avait amenée à faire cette découverte inutile. L'idée qu'à travers la multiplicité de ses péripéties amoureuses elle fuyait ne lui causait aucun scrupule moral, il lui déplaisait seulement que ce comportement qu'elle avait vécu en toute innocence comme le résultat du hasard des circonstances allié à une sorte de curiosité anthropologique, qui aurait fait de la sexualité un mode d'investigation, tombe sous le coup d'une catégorisation psychologique, pour ne pas dire pathologique. Elle avait compris aussi qu'elle avait épuisé en projections imaginaires tout le plaisir que pouvait lui procurer ce voyage. Y renoncer s'était imposé à elle comme le seul parti à suivre. Cela tombait bien car avec une simultanéité, qui ne devait rien à la concertation mais tout à l'intuition ou à la lassitude, Rachmaninoff renonçait justement à l'attendre.

Dans le message qu'il lui avait laissé au laboratoire, Danny indiquait à Delphine l'adresse du restaurant où il l'attendrait pour dîner. C'était celle d'une petite rue aux alentours du métro Étienne-Marcel et Delphine s'interrogea sur les causes du choix de cet établissement inconnu, excentré, qui n'était ni pratique pour elle ni même proche de l'hôtel où Danny était descendu, aux Champs-Élysées. Depuis qu'elle habitait à nouveau Neuilly, perpétuant spontanément cette méfiance à l'égard de la capitale qui avait si fort influé sur la vie de Marthe Couvreur, Delphine répugnait à s'engager dans Paris plus avant que la porte d'Auteuil où se trouvait le laboratoire. A l'aise dans les quartiers opulents et atypiques des confins occidentaux, elle s'efforçait d'éviter le centre monumental où la pompe toc de siècles, dont chacun avait imité et corrigé l'idée que le précédent s'était faite du genre *splendide*, s'agrégeait en grumeaux de panoramas à *couper le souffle*. Les pustules suscitées récemment par une conception désuète de la modernité et par une plus pathétique de l'audace urbaniste, sur ces apothéoses de vues perspectives pour assiettes à dessert, n'arrangeaient pas les choses. La tentative de raccrocher cette vénérable toile de fond pour grand finale d'opérette haussmannienne au train cahoteux de la dynamique du Futur ne parvenait qu'à réaffirmer une vocation du spécieux, une volonté assez vulgaire d'épater, d'*en jeter*, propre à vérifier le nauséabond axiome selon lequel Paris sera toujours Paris. Plus encore que le centre, les quartiers Est inspiraient à Delphine une aversion profonde et irraisonnée. Elle évoquait le boulevard d'Inkermann, le souvenir idyllique des écuries puis, par antithèse, l'appartement de la rue Édouard-Robert où ses parents avaient reçu l'annonce de la mort de Marie-Ange, où Marthe Couvreur avait fini sa vie. Elle associait la topographie à ces événements qui lui semblaient réfracter leur lumière sinistre sur une bonne moitié de Paris. Elle ne pouvait tout à fait se défendre du sentiment absurde que les existences se délabraient en suivant un axe ouest-est, dont le parcours symbolique dédoublait celui de la ligne de métro Vincennes-Neuilly et qu'au-delà d'une invisible ligne de démarcation qui se confondait peut-être avec l'avenue de l'Opéra ou, à l'extrême rigueur, avec la rue du Louvre, on entrait dans le territoire du malheur.

Le restaurant illustrait lugubrement ce goût de la fin des années soixante-dix qui faisait triompher les espaces vides, les volumes nus, les carrelages blêmes, les gris industriels, et qui avait érigé pendant quelques saisons en consigne esthétique l'indigence d'imagination et l'hypocrite aspiration à un conformisme minimal de deux ou trois décorateurs alors à la mode. Delphine se hasarda dans cette espèce de salle des pas perdus où s'alignaient des tables recouvertes de nappes à carreaux et dont les murs strictement nus renvoyaient un écho approfondi du brouhaha des dîneurs. Elle aperçut Danny qui s'était levé en la voyant entrer et qui lui souriait. Elle le rejoignit, l'embrassa sur les deux joues. Il prit ses deux mains dans les siennes et les garda un instant tandis qu'il la dévisageait sans un mot, d'un air béat et incrédule. Ils s'assirent. Elle secoua ses cheveux puis reprit ostensiblement son souffle, on aurait dit qu'elle était venue à lui de très loin et qu'elle s'apprêtait maintenant à lui poser d'une traite mille questions sur ce qu'il avait fait depuis qu'ils ne s'étaient vus. Elle évalua mentalement le temps qui s'était écoulé : trois ans depuis la mort du père Charbonnier et le dernier passage de Danny à Paris. A l'époque, son allure générale était encore celle d'un jeune homme. A présent, un embonpoint naissant alourdissait un peu le contour de son visage mais atténuait aussi les sillons creusés par les rides d'expression et donnait à sa physionomie un air insoucieux et dispos. Ses boucles naguère châtain étaient devenues de ce gris légèrement bleuâtre que prennent brusquement, d'un plan sur l'autre, les cheveux du jeune premier dans les films dont l'action se déroule sur une cinquantaine d'années. Paradoxalement, ces marques de l'âge qu'on pouvait confondre avec un artifice cosmétique, le rajeunissaient. Delphine pressentit qu'il serait un jour un petit vieux avenant, comme avait été son père, avec un visage potelé et d'épais cheveux neigeux. Cette analogie lui ramena à l'esprit une question qui provoquait toujours chez elle un certain malaise : se pouvait-il que Danny soit au courant de la brève liaison qu'elle avait eue avec le père Charbonnier, quelques mois seulement après la mort de sa femme? S'il l'ignorait, tout était pour le mieux et elle continuerait à en garder le secret. Mais si d'une manière ou d'une autre il l'avait apprise et en avait été choqué sans oser le lui dire, elle aurait voulu pouvoir le mettre en garde contre toute interprétation erronée des faits. Elle avait bien perçu alors ce qu'il y avait de scabreux à devenir la maîtresse du père après avoir été celle du fils et elle avait envisagé quelles arrière-pensées sordides cette liaison d'une jeune femme avec un riche vieillard pouvait faire soupçonner. Elle aurait voulu assurer Danny qu'il ne s'était jamais agi de rien de tel. Elle aurait voulu lui dire aussi que ce rapprochement fortuit, presque involontaire, de deux solitudes n'avait trahi personne, ni la mémoire des disparus ni les vivants, qu'il avait été au contraire l'expression ultime d'une communion dans la fidélité au passé. Il avait été aussi pour Delphine l'occasion de prendre conscience de la tendresse intacte qu'elle gardait à Danny en en reportant quelque chose sur l'auteur de ses jours; l'amour que ce dernier avait reçu d'elle, elle le leur avait donné à tous les deux, indivisiblement... Mais elle doutait que Danny veuille faire l'effort de comprendre ces subtilités de sentiments et elle prit le parti de continuer à se taire, sentant bien que les apparences étaient contre elle. A présent, lorsqu'elle se penchait sur sa vie, elle jugeait regrettables certaines aventures répétitives de sa jeunesse qui n'avaient été motivées que par l'ennui, mais sa liaison avec le père Charbonnier lui semblait à l'inverse la matérialisation d'un délicat et pur mouvement du cœur. Cela s'était produit un soir qu'ils étaient allés ensemble au cinéma, comme ils en avaient pris l'habitude depuis qu'elle s'évertuait à le distraire un peu de son deuil. Ce soir-là, elle l'avait trouvé d'une humeur si sombre qu'elle avait redouté de le laisser seul et qu'elle avait imaginé un prétexte pour passer encore un moment avec lui rue des Colonels-Renard. Dans le salon écossais, il avait été pris d'une crise de larmes subite et elle lui avait tenu la main. Tard dans la nuit, elle l'avait écouté lui parler des morts et de la solitude, jusqu'à ce qu'il y trouve une espèce d'apaisement. Le reste était venu ensuite, comme dans un clair-obscur de la conscience. Delphine s'était apprêtée à dispenser des caresses consolatrices, mi d'une amoureuse et mi d'une infirmière. Elle avait été surprise de découvrir dans le père Charbonnier un amant expert, prévenant et encore vigoureux, dont l'étreinte lui était une manière de révélation.

Qu'il ait ou non eu vent de cette ancienne histoire, ce n'était pas pour lui parler de cela que Danny avait invité Delphine à dîner. Elle le connaissait cependant assez pour deviner à certains indices de son comportement que cette invitation avait une raison précise, qu'il avait sans doute quelque chose d'important à lui dire qu'il ne savait comment lui annoncer; qu'il n'avait peut-être fait le voyage que dans ce but. Elle s'appliqua à essayer de deviner la nature de cette nouvelle, mais la volubilité erratique de Danny, accusant chez lui une tendance à confondre sur le même plan l'essentiel et le futile, qui semblait s'être aggravée avec le temps, brouillait les pistes. Il avait commencé à s'informer des affaires du laboratoire, mais Delphine s'aperçut qu'il écoutait à peine sa réponse, il parcourait la salle du regard, cherchant instamment à attirer l'attention d'un serveur. Quand l'homme vint prendre sa commande Danny le pria de lui réserver aussitôt une portion de *pecan-pie* pour le dessert et conseilla à Delphine d'en faire autant; on ne confectionnait le *pecan-pie* qu'en quantité limitée et il s'enlevait très vite. Delphine comprit du même coup pourquoi Danny lui avait donné rendez-vous dans ce morne hangar au diable vert; elle aurait dû prévoir qu'il s'agirait d'un restaurant américain. Pour Danny, la quête du Nouveau Monde, qu'elle prît un tour mystique ou qu'elle se manifestât dans un registre tout à fait trivial et accessoire par le choix d'un restaurant et par l'anxiété avec laquelle il cherchait à s'assurer une portion d'une friandise typique, cette quête ne s'était jamais interrompue. Delphine en venait à supposer qu'il n'avait pas dû non plus trouver l'Amérique là où la géographie la situait. Il avait transporté de l'autre côté de l'Atlantique une fantaisie de Nouveau Monde qui ne s'était reconnue en nul lieu tout à fait, ne s'était identifiée à aucun paysage concret. C'est que les pays lointains ne ressortissent à la substance étendue que pour une part seulement de leur réalité, le reste est une notion intérieure, une intuition fluctuante qu'exaltent çà et là des indices rencontrés par hasard, jamais concluants, et Danny cherchait toujours.

Delphine ignorait à peu près tout de la vie qu'il menait à Nashville. Elle ne se souvenait pas l'avoir jamais entendu évoquer des amis qu'il aurait eus là-bas et elle se demandait parfois si, à l'exception d'une certaine Marcia et d'une certaine Trisha, il avait fait la moindre connaissance un peu intime.

Depuis qu'il habitait l'Amérique, les noms de Marcia et de Trisha étaient les seuls qui revenaient régulièrement dans sa conversation. Marcia était la mère de Trisha, à moins que ce ne fût – Delphine n'en était pas très sûre – Trisha la mère et Marcia la fille. Toutes les deux, elles tenaient une de ces buvettes où il y a des distributeurs de serviettes en métal chromé, posés sur un comptoir de formica mauve, et des *doughnuts* sous une cloche de plexiglas. La buvette faisait le coin de deux rues que Delphine se représentait comme sur une toile d'Edward Hopper. Elle occupait le rez-de-chaussée d'un petit bâtiment de brique rouge à l'étage duquel Danny louait deux chambres communicantes avec usage de la salle de bains. Il ne disposait pas d'une cuisine, mais une cuisine eût été superflue car il prenait presque tous ses repas à la buvette, ce qui faisait de lui à la fois le voisin, le locataire et le client le plus fidèle de Marcia et de Trisha. Dans les premiers temps, Delphine avait imaginé qu'il pouvait exister entre Danny et l'une de ces deux femmes un lien d'une nature plus tendre. Elle avait renoncé à cette supposition lorsque Danny, ingénument, lui avait montré une photo des deux femmes. C'était un instantané de vacances pris au cours d'un voyage organisé qu'elles avaient fait à Hawaii. Elles apparaissaient sur la plage de Waikiki, enguirlandées de fleurs et de coquillages, vêtues comme deux jumelles d'ensembles identiques, en toile blue-jean, dont les jupes trop courtes moulaient leurs ventres protubérants. Marcia, à moins que ce ne fût Trisha, avait dépassé la soixantaine et l'autre paraissait à peine plus jeune. Elles portaient des lunettes de soleil à verres réfléchissants qui leur faisaient d'inquiétants regards de libellules.

Danny était encore plus avare de détails sur le chapitre de ses occupations. Delphine n'avait aucune idée de la façon dont il pouvait employer son temps. Avait-il jamais fait sérieusement la moindre démarche pour tenter sa chance, selon l'expression consacrée, auprès de l'une ou l'autre des grandes maisons de disques installées à Nashville? Avait-il jamais essayé d'intéresser un imprésario à ses projets de carrière? Delphine, imitant l'attitude dont avaient semblé tacitement convenir les Charbonnier et les Aubiac à chacun des retours de Danny à Paris, se gardait de l'interroger trop précisément, attendant qu'il fournisse spontanément au fil de la conversation les réponses aux questions qu'on se posait à son sujet. Mais on n'obtenait ainsi que des renseignements incertains. Pour ce qu'en savait Delphine, la *carrière* de son ancien amant se limitait à d'irrégulières participations plus ou moins bénévoles à quelques-uns de ces concerts de plein air comme il s'en tient de nombreux pendant l'été, un peu partout aux États-Unis. Pour l'essentiel, elle soupçonnait Danny de se laisser aller à la torpeur d'une sorte d'extase touristique prolongée, toujours neuve et toujours aussi intense depuis bientôt vingt ans. Le chiffre d'affaires du laboratoire, en progression constante, lui assurait très largement les moyens de cette apathie contemplative, Delphine y pourvoyait. Même aux plus noires années du contrôle des changes, elle avait remué ciel et terre, et déployé des trésors d'ingéniosité bancaire pour que Danny, qui avait heureusement peu de besoins, puisse recevoir sans interruption l'allocation mensuelle grâce à laquelle il s'acquittait auprès de Marcia et de Trisha de son gîte et de son couvert, et pouvait encore les inviter à dîner dehors le jour de fermeture de la buvette.

Entrée au laboratoire dans des fonctions vagues et subalternes, Delphine s'y était progressivement chargée de toutes les tâches administratives et avait fini par en superviser le fonctionnement. La mort du père Charbonnier et les blancs-seings que lui avait alors signés Danny, empressé à se débarrasser à son avantage de tout souci de décision, lui en avaient livré la direction sans partage. Elle n'abusait pas de ce pouvoir illimité, du moins en ce qui concernait les gratifications matérielles que sa position l'aurait mise en mesure de s'accorder. Pour les gratifications symboliques, c'était une autre histoire et un observateur un peu fin aurait dénoncé l'absence de retenue avec laquelle elle s'abandonnait à son hystérie d'excellence. Il aurait été intéressé par la démarche qui consistait de la part de Delphine, lorsqu'elle décidait des augmentations de salaires, à s'oublier elle-même une fois sur deux, à ne se traiter le reste du temps qu'avec une infinie parcimonie et à mettre un point d'honneur absurde à demeurer, quoique accablée de travail et de responsabilités, parmi les cadres les moins payés de l'entreprise. Sa frugalité, d'une part, et d'autre part les dix ou douze heures de présence quotidienne que requérait prétendument la gestion du laboratoire justifiaient Delphine dans sa débauche d'abnégation.

C'était précisément du laboratoire que Danny l'entretenait à nouveau au moment où le serveur vint poser devant eux les fameux *pecan-pies*. Delphine s'avisa de trouver suspect cet intérêt inusité et l'insistance de Danny à se renseigner sur l'état des affaires de l'entreprise ne lui dit soudain rien qui vaille. L'évidence qu'elle s'était refusé à appréhender plus tôt, pour préserver sa tranquillité d'esprit, l'atteignit : la venue de Danny à Paris avait quelque chose à voir avec le sort du laboratoire. Qu'avait-il imaginé, déjà décidé peut-être, dont il voulait l'avertir avec ménagements? Il était en train de supputer la valeur marchande de l'affaire. Il remarquait en même temps, sans que Delphine perçoive clairement quel rapport il fallait établir entre ces deux sujets, qu'il était seul dans la vie, sans parents même éloignés, sans héritiers, qu'il était encore jeune, certes, mais qu'enfin personne n'était à l'abri d'un accident imprévisible. Delphine eut conscience qu'elle était très pâle et qu'elle devait avoir les tempes moites. Elle écoutait Danny avec une attention à la fois éperdue et navrée, et chacun des mots qu'il disait ouvrait pour elle le puits d'une interrogation abyssale. Danny voulait vendre le laboratoire, elle en avait la conviction. Par son seul caprice il s'apprêtait à la dépouiller de ce à quoi, depuis vingt ans, elle avait ancré son existence; l'indigence et la vacuité de celle-ci, une fois privée du pôle de toutes les préoccupations que constituait le laboratoire, lui apparurent en un éclair et la firent frissonner. En contraste absolu avec les sentiments de tendresse et d'affection qu'elle aurait protestés rien qu'un instant plus tôt, elle se prit à haïr la nonchalance invétérée de ce nanti, son incurie, son manque de sens des réalités, tous travers dont procédait la fantaisie égoïste qui avait inspiré sa décision. Mais peut-être cette décision avait-elle lentement mûri et représentait-elle une cruauté préméditée à l'égard de Delphine. Le désarroi de la jeune femme était tel en cet instant que l'idée que Danny veuille se venger d'elle ne lui parut pas invraisemblable. Elle se rappela avec amertume l'intraitable désintéressement qu'elle avait opposé au père Charbonnier lorsqu'il avait voulu lui faire cadeau de quelques parts de la société, de manière à la garantir contre toute adversité en lui constituant un capital. Elle maudit le haut-le-corps de probité sublime qui avait motivé son refus catégorique. C'est qu'elle s'accusait à l'époque d'avoir déjà dérobé à Danny trop de choses qui auraient dû lui revenir. A présent, elle s'accusait inversement d'avoir entretenu en elle-même un sentiment de culpabilité injustifié. Elle n'avait dépossédé Danny de rien à quoi il n'ait déjà renoncé spontanément. Si elle s'était évertuée à s'insinuer dans les bonnes grâces de sa famille, si elle avait investi peu à peu la place qu'il avait laissée vide, cette place elle l'avait conquise sans tricher. Elle avait été avec ces gens dans leurs malheurs, elle avait souffert leurs deuils. Au point que, confondant dans un climat d'affliction uniforme les maladies et les morts qui avaient affecté les Charbonnier et celles qui avaient touché sa propre famille, la précédente décennie se résumait emblématiquement dans l'esprit de Delphine à une déambulation indéfinie vers un cimetière. Quand l'image désolée de cette marche d'enterrement se présentait à elle à l'état de veille et parfois en rêve, elle ne savait plus si c'était Marie-Ange ou le grand-père Aubiac, Marthe Couvreur ou la vieille Mme Charbonnier dont elle suivait la dépouille. Ces mêmes épreuves, Danny les avait vécues de loin et l'aiguillon du malheur s'émousse avec la distance.

Delphine s'appliqua à ne rien laisser filtrer dans sa voix de l'émotion qui l'agitait lorsqu'elle dit à Danny qu'à son avis il aurait tort de vendre le laboratoire. Il la regarda un instant avec perplexité, un peu comme si elle venait de proférer une énormité. « Mais bien sûr, fit-il, il n'est pas question de vendre le laboratoire... Ce n'est pas de ça qu'il s'agit... » Comme si, entre les émotions et ce qui s'en peint sur la physionomie, il existait le même décalage qu'entre la vitesse du son et celle de l'image sur une pellicule de film, une rémanence de l'angoisse qu'elle était parvenue à dissimuler emprei-gnit le visage de Delphine, et c'est au moment où elle éprouvait les délices du soulagement qu'elle eut un air absent et soucieux. « Ah... fit-elle, je croyais... » Elle n'acheva pas sa phrase, savourant cette brève extase de l'esprit apaisé, qui n'est qu'un effet de contraste. Il avait dit *ce n'est pas de ça qu'il s'agit*, mais de quoi s'agissait-il donc, elle n'avait toujours pas compris... Il faudrait qu'elle lui demande des éclaircissements. Pour le moment, elle commanda du café.

Depuis son réveil, Arthur avait hurlé sans arrêt. L'impossibilité de s'isoler où que ce soit dans le loft, hormis dans la minuscule salle de bains qu'on avait imaginé de monter à la manière d'un édicule au beau milieu de l'espace, interdisait toute activité sérieuse pendant que le bébé faisait ses dents et rendait même les coups de téléphone impraticables. Le hardi *designer*, ami de Catherine, qui avait conçu l'aménagement du loft, avait modelé celui-ci en fonction d'une vie domestique strictement décorative; les silhouettes impeccablement structurées de purs esprits étaient invitées à y dériver avec grâce dans un espace unique aux couleurs du demi-deuil. L'état de dénudement de la pièce dont l'austérité ne concédait au goût pimpant que quelques fanfreluches tubulaires en acier inoxydable, s'il relevait d'une préméditation esthétique faisait aussi par extension une manière d'artiste décorateur de l'huissier pratiquant la saisie mobilière. Le parti pris de créer un *espace festif* – entendez un appartement qui se prête à la réception d'invités nombreux – avait eu pour effet secondaire de ressusciter à quelque chose près les conditions d'existence du taudis insalubre des romans naturalistes, où une famille entière contenue dans une seule pièce y survit dans une promiscuité de tous les instants, propice à l'avilissement et aux violences. L'absence de compartimentage d'aucune sorte dans ce volume d'un seul bloc prenant le jour par des baies panoramiques faisait que Mathias s'y sentait aussi vulnérable qu'un insecte sur la platine d'un microscope et qu'il avait l'intolérable impression d'être épié en permanence, même quand il était seul chez lui.

Parmi les lieux communs dont Catherine faisait le courtage, il y en avait un selon lequel les gens qui s'aiment vraiment n'ont pas de secrets, car ils peuvent tout se dire. Catherine avait démontré que cette maxime n'était pas pour elle un vain mot, lorsqu'elle avait reçu sans sourciller l'aveu des aventures masculines de Mathias, aventures qu'il s'ingéniait dans ses descriptions à rendre à plaisir plus sordides encore, comme pour venger l'humiliation qu'il éprouvait à les confesser. Mais la compréhension de Catherine, si plénière qu'elle en avait quelque chose de menaçant, d'envahissant à tout le moins, n'arrangeait rien à l'affaire et Mathias remarquait à part lui qu'il n'avait pas dû l'aimer de la façon dont elle l'entendait car il avait toujours éprouvé le besoin d'avoir des secrets pour elle. Ce qu'il lui dérobait de sa vie n'était pas ce qu'il y avait de plus coupable. Les cachotteries de Mathias auraient même semblé parfaitement gratuites si elles ne lui avaient procuré l'illusion d'échapper un instant à cette laminante exposition totale de l'être qu'il fallait, selon Catherine, identifier à l'amour véritable. Aux yeux de Catherine, cette mystique du couple dans sa maison de verre représentait bien moins une manière de protester de la pureté essentielle des actes qui se commettaient autour d'elle, qu'une manière d'affirmer sa tolérance illimitée. Mathias était-il injuste lorsqu'il tenait l'infinie ouverture d'esprit dont sa femme faisait preuve pour rien de plus que le legs d'une phase de subversion hygiénique, très précisément datée, dans l'évolution des attitudes petites-bourgeoises ? Catherine appartenait en effet, comme Mathias lui-même, à une génération qui se flattait d'avoir fait écrouler quelques tabous hypocrites, sans s'aviser que le zèle qu'elle mettait à *dédramatiser* et à *déculpabiliser* aboutissait à l'édification d'un autre, plus formidable, que résumait avec une exactitude lapidaire le fameux slogan *Interdit d'interdire.*

Mathias considéra cette femme aux cheveux sculptés par les ciseaux d'un coiffeur renommé et vêtue en toutes circonstances comme un mannequin de vitrine de la place des Victoires, qui se penchait pour cueillir l'enfant dans son berceau, appuyait son petit crâne duveteux contre le plastron de sa robe de crêpe marocain couleur améthyste et entreprenait de le calmer en le berçant. Mathias se fit la réflexion qu'une semblable composition de madone à l'enfant seyait mal à cette élégante quadragénaire reconstruite par tous les artifices de la mode et dont les traits tirés accusaient l'insomnie des dernières nuits passées à tenter d'endormir Arthur que ses gencives enflammées faisaient souffrir. Ils échangèrent un regard et Mathias lut dans celui de Catherine la même proposition muette qu'elle lui adressait sans insister, par acquit de conscience aurait-on dit, chaque fois qu'elle avait le bébé dans les bras. Mathias tardant une seconde à la décliner clairement, Catherine eut un vague mouvement vers lui, comme pour lui faire l'offrande de leur fils. Un hochement de dénégation presque imperceptible, de la part de Mathias, suffit à signifier qu'il n'était toujours pas prêt à recevoir une telle offrande. Il n'avait encore jamais tenu Arthur dans ses bras. Au début, il s'était défilé en arguant de sa maladresse; à présent, il était entendu que la répulsion qu'il manifestait pour la chair de sa chair, résumée en ces termes mêmes, constituait un symptôme intéressant sur lequel le Dr Tigelin et lui étaient en train de travailler. Il était admis qu'il avait besoin de temps pour réaliser dans toutes ses implications le lien biologique qui l'attachait à ce petit paquet de conscience obtuse et que le meilleur moyen d'y parvenir était de l'envisager dans la perspective de l'avenir. Mais si Mathias s'efforçait de concevoir l'adulte en quoi les années changeraient cette informe ébauche de vie, le lien avec un individu qui atteindrait vraisemblablement le sommet de sa carrière professionnelle, l'apogée de ses facultés intellectuelles et, pourquoi pas, la plénitude de son activité sexuelle, entre 2030 et 2040, lui paraissait plus problématique encore et relevant quasiment de la science-fiction. Mathias ne cherchait pas à se représenter cet avenir, à lui inaccessible, d'où son fils jetterait peut-être un regard condescendant et attendri sur l'époque d'obscurantisme de ses parents. Tout au plus supputait-il que le prénom recherché dont Catherine avait décidé de l'affubler ne suffirait pas à le distinguer parmi ses contemporains et que, les générations moyennes portant témoignage dans leurs états civils de la furie d'originalité onomastique qui avait saisi les Français de la fin du siècle, les transports en commun, les cantines d'entreprises, les bureaux de poste, les hôpitaux et les prisons d'alors seraient peuplés d'une infinité de Crispin, de Julius, de Léon-Charles et d'Eugène-Louis. Mathias savait bien que la manière de désaveu de paternité impliquée par son attitude ne pouvait se prolonger indéfiniment, que l'amour est une longue patience et qu'il faudrait bien que de l'intimité quotidienne, comme par frottement, il lui vienne pour cet enfant un peu d'affection. C'était inévitable, il le savait, mais il n'était pas pressé.

Il se tourna vers la fenêtre; l'écluse s'entrouvrait pour permettre le passage d'une péniche et des badauds s'immobilisaient sur la passerelle de ferraille, observant l'opération. Des becs de gaz faussement vieillots s'allumaient le long du canal contre un restant de jour. Autrefois, Mathias s'en souvenait, ce paysage était celui d'un quartier populaire; depuis quelques années d'astucieux promoteurs immobiliers s'étaient avisés que son aspect désolé et louche, joint à l'espèce de légitimité monumentale que lui avait conférée son utilisation par le cinéma réaliste, composait l'argument idéal pour attirer une clientèle aisée, inimaginative et facilement séduite par un pittoresque de confection. Catherine était de cette clientèle. Mathias se demandait parfois comment on osait l'exhorter à prendre sa vie au sérieux, à reprendre pied dans la réalité, quand d'autre part on lui imposait la présence de ce fils improbable et la vue de ce décor pour grand classique de cinémathèque.

Comme il l'avait confié au Dr Tigelin, Mathias souffrait d'une déficience qu'aucun des oligo-éléments consommés par Catherine et lui avec une ponctualité religieuse, pour faire pièce à toutes les maladies et à toutes les scléroses dont l'avenir contenait la virtualité menaçante, ne semblait apte à compenser, puisqu'il s'agissait simplement d'une déficience d'existence. Elle s'exprimait par une suspicion critique qui soufflait à Mathias de mettre en perspective – pour conclure aussitôt à leur caractère absurde – tous les futiles élans de l'être qui concourent à la survie ordinaire. Il éprouvait une difficulté croissante à improviser au jour le jour des désirs, des préférences, des dégoûts qui le tiennent en vie, et il observait que le champ où s'exerçaient naguère avec détermination ses propres choix et sa propre volonté se trouvait investi à mesure qu'il l'abandonnait par un pouvoir de décision étranger, par une volonté extérieure autoritaire. Il n'en avait cure, cet état de choses inquiétant et pénible au début était devenu indolore et, de plus en plus, aux yeux de Mathias, tout semblait égal. Cette indifférence le vengeait de s'être trop longtemps résigné à n'exister que pour des gens dont l'attitude et les intentions à son égard équivalaient soit à un viol de ses aspirations profondes, soit à une interprétation erronée et partielle de son identité. La *permissivité*, comme elle aurait pu dire elle-même, dont Catherine faisait preuve envers lui n'abusait pas Mathias et il aurait préféré la liberté pure et simple aux bénéfices de la tolérance qu'elle exerçait comme un moyen de le contraindre à continuer de jouer le rôle qu'elle lui avait fixé une fois pour toutes dans sa vie. Elle lui avait d'abord assigné celui de mari et de père, et les égarements mentaux et sexuels par lesquels Mathias s'était signalé exprimaient autant de tentatives désespérées d'échapper à cet emploi réducteur. Mais par son comportement admirable, son empressement à admettre, son effrayante avidité à comprendre, Catherine s'était aussitôt assuré un droit de regard sur ces secteurs équivoques, grâce à quoi, à nouveau, aucun aspect de la vie de Mathias ne lui échappait et Mathias, bien que rien ne limitât en apparence les mouvements de sa fantaisie, n'éprouvait pas le sentiment d'une liberté accrue, mais seulement qu'on avait prolongé le mur de sa prison.

Le contrôleur du fisc dont le zèle obtus avait abouti – avec la complicité de Mathias qui avait répondu à la persécution par un emportement autodestructeur – à la liquidation de l'affaire saine et florissante qu'était jusque-là l'entreprise de prêt-à-porter de luxe Mathias D., ce contrôleur lui aussi s'était mis en tête de faire jouer à Mathias un rôle qui avait d'abord été celui du suspect puis, très vite, comme par glissement et sans qu'aucun élément objectif nouveau – autre que la résignation consternée de l'intéressé – ait paru justifier un si décisif progrès, celui du coupable. Il n'est pas très original, de la part de la victime d'une de ces agressions administratives, d'identifier son sort à celui fait au héros du *Procès* de Kafka et Mathias n'y avait pas manqué. Les persécutions de ce petit fonctionnaire aigri, ou peut-être même pas aigri mais seulement abruti, avaient eu sur lui une influence d'autant plus dévastatrice qu'il en avait ressenti avant tout la mutilation symbolique. Il semble qu'il soit d'usage en effet, avant de frapper la victime, de la ramener par abrasement, retranchement, évidement, à une dimension sommaire, standard, compatible avec une existence de classeur ; de l'avilir à ses propres yeux, afin de mieux saper son courage, en l'assimilant à une miteuse hypothèse d'individu dans laquelle on la persuade que le plus simple est de se reconnaître humblement. L'hypothèse en question est elle-même réductible à ces renseignements administratifs qui, sous prétexte de traduire les données vivaces et relatives de l'existence réelle, permettent à la fatalité bureaucratique d'assurer plus complètement sa prise sur celui qu'elle a déjà résolu de broyer dans les tourments d'un purgatoire matriculaire où l'innocence et le bon droit n'ont pas cours. Mathias avait pourtant commis l'erreur d'arguer pour sa défense de l'une et de l'autre. L'innocence, le droit, avaient toujours figuré à ses yeux de ces notions de dernier recours comme étaient aussi l'héroïsme ou l'euthanasie, de ces notions auxquelles sa vie, par chance, ne lui avait pas fourni jusqu'alors beaucoup d'occasions de réfléchir. Il s'était découvert en elles une foi subite et, lorsqu'il les avait mises en avant au service de sa cause, il avait spontanément observé la componction que lui paraissait commander le maniement de ces grands thèmes de dissertation. Il ignorait qu'il faisait ainsi le jeu de ses tortionnaires fiscaux, lesquels n'ont jamais la partie aussi belle, dans leur dessein d'insinuer dans l'esprit de leur victime les ferments de l'incertitude, de la confusion, du désespoir, qui amèneront peu à peu celle-ci à un état de moindre résistance et la feront consentir en définitive à son propre holocauste, que lorsqu'elle place naïvement le débat sur le terrain de la bonne foi, du sens commun et des principes d'humanité ordinaires.

Une résolution intérieure immédiate, qui devait quelque chose à la répulsion et quelque chose à la superstition, avait inspiré à Mathias d'éviter le contact direct avec son ennemi et de déléguer à un conseil le soin de rencontrer face à face cet homme dont il ne connaissait pour sa part que l'écriture mesquine et la voix au téléphone. L'impossibilité de mettre un visage sur ce timbre qui lui communiquait ses verdicts odieux n'avait pas peu favorisé la transposition de cette banale tribulation dans un registre fantasmatique où la silhouette médiocrement malfaisante du contrôleur du fisc s'était enflée hors de toutes proportions, jusqu'à figurer une sournoise et inlassable incarnation du Mal. C'est cette chimère dont Mathias avait voulu suivre les mouvements, un revolver chargé glissé au fond de sa poche. Catherine, que préoccupait la bizarrerie de Mathias et son attitude renfermée et fuyante, avait trouvé le revolver. Elle avait d'abord soupçonné Mathias de projeter de se donner la mort, avant de réaliser avec soulagement que son désespoir s'était transmué en une monomanie vindicative. Elle avait respiré; dans le désespoir seul, il aurait pu lui échapper, dans le désespoir et la démence, il se livrait à elle plus absolument. Rapprochant la possession d'un revolver de cette compulsion qui ramenait quotidiennement Mathias devant l'hôtel des impôts et l'y retenait en de longues stations transies et torpides sans qu'il ébauche jamais le geste d'en franchir le seuil, Catherine n'avait pas hésité à conclure à un dessein meurtrier inspiré par une rage d'impuissance. C'était bien comme cela sans doute que la logique de la raison commandait d'interpréter ces éléments. Mais dans la logique de la démence caractérisée par une dynamique de déduction moins contraignante, il se pouvait qu'il n'y ait entre eux qu'un rapport vague. Lorsqu'il repensait à cet épisode, Mathias n'aurait pas su dire dans quel but il avait attendu ainsi, comme à l'affût, des jours durant, pas plus qu'il n'aurait été capable d'expliquer alors, si quelqu'un s'était avisé de lui poser la question, comment il comptait identifier d'intuition l'homme qu'il n'avait jamais vu et qu'il était peut-être venu pour tuer.

Dans son désarroi, une seule chose avait semblé à Mathias irréfutable : l'existence d'une corrélation dérobée entre l'insistance de Catherine à tout pardonner et l'obstination du contrôleur à punir. Ces deux attitudes lui étaient apparues procéder d'un même complot et imiter la tactique vicieuse de ces interrogatoires de police au cours desquels l'un des policiers s'applique à terroriser le suspect tandis que l'autre s'ingénie à gagner sa confiance pour que, déconcerté et déstabilisé par ces pressions contraires, il s'effondre plus vite et passe aux aveux.

Le souvenir des événements en question s'estompait déjà. Les allongements trihebdomadaires de Mathias chez le Dr Tigelin, en dépit des interminables silences avec lesquels ils coïncidaient souvent, n'avaient pas été tout à fait inutiles. On aurait dit qu'un artifice spontané de sa mémoire, comparable à l'effet de la lentille convexe qui approfondit l'espace qu'elle photographie, reléguait ces commotions récentes dans un passé reculé où elles perdaient leur virulence et il semblait presque à Mathias que la faillite de Mathias D. avait eu lieu dans une autre vie.

Cette faillite ne suscitait chez lui aucune inquiétude en ce qui concernait sa situation matérielle à long terme. Il savait bien qu'il pourrait redevenir quand il le voudrait l'un des stylistes indépendants les mieux payés de Paris ou bien lancer chez l'un ou l'autre de ses anciens concurrents une ligne de lunettes de soleil, de caleçons ou de bracelets de montre qui porterait sa griffe. Il connaissait son aptitude à gagner de l'argent, jusqu'à présent elle ne s'était démentie en aucune occasion; il ne songeait pas à s'en réjouir, encore moins à s'en émerveiller car il tenait au contraire cette aptitude pour l'une des composantes les plus triviales et les plus monotones de son idiosyncrasie. Mais il savait pouvoir se reposer sur elle du souci de son avenir. La familiarité de l'argent lui avait appris que l'état de fortune des individus reflète immanquablement la détermination profonde qui les guide dans leurs manipulations des données de la réalité et qu'être riche ou pauvre n'est qu'un des éléments d'un choix plus global que l'on fait de son destin. Mathias, pour sa part, se savait prédestiné à gagner sans difficulté de l'argent qu'il dilapidait sans discernement. Le seul effet persistant de la *catastrophe* – comme Catherine et lui étaient convenus de désigner l'ensemble des péripéties traversées – était donc le défaut d'existence dont souffrait Mathias. Un tel état de l'être devait produire une aura de vulnérabilité encourageant toutes les velléités de prise de contrôle car, depuis peu, il se sentait devenir l'enjeu des projets d'un nouveau prédateur. Mathias n'avait pas eu l'intention de revoir l'inconnu de Divonne. Le hasard, avec une certaine balourdise, avait joué entre eux le rôle de l'entremetteur. Quelques jours après le retour de Mathias à Paris, ils s'étaient trouvés nez à nez dans un mauvais lieu où ils avaient simultanément prétendu l'un et l'autre ne faire que passer, en curieux, comme pour voir ce que les autres y fabriquaient. A partir de là, l'indiscrétion pathétique avec laquelle l'inconnu s'était accroché aux pas de Mathias donnait à penser que cette rencontre fortuite le sauvait de quelque chose. Si forte qu'ait été la tentation, Mathias ne s'était pas dérobé à cette mission salvatrice. Par une solidarité de grands dépressifs, il avait retardé charitablement le moment d'éconduire ce fâcheux dont le désarroi perceptible lui semblait bien mériter le sacrifice de quelques heures de son oisiveté. En désespoir de cause, vers le soir, comme il n'était toujours pas parvenu à s'en dépêtrer avec douceur, il l'avait ramené quai de Jemmapes où l'inconnu de Divonne avait fait la connaissance de Catherine. Elle avait paru se prendre aussitôt pour lui d'irrépressible sympathie et depuis, à son invitation, il venait dîner chez eux au moins un jour sur deux.

Catherine, qui palliait un défaut de perspicacité véritable par une ruse intuitive et cette parfaite connaissance du terrain que constitue à la longue l'expérience de la vie, avait vite compris quel genre d'admiration il convenait de témoigner à Barthélemy pour le séduire et s'en faire un allié. Cet exercice assez cynique de la flatterie se trouvait être en la circonstance une manière d'œuvre pie puisqu'il contribuait à restaurer chez Barthélemy les assises, corrodées par les années qui ne sont pas tendres et par les déceptions de tous ordres, d'un narcissisme vital. Catherine affectait un ton brusque et comme exaspéré par tant d'indolence pour exhorter Barthélemy à prendre enfin conscience du potentiel de triomphes qu'il recelait en lui-même et qu'il négligeait d'exploiter. Il était convenu, pour le bon fonctionnement de leur pantomime, que ces rudesses de Catherine tendaient à combattre chez Barthélemy un mélange de paresse coupable et de modestie invraisemblable, seul responsable s'il n'avait pas encore la carrière qu'il méritait. La nature définitive de cette carrière était laissée dans le flou, on ne savait pas s'il s'agissait de celle d'acteur, de mannequin ou de gigolo professionnel. Singeant une brutalité adjudantesque, Catherine empoignait Barthélemy pour le traîner devant une glace et là, lui faisait honte : « Non, mais dites-moi que je rêve ! s'exclamait-elle indignée, vous en connaissez beaucoup qui peuvent se vanter d'un physique pareil ?... Et avec ça vous n'êtes pas absolument idiot, *c'est un plus...* » Comme si le constat de tant de dons prodigieux laissés en friche commandait des mesures immédiates, elle cinglait Barthélemy d'un « Faites quelque chose ! » auquel elle se plaisait à donner la tonalité d'un glapissement panique.

L'hommage de Catherine prenait aussi le détour de menus cadeaux offerts et acceptés avec une désinvolture tacite. « Regardez ce que j'ai trouvé, l'apostrophait-elle avec une précipitation fiévreuse, dès qu'il avait franchi le seuil, en lui jetant quasiment à la tête un paquet enrubanné à la diable d'où il tirait un chandail ou un blouson, parmi les ultimes créations de la mode masculine. C'est complètement vous, non? » Acheteuse pour un consortium de grandes surfaces, Catherine cueillait ces babioles en avant-première de leur mise en circulation, dans les ateliers mêmes où elles étaient fabriquées. Avant de faire la fortune de l'article en en commandant quelques centaines, elle voulait voir ce qu'il donnait sur Barthélemy, bien que, concédait-elle avec agacement, ce dernier ne constituât pas un exemple probant, puisqu'il avait le chic d'*enlever* la moindre fripe et de la mettre en valeur, puisqu'il allait divinement à tout...

Barthélemy se laissait malmener avec ravissement et s'épanouissait sous les compliments brutaux de Catherine comme fait sous l'ondée tropicale une plante altérée et rabougrie par la canicule; il retrouvait du ressort, il reprenait des couleurs. Mathias, amusé, suivait les progrès de cette opération de réanimation. Il aurait parié que ce malheureux garçon revenait de loin.

Barthélemy s'était empressé de donner sa version des événements qui l'avaient conduit à faire un séjour dans une station dont le seul nom laissaït inférer de graves troubles nerveux, mais cette version était trop anodine pour n'être pas édulcorée. La crise, expliquait-il, était survenue à un tournant de son existence, alors qu'il devait à la fois faire face à des choix susceptibles d'engager l'avenir de sa carrière et aux conséquences pratiques qu'entraînait dans sa vie privée sa décision de quitter l'ami riche avec lequel il vivait, à Rome, depuis plusieurs années. Les soucis, joints au remords de la peine qu'il n'avait pas pu s'empêcher de causer, avaient eu raison de son sommeil et il s'était mis à recourir aux somnifères. Une erreur de dosage, un soir d'extrême fatigue, l'avait amené au bord du coma dont on ne revient pas... Cette fable maladroite, dans son effort pour présenter de la réalité des faits une interprétation aseptisée et compatible avec les exigences élémentaires de l'amour-propre désignait en creux la vérité lamentable. Mathias en concluait que l'inconnu de Divonne avait dû risquer cette classique tentative de suicide qui est beaucoup moins l'expression d'un authentique désir d'en finir qu'un implicite appel au secours.

Mathias sentait le danger qu'il y avait à laisser Barthélemy former chez eux des habitudes d'intimité, mais Catherine semblait vouloir ignorer ce risque, ou bien était prête à en affronter les conséquences. L'inconnu de Divonne, Mathias le pressentait, était de ces plantes parasitaires que leur apparence gracieuse et frêle protège de la destruction immédiate et qui en profitent pour jeter plus haut les grappins de leurs tendres ramifications. Mathias découvrait à l'usage que la présence de Barthélemy Gairaut n'avait pas seulement une qualité décorative, cette présence s'avérait vivifiante, rafraîchissante et apaisante à la fois; elle avait sur l'atmosphère autrement morose du quai de Jemmapes le même effet qu'un air de musique légère surgi à propos d'un poste de radio pour secouer la torpeur d'un jour maussade. Barthélemy apparaissait dans une disposition invariablement charmante; il témoignait d'un humour assez conventionnel, à vrai dire, mais dont l'opportunité judicieuse avec laquelle il l'exerçait compensait la fadeur et faisait un très acceptable stimulus d'ambiance. Enfin ce délirant Narcisse s'enorgueillissait parmi d'autres charismes d'une vertu uniquement accordée à ceux de sa sorte qui n'ont jamais douté d'eux-mêmes : il savait écouter et regarder les autres en leur communiquant l'impression que non seulement il n'y mettait aucune condescendance, mais encore qu'il voyait en eux des merveilles égales à la merveille qu'il était lui-même. Récapitulant toutes les irréfutables qualités dont Barthélemy ne cessait de leur faire la surprise, Mathias et Catherine en venaient parfois à se demander par quelle aberration l'ami romain avait pu décider de renoncer à sa compagnie exquise.

Les années romaines de Barthélemy fournissaient un spicilège de pittoresques anecdotes dont les héros habitaient généralement des palais aux plafonds peints à fresque et traînaient, dans un état de désabusement mélancolique, tard aux terrasses des cafés de la via Veneto. Son évocation d'une réalité délicatement datée rejoignait quelques-uns des mythes promus par le cinéma, au point que sa vie telle qu'il la racontait semblait comme l'agrandissement et l'approfondissement d'un détail dans un plan général de *La Dolce Vita.*

C'était justement le cinéma qui l'avait amené à Rome, à la fin des années soixante. A Cinecittà, on avait déjà condamné la moitié des studios et, pour se rendre d'un plateau à un autre, on pouvait remonter sur toute sa longueur une des avenues de marbre naguère encombrées d'une foule hybride de gladiateurs, de chemises rouges garibaldistes et de spadassins de la Renaissance, sans rencontrer désormais âme qui vive. L'image instamment symbolique qu'offrait cette déambulation d'avant la fermeture définitive, résumait de façon lapidaire la vie de Barthélemy où la malchance avait souvent pris la forme d'un décalage dans le temps. Il était arrivé trop tard pour le genre de carrière à laquelle son physique radieux lui aurait permis de prétendre. On ne faisait plus les films où un tel physique aurait trouvé son emploi. Barthélemy était tout de même apparu dans quelques coproductions italo-tunisiennes ou italo-yougoslaves, de si peu de prestige qu'aucune n'avait accédé au marché international et que certaines n'avaient même pas été distribuées. A plusieurs reprises cependant, par une perversité particulière au développement des projets de cinéma, on lui avait fait entrevoir la possibilité de percées fulgurantes et il se plaisait à raconter comment il avait failli tourner tel film de Visconti, tel film de Zurlini ou de Pasolini. Ces perspectives exaltantes avaient fait écran un moment à la nullité effective de sa carrière, elles n'avaient jamais été formellement démenties ; tout doucement le temps qui passe les avait périmées avant qu'elles ne tombent d'elles-mêmes en poussière et ce lent processus avait rendu la déception presque insensible. Le miracle était que Barthélemy ne semblait pas concevoir la moindre amertume de ses mésaventures.

Dans la chaleur réconfortante d'une nouvelle amitié, la nature reprenait ses droits et celle de Barthélemy l'avait toujours incliné à l'insouciance, à l'illusion bienfaisante. Le consortium de grandes surfaces pour lequel travaillait Catherine passait régulièrement la commande de films publicitaires et Catherine avait obtenu pour Barthélemy un rendez-vous avec le directeur du casting de la société qui les réalisait. Barthélemy ne doutait pas qu'à l'issue de cette entrevue on allait lui proposer un rôle. Il l'accepterait mais n'y voyait que la matière d'une prestation purement alimentaire, susceptible cependant de lui remettre le pied à l'étrier. Reprenant lui-même pour s'en stigmatiser les affectueux reproches de Catherine, Barthélemy s'accusait d'avoir toléré par nonchalance cette traversée du désert de sa carrière ; à présent, il se ressaisissait, il était prêt pour un nouveau départ. Dans la lumière de cet imminent changement de fortune, les difficultés de l'immédiat, les calculs, les pénuries honteuses et jusqu'au cadre de la misérable chambre qu'il occupait dans le petit hôtel de la rue des Apennins, ne lui semblaient pas représenter, à l'approche de la quarantaine, la sanction d'une existence ratée, mais plutôt les accessoires conformes au script d'un de ces passages à vide dont le contraste avec les moments de triomphe qui leur succèdent invariablement donne un relief spectaculaire aux vies d'artistes.

Ce soir-là, qui était le premier du printemps, Barthélemy Gairaut dînait quai de Jemmapes. En sortant du métro République, en même temps qu'il respirait comme un redoux de l'air de la nuit, il se sentit très fugitivement transporté par une vision intérieure. Il reconnut cette sensation pour l'avoir déjà éprouvée à deux ou trois reprises, toujours provoquée par le même instantané mental. Il se voyait, non pas tout à fait tel qu'il était aujourd'hui, mais dans un âge indéfini qui correspondait à sa forme idéale, une espèce d'adolescence stabilisée où la grâce spontanée de l'éphèbe s'attardait encore sur les traits accomplis du jeune adulte, l'enveloppant d'un rayonnement limpide. Ce lointain reflet de lui-même apparaissait à Barthélemy suspendu contre un pan du ciel obscur, comme figé dans une dérive de lévitation, les pointes des pieds ne touchant pas terre, le bras levé haut par-dessus la tête, tout le corps tendu et légèrement renversé en arrière dans un élan dont le développement épousait la courbe d'une hyperbole. Il remarquait qu'il portait des chaussures de toile blanche, un short blanc, une chemise à manches courtes en jersey de coton, blanche. Il reconnaissait dans le mouvement de détente et d'étirement de son corps la posture que commande la phase ultime de la « montée au filet » ; le bras qu'il lançait en l'air s'apprêtait en effet à rabattre au sol d'un revers de raquette la balle de son adversaire. Chaque fois que cette vision avait effleuré sa conscience, Barthélemy en avait ressenti une exaltation étrange. Il était parvenu peu à peu à identifier l'incident que lui ramenaient ces réminiscences fugitives et même à le dater approximativement. C'était au cours du printemps soixante et un que son engouement passager pour le tennis avait culminé en une partie quotidienne. L'usage convoité des courts du Racing ne rendait ceux-ci régulièrement disponibles que très tôt le matin et l'ardeur sportive de Barthélemy s'était accommodée de ces heures indues. La partie dont cette seule image subsistant dans sa mémoire irradiait en ondes ineffables avait eu lieu aux alentours de huit heures du matin et s'était achevée sur une volée spectaculaire de Barthélemy et dans l'apothéose astronomique d'une éclipse de soleil. L'image des frivoles joueurs précipités un instant dans des ténèbres bibliques avait frappé durablement son esprit. Parmi eux il avait eu la prémonition qu'il était le plus remarquable, le beau. Il s'était senti distingué tout particulièrement par la caresse de cette nuit prodigieuse – elfe dont les révolutions baroques des astres ne conspiraient à éteindre un instant la splendeur que pour la voir renaître, plus éclatante, dans le jour retrouvé.

L'effet capiteux de cette manière de mirage persista un moment et il s'en répandit quelque chose sur la physionomie de Barthélemy car, lorsque Catherine et Mathias l'accueillirent, il leur donna l'impression d'un rajeunissement inexplicable. Arthur avait fini par s'endormir. Catherine, vêtue d'une robe de lainage noir à décolleté vague et parée de boucles d'oreilles semblables à de gigantesques têtes de clous, achevait de mettre la table et allumait les bougies de cire noire qui, avec l'appoint d'une discrète lampe à halogène, constituaient tout l'éclairage de la pièce. Dans cette pénombre savante, la vaisselle à damiers noir et blanc, l'argenterie et les chandeliers disposés sur le plateau de verre de la table semblaient flotter sans support dans l'espace. Barthélemy était sensible au raffinement austère de l'ensemble, il appréciait le potentiel scénographique de ce volume monochrome et dépouillé du loft; il convenait qu'il y aurait aussi quelque chose à faire de l'échappée sur les eaux sinistres du canal et même l'arche, luisant doucement dans la nuit, de la passerelle où Arletty avait proféré le fameux *Atmosphère*! ne lui semblait pas une touche trop appuyée. Dans l'espèce de féerie à rebondissements que représentait sa vie à ses propres yeux, Barthélemy avait fermement élu le décor du loft pour être celui du prochain tableau.

Ce jour-là, comme tous les premiers mercredis du mois, c'était jour de remise de l'*animal vermeil.* Cette manifestation courue, exclusivité de *L'Arche de Noé*, se déroulait dans le vestibule du journal et culminait en un tirage au sort à l'issue duquel quelques concierges au minimum sexagénaires, sélectionnées parmi les vieux abonnés, se voyaient offrir un lapin d'appartement ou un couple de perruches d'aspect maladif dans une cage en fer. Eu égard à ces festivités, Lazare choisit de sortir par l'escalier de secours. Il voulait éviter la rencontre avec l'un ou l'autre des frères Groin auprès desquels il se sentait plus que d'habitude en disgrâce – et si dangereusement qu'il n'excluait pas, cette fois, la possibilité d'être mis à la porte.

L'article sur le chat migrateur d'Aubusson n'était pas paru, remplacé en catastrophe par la relation d'une prouesse similaire, plus modeste quant à la distance parcourue, mais dont le héros présentait l'avantage d'être borgne et, partant, aisément identifiable. La conclusion incertaine que Lazare avait imaginé de donner au compte rendu de son enquête, afin de ménager la sensibilité et l'amour-propre des maîtres du chat d'Aubusson, n'avait pas seulement attiré sur lui les foudres ordinaires de *M. Claude*, elle avait également fort déplu à Groin l'aîné, colosse apoplectique, engoncé dans une mauvaise graisse et dont les emportements répandaient sur sa face une teinte lie-de-vin, lui faisant un masque plus impressionnant que les coups de poing qu'il frappait sur son bureau et plus répugnant encore que la bruine de rances postillons dont son vis-à-vis furieusement tancé devait souffrir d'être humecté, sans sursaut de recul trop ostensible. Groin l'aîné avait reproché à Lazare sur le mode tonnant de n'avoir pas su tirer les vers du nez à ces gens, de ne pas leur avoir fait admettre la substitution, en les intimidant au besoin. Si l'idée d'*intimider*, comme l'entendait Groin l'aîné, ne lui avait pas soulevé le cœur, Lazare aurait peut-être souri de la supposition saugrenue qu'il pût y parvenir; il savait bien qu'il n'était pas de la race qui intimide. Le malaise et la peur qu'il avait éprouvés d'abord faisant place en lui à une immense lassitude, il avait été tenté de mettre fin à la scène qui se prolongeait en jetant l'annonce de sa démission ou bien encore en tournant les talons et en sortant sans un mot, au beau milieu des insultes de Groin l'aîné. Mais il s'était souvenu qu'il n'était pas non plus de la race qui cède aux coups de tête. Il était de la race qui fait le dos rond en attendant que l'orage passe, de la race qui avale inlassablement les couleuvres.

Depuis cet épisode, Lazare rasait les murs et s'appliquait à se faire oublier, espérant une occasion, non pas de rentrer en grâce, c'eût été de toute façon trop dire, mais de racheter aux yeux de Groin l'aîné la faute dont il s'était rendu coupable. Dans l'intervalle, avec la complicité de la secrétaire de rédaction qui s'était émue de le voir si maltraité, il s'arrangeait pour être très peu au journal et se chargeait des enquêtes dont personne d'autre ne voulait. C'est ainsi qu'il allait couvrir ce jour-là une manifestation appelée par plusieurs mouvements contre la vivisection et qui visait les agissements d'une usine de produits cosmétiques de la région parisienne. Les manifestants devaient se rassembler devant une des gares desservies par la ligne de Sceaux pour marcher ensuite sur l'usine.

Lazare rangea sa voiture sur la place de la gare. Au fond du terre-plein, entre un café-tabac et l'entrée du hall des arrivées, il aperçut un début de formation d'une trentaine de personnes dont certaines tenaient des banderoles encore enroulées autour de leurs piquets. Même sans les banderoles, Lazare aurait reconnu cette cohorte typique, mélange détonant composé de dames d'œuvres, de jeunes gens convertissant en obsession de doctrine naturiste un plus insaisissable mal de vivre, de quinquagénaires aux cheveux gris flottant sur des camisoles homespun ou des hardes de surplus. A cet échantillonnage d'*excités* de tous âges, de tous horizons, et sans autre commun dénominateur social que celui que Chantal appelait autrefois la *marge*, où les enferment les conséquences de leurs préoccupations bizarres, il faut ajouter un contingent de ces âmes compatissantes et trop simples pour concevoir comment les conclusions d'expérimentations cruelles (en l'espèce d'une thèse vouée au sommeil d'un fonds de bibliothèque et dont la seule utilité est d'obtenir à son auteur un titre de docteur d'État) peuvent justifier le martyre de trois cents souris blanches.

Comme il s'approchait du petit groupe, Lazare se demanda à nouveau pourquoi les militants d'une cause si respectable s'ingéniaient à cultiver un aspect insolite et miteux, bien fait pour confirmer le discrédit par le ridicule qu'une société matérialiste jette sur tout ce qui tente de contrarier son fonctionnement en invoquant l'argument de la sensibilité. Ceux-là, frileux et clairsemés, avaient particulièrement le physique de l'emploi de soldats d'une cause perdue. Lazare avait d'ailleurs souvent remarqué que, même lorsqu'ils défilent en grand nombre, les champions du droit des bêtes constituent rarement une foule imposante ou seulement homogène dans son apparence et qu'ils donnent moins l'impression d'un rassemblement de défenseurs que d'une collection de victimes. Cela tient peut-être à ce que la prise de conscience, dont leur adhésion est le résultat, doit trop à une émotion immédiate et brute pour que celui qui l'accomplit en sorte indemne et seulement inspiré dans son engagement par une détermination objective ; son imagination a abrité trop d'animaux torturés, brûlés, lardés d'électrodes, dépecés vifs sur des chevalets pour que, faute d'avoir rassemblé la force d'âme de s'en foutre, il n'en demeure pas en lui quelque chose de douloureux.

Lazare rechercha les responsables de la manifestation pour les interviewer, mais il perçut très vite qu'on se dérobait à ses questions et qu'il ne parviendrait pas à établir exactement qui était qui. Même en faisant la part d'une inévitable tendance au délire paranoïaque, chez des hypersensibles vivant dans la connaissance des cruautés ordinairement perpétrées, l'attitude de méfiance de ces gens, face à un inconnu inquisiteur, n'était pas tout à fait injustifiée. Les pratiques qu'ils dénonçaient donnaient prétexte à des trafics lucratifs employant des gens prêts à tout.

La direction de l'usine de produits cosmétiques incriminée avait fait publier un communiqué dans la presse, démentant les accusations d'aveugler des lapins en testant sur eux du fard à cils et d'utiliser des chiens nus du

Mexique pour mettre au point une lotion capillaire. La même direction avait cependant interdit l'accès de ses laboratoires à une mission d'observateurs qui s'offraient à les visiter, alléguant, pour justifier son refus, de certaines règles de protection contre l'espionnage industriel. Comme Lazare allait de l'un à l'autre des manifestants en posant les questions de Candide, une jeune femme s'approcha de lui. Il l'avait déjà remarquée mais, trouvant qu'elle ne possédait dans son apparence aucune des caractéristiques qui auraient permis de l'intégrer à la troupe des manifestants et remarquant qu'elle se tenait un peu en retrait, il en avait conclu qu'elle devait attendre quelqu'un à qui elle avait donné rendez-vous, à cet endroit-là, par hasard. « Qu'est-ce que vous cherchez? » interrogea-t-elle. Lazare expliqua qu'il enquêtait pour le compte d'un journal animalier sur les accusations portées par les manifestants. « C'est des preuves que vous voulez? » s'enquit-elle. Elle le frappait par une aura de netteté émanant de sa voix et de son maintien, et aussi par une expression fermée et dure mais vaguement douloureuse. Il remarqua que son visage était lisse, pur de tout maquillage et que ses vêtements s'accordaient aux critères de ce qu'on définit en général comme une *sobre élégance*. « Vous êtes en voiture? demanda-t-elle encore, c'est à cinq minutes d'ici... » Ils se dirigèrent vers le fond de la place où Lazare avait garé sa vieille Peugeot. Quand il ouvrit la portière pour inviter la jeune femme à monter, il lui sembla qu'elle marquait une très légère hésitation et il craignit qu'elle ne se ravise. Il sortit sa carte de presse et la lui mit sous les yeux. « Pourquoi me montrez-vous ça? demanda-t-elle.
– Pour vous tranquilliser, répondit-il en prenant conscience de la futilité de son geste, après tout, vous

ne me connaissez pas... » et l'embarras qu'il éprouvait lui fit risquer, en l'accompagnant d'un sourire qui sollicitait une complicité dans l'humour, une boutade dont l'inopportunité et le mauvais goût le terrassèrent dès qu'ils lui furent apparus : « Je pourrais être Jack l'Éventreur !... » dit-il. Pour toute réponse, elle le dévisagea une seconde avec une expression entre l'incrédulité et la consternation indifférente, peu faite pour lui redonner confiance en lui et elle haussa les épaules. Quand la voiture eut démarré, elle se mit à lui indiquer le chemin.

Ils atteignirent un carrefour aux confins de l'agglomération. « Arrêtez-vous là ! » fit-elle. En face d'eux, il y avait un petit immeuble étroit qui se dressait entre le vide de la rue et le vide laissé par la démolition d'un immeuble mitoyen et qui faisait irrésistiblement penser à une mauvaise dent. Le rez-de-chaussée était occupé par un café de sinistre mine. Les fenêtres des étages, à en croire l'inscription en lettres rougeâtres qui s'écaillait sur la façade, étaient celles de chambres d'hôtel. De l'autre côté du carrefour, une muraille de pierres meulières comme patinée de suie grasse par les intempéries formait un angle droit entre deux rues. La muraille était trop haute pour qu'on puisse rien apercevoir de l'espace qu'elle enfermait. Il y avait bien une entrée avec une grille, mais les claires-voies étaient obstruées par des panneaux de tôle. « C'est là, fit l'inconnue, en général on voit sortir la camionnette vers cette heure-ci... » Elle expliqua à Lazare qu'elle surveillait l'usine depuis plus d'une semaine. Il crut comprendre qu'elle menait cette enquête de sa propre initiative dont elle négligea d'éclairer pour lui les motifs et le but. Elle avait acquis la conviction que les restes des animaux utilisés dans les expériences n'étaient pas détruits sur place. Observant les sorties régulières d'une camionnette, elle en avait conclu que celle-ci convoyait les cadavres jusqu'à l'endroit où on les faisait disparaître. C'était cet endroit qu'il fallait découvrir. Livrée à ses seules ressources, elle n'y était pas encore parvenue.

Une demi-heure plus tard environ, la grille s'ouvrit pour laisser sortir un petit fourgon qui ne portait aucune marque distinctive. La jeune femme enjoignit à Lazare de le prendre en chasse. Comme il tournait à gauche pour la deuxième fois, Lazare découvrit la façade de l'usine de produits cosmétiques et il comprit que le triangle de terrain derrière la muraille était l'extrémité d'un espace d'un seul tenant, une sorte d'arrière-cour dérobée. La camionnette prit la direction de Paris mais bifurqua avant de passer la porte de Gentilly. Malencontreusement arrêté par un feu, Lazare crut l'avoir perdue. Il continua à rouler dans la même direction à tout hasard et il la retrouva quelques minutes après. Ils traversèrent Montrouge et Malakoff, un panneau indiqua qu'ils entraient dans Issy. Au bout d'une avenue, la camionnette tourna brusquement dans une rue étroite bordée de part et d'autre de bâtiments aveugles. Lazare s'arrêta à l'angle de la ruelle, il ne s'engagea pas à la suite de la camionnette de crainte d'être immédiatement repéré. Un rideau de fer fut levé et la camionnette s'engouffra à l'intérieur de ce qui semblait être un entrepôt. « C'est probablement là qu'est l'incinérateur », dit l'inconnue. Quand le rideau de fer fut retombé, Lazare descendit de voiture et alla examiner la façade de la baraque. Le rideau de fer portait la raison sociale d'une entreprise de cartonnerie et un numéro de téléphone précédé d'un central. Le tout était si délavé et visiblement si ancien qu'on pouvait douter que la cartonnerie existe encore. Lazare remarqua une petite porte découpée dans un angle du rideau de fer. Il frappa plusieurs fois, de plus en plus fort, jusqu'à ébranler le rideau de fer dans un bruit qui évoquait les coups de tonnerre de théâtre simulés en coulisse avec un marteau et une plaque de tôle. Il essaya de manœuvrer la poignée, mais la porte était verrouillée de l'intérieur. Il lui sembla entendre un bruit très léger derrière le rideau de fer, qui pouvait être un bruit de pas, mais il n'en était pas sûr et personne ne vint lui ouvrir.

Il retourna à la voiture. « Il faudra revenir demain, dit-il avec aplomb à la jeune femme, s'il y a un incinérateur là-dedans, les gens du quartier sont forcément au courant, il faudra les interroger... Et puis il y a ça, fit-il en lui tendant la page arrachée à son calepin sur laquelle il avait noté l'adresse de la cartonnerie, on trouvera peut-être quelque chose de ce côté-là... » Mais à vrai dire il n'y croyait pas et il se demanda quelle exigence obscure l'incitait à imiter ainsi, par l'affectation d'une détermination et d'un dynamisme qu'il n'avait jamais possédés même à ses débuts dans le métier, ce cliché des pires fictions qu'est le limier lancé sur la piste d'un *scoop*.

La nuit tombait, il était déjà six heures du soir. Lazare proposa à l'inconnue de la reconduire chez elle et elle parut accepter, mais lorsqu'il lui demanda où elle habitait elle répondit simplement : Paris. Pendant les deux ou trois heures qu'ils avaient passées ensemble, elle avait découragé chacune des discrètes tentatives qu'il avait faites pour donner à leurs rapports un tour un peu moins impersonnel. Il ne savait ni son nom ni pourquoi, tout à l'heure, devant la gare, elle avait semblé se tenir un peu à l'écart des autres manifestants. Comme ils entraient dans Paris, il se mit à pleuvoir mollement. Devant eux, le lugubre paysage d'un quartier périphérique à l'heure de pointe se liquéfiait en rigoles sales entre les pinceaux des essuie-glaces. « Vous me dites où je vais? » quémanda Lazare. Elle ne répondit pas immédiatement, mais au bout d'un instant, apercevant une bouche de métro elle dit : « Là! C'est très bien. » Comme elle ouvrait la portière pour descendre, Lazare ne sut pas ce qui le poussait soudain à lui dire qu'il aurait absolument besoin d'elle le lendemain pour continuer l'enquête. Elle n'opposa pas à cette prière déguisée le refus immédiat qu'il craignait. Il devinait bien qu'elle ne lui donnerait pas de numéro de téléphone, aussi ne lui en demanda-t-il pas. Il lui proposa de fixer elle-même l'heure et le lieu de leur rendez-vous. Elle sembla réfléchir une seconde puis, désignant à nouveau la bouche de métro, elle dit qu'ici même, pourquoi pas?... Vers deux heures.

Dès qu'elle l'eut quitté Lazare put enfin préciser une impression de ressemblance qui l'avait hanté tout l'après-midi en se dérobant obstinément aux efforts qu'il faisait pour la définir. Grande et blonde comme elle, c'était Delphine Couvreur au même âge que l'inconnue lui rappelait. Cette ressemblance entre elles qu'il trouvait tout à coup si frappante n'aurait pas paru telle à un observateur objectif. Parfois un inconnu ou une inconnue, par le truchement d'un trait de similitude infime, insaisissable, se recommande à nous de l'expérience que nous avons tirée d'une longue familiarité avec la personne qu'il nous évoque. Un tel phénomène est à rapprocher de ces accès de paramnésie qui vous font vous reconnaître dans un endroit où vous n'avez jamais mis les pieds auparavant; la ressemblance que l'on croit déceler dans des traits de physionomie n'est peut-être qu'un mirage et la transposition d'une analogie plus secrète impliquant une intention encore inconsciente de l'imaginaire.

De fait, le lendemain, lorsqu'il l'aperçut émergeant de la bouche de métro et qu'il lui fit signe, il eut à nouveau l'impression que ces retrouvailles s'inscrivaient dans un ensemble d'habitudes immémoriales.

Ce jour-là, ils n'avancèrent guère dans leur enquête. Revenus sur leurs pas de la veille, ils s'arrêtèrent à l'angle de l'avenue et de la ruelle des entrepôts. Lazare, par acquit de conscience, alla à nouveau frapper à la porte de la cartonnerie. Cette fois on vint lui ouvrir et il entreprit de s'enquérir auprès d'un gardien patibulaire de l'existence d'un incinérateur et du motif du va-et-vient de la camionnette. A ces questions il n'obtint aucune réponse; le gardien dont l'attitude était partagée entre l'agressivité et la peur ne parlait que quelques mots de français et ne comprenait pas ce qu'on lui disait. Quand Lazare eut l'idée de lui montrer sa carte de presse, l'homme se mit à protester hystériquement qu'il avait un permis de séjour en règle, avant de refermer la petite porte en fer qu'il n'avait d'ailleurs qu'entrebâillée. Les gens du quartier qui voulurent bien se laisser interroger ne furent pas de plus de secours. Personne ne savait à qui appartenaient au juste ces hangars dont la plupart avaient l'air vide ou abandonné. Il n'y avait pas d'immeubles d'habitation dans leur voisinage immédiat et donc personne susceptible d'avoir observé ce qui s'y fabriquait. Quant à l'existence de l'incinérateur, il fut impossible d'en découvrir une preuve formelle.

Ce second jour de leur rencontre, il sembla à Lazare que l'attitude distante que l'inconnue lui avait opposée la veille se relâchait peu à peu. Il ne se flatta pas pour autant d'avoir su lui inspirer de la sympathie; la docilité qu'il avait manifestée l'avait seulement fait reconnaître à la jeune femme pour un être anodin et inoffensif. Elle consentit à lui dire son nom : Kirsten. Il en fut étonné, il ne l'aurait pas imaginée étrangère. Il lui demanda si elle était norvégienne et elle lui répondit que non. Il aurait volontiers poussé plus loin son investigation, mais une ombre d'ennui passant dans le regard de Kirsten l'avertit qu'il valait mieux retenir ses questions et il resta sur sa curiosité. Un peu plus tard, elle lui apprit spontanément qu'elle avait exercé la profession de mannequin volant mais que son refus de porter des fourrures et du fard l'avait obligée à y renoncer. La révélation lui était venue tandis qu'on photographiait sur elle une collection de manteaux. Cela se passait au Boutan où elle posait dans le cadre pittoresque d'un paysage mongoloïde ponctué de cabanes de boue, de chèvres et de sherpas. Était-ce l'effet du contraste avec cette nature intacte? Regagnant entre deux photos la tente où on avait installé la cabine d'habillage, elle s'était aperçue tout entière dans la glace, vêtue d'un caftan de breitschwanz à parements de loup, un visage irréel dessiné par-dessus son visage, et subitement elle s'était sentie pleine de dégoût pour cette créature artificielle qu'elle devenait à ses heures de travail. Elle s'était avisée qu'on attrape les loups dans des pièges, sortes de mâchoires d'acier qui se referment sur leurs pattes, et que les agneaux breitschwanz naissent de brebis dont on a battu les ventres à coups de pied pour les faire mettre bas prématurément. Enveloppée des dépouilles de bêtes mortes, peinte à ne plus se ressembler de fards dont la toxicité avait été testée sur l'épiderme à vif d'animaux prisonniers dans des cages, elle avait pris conscience qu'elle aussi, d'une autre manière, avait été dépouillée d'elle-même pour satisfaire aux exigences d'une belle image, produit de toutes ces souffrances ignorées.

Le décor de cette confidence était un café des abords de la porte d'Italie où ils étaient entrés vers la fin de l'après-midi pour faire le point de leurs recherches. Ils étaient tombés d'accord qu'ils ne découvriraient rien de plus du côté de l'entrepôt et qu'ils devaient renoncer à obtenir une preuve de la destruction des animaux. Au moins pouvaient-ils établir l'existence du trafic, à partir de la cargaison de cobayes vivants qu'une autre camionnette, un peu plus spacieuse que celle qu'ils avaient suivie, amenait deux ou trois fois par semaine pour renouveler le stock du laboratoire. Kirsten proposa de retourner le lendemain se poster devant l'usine. Elle connaissait un endroit d'où on pouvait suivre le déchargement de la camionnette, il avait lieu dans la cour arrière.

Ils s'étaient donné rendez-vous devant la gare où ils s'étaient rencontrés l'avant-veille. Ils avaient refait le même chemin jusqu'au carrefour. Kirsten avait désigné les fenêtres de l'hôtel au-dessus du café. « De là-haut, avait-elle dit, on voit ce qui se passe dans la cour. Il faut demander une des chambres du dernier étage... »

L'intérieur de la chambre était en tous points ce que promettait la façade de l'hôtel. On a tendance à croire que des endroits pareils n'existent que dans les films, songea Lazare, on est surpris de constater qu'il en existe ici et là quelques-uns encore dans la réalité. Plus pour longtemps d'ailleurs et on devinait que la manière de relique que représentait cette chambre avec son tapis de linoléum râpé par d'incalculables pas dont la marque formait comme un layon de crasse de la porte au lit, du lit au bidet, était vouée, comme l'hôtel tout entier, périlleusement cerné par des chantiers de démolition, à une disparition prochaine. Kirsten s'approcha de la fenêtre et écarta le rideau. La vue plongeait en effet sur la cour que la muraille de pierres meulières dissimulait aux passants de la rue. Cette cour était bordée de bâtiments bas percés d'étroites fenêtres comme des meurtrières. Kirsten lui dit qu'il s'agissait des laboratoires. Lazare sortit de son étui l'appareil qu'il avait tenu caché sous sa gabardine et vissa l'objectif à longue focale. Il avait emprunté cet appareil au journal, arguant de la délicatesse de l'enquête pour refuser le photographe qu'on proposait de lui adjoindre. Il n'y avait qu'un seul siège dans la chambre, Kirsten le tira près de la fenêtre; ils se relaieraient à l'affût. Lazare imagina les après-midi au long desquels elle avait dû épier de cette fenêtre ou de celle d'une autre chambre au même étage les mouvements dans la cour de l'usine. La femme qui leur avait tendu la clef n'avait pourtant pas fait mine de la connaître. Qu'avait-elle pu penser des factions solitaires de cette insolite cliente? Au moins, aujourd'hui, leur présence à tous les deux avait-elle en apparence un motif évident et ce n'est qu'après leur départ que la fille d'étage venue retaper le lit s'étonnerait peut-être de ne pas le trouver défait.

Lazare évoqua l'étrange fatalité qui semblait le ramener tous les dix ou douze ans dans une chambre d'hôtel borgne, en compagnie d'une jeune femme blonde. Il y avait eu la nuit de Niort avec Marie-Ange et puis, bien plus tard, sans qu'il puisse expliquer exactement comment c'était arrivé, cet après-midi perdu, avec Delphine, dans la maison de rendez-vous de la rue du Bac. Chacune de ces misérables expériences était liée à un goût de désarroi et de deuil. Il regarda Kirsten qui fixait la rue, elle avait installé son fauteuil un peu en biais pour apercevoir de loin l'arrivée de la camionnette. Le contre-jour blafard l'abolissait, la fondait dans la pénombre incertaine de la pièce... à Niort, Marie-Ange s'était laissée tomber sur le lit et il avait paru à Lazare que son impénétrable chagrin flottait autour d'elle, perceptible presque physiquement, sous la forme d'une nébulosité sinistre qui n'était qu'un effet de l'éclairage avare, mais qui lui avait semblé vicier l'air ambiant et couper Marie-Ange du reste du monde. Rue du Bac, c'était Marie-Ange encore ou plutôt son obsédante absence qui avait pesé sur leurs pensées et leurs paroles. Lazare revit la chambre ; il se souvint que les doubles rideaux en étaient tenus fermés par des épingles de nourrice et ce détail le frappa comme d'une terrible obscénité. Mais l'instant suivant il lui fallut disculper les innocentes épingles, elles n'avaient cristallisé son dégoût rétrospectif, il le comprit, que par un détournement commode qu'opérait sa conscience. La seule chose véritablement obscène dans cette chambre où les miasmes du désastre et de la mort qu'ils y avaient apportés avec eux ne semblaient pas éteindre mais au contraire exaspérer l'ardeur impudique de Lazare, c'était le désir douloureusement intense qui l'avait précipité contre Delphine, avec une envie d'éclater en sanglots. L'idée lui vint qu'il aimait peut-être Delphine, qu'il l'avait aimée pendant toutes ces années sans oser le reconnaître. Mais il repoussa cette supposition ; il lui trouvait un caractère trop facilement romantique qui la disqualifiait à ses yeux – ce n'était pas un bon argument car dans d'autres circonstances, un autre jour, il aurait aussi bien pu l'accepter pour cette même raison. Il fut encore effleuré par le soupçon qu'il était peut-être en train de tomber amoureux de cette jeune femme dont il se séparerait dans deux heures tout au plus pour ne jamais la revoir et, au regard de la perspective de désespoir qu'elle semblait garantir, cette dernière hypothèse ne lui parut pas autant invraisemblable. Un bruit dans la rue le fit se pencher par-dessus l'épaule de Kirsten. Elle bougea légèrement la tête, il respira l'odeur de ses cheveux et fut envahi par une désarmante douceur. Cette sensation dont la propriété stupéfiante devait quelque chose aux souvenirs de la maison du devant était comme l'encre sympathique du destin qui lui confirmait, entre Marie-Ange, Delphine et l'inconnue, l'existence d'un lien inexplicable. Kirsten, il le pressentit, allait être la dernière incarnation d'un parfum qu'il reconnaissait tout à coup pour celui des meilleurs moments de sa mémoire. En bas, la rue était déserte et la vue plongeante qu'il en avait se nuançait d'une sensation vertigineuse qui tenait à l'absence de vis-à-vis et au cadre nu de la fenêtre. Une fenêtre faite pour se jeter dans le vide, constatat-il distraitement... et il se dit encore : Je leur prépare une belle dépression nerveuse.

Chantal s'arrêta un instant sur le palier du deuxième étage pour se remettre de la poudre. Le rabat de son sac à main abritait une glace rectangulaire, trop étroite pour qu'elle puisse y mirer mieux que des fragments de son visage et dans laquelle sa bouche lui apparut, mince et sèche, cernée d'une multitude de ridules comme des petites stries verticales. Elle fit le geste de les effacer d'un coup de houppette. Elle n'éprouvait plus aucune fausse honte à accomplir de tels gestes pourtant dictés par un souci obséquieux de plaire qu'elle aurait estimé dérisoire sinon même méprisable, seulement deux mois auparavant. Elle imagina fugitivement les sarcasmes que lui aurait inspirés dans sa jeunesse le spectacle de cette rombière harnachée pour un cinq à sept adultère et qui se repoudrait dans l'escalier avant d'affronter le regard de son jeune amant. Mais l'opinion perspective de la militante intransigeante qu'elle avait été l'indifférait. L'urgence dramatique de la situation dans laquelle elle se trouvait ne lui laissait pas le loisir de se juger elle-même et s'il lui arrivait cependant de le faire, malgré elle, elle ne se méprisait et ne se détestait qu'une seconde; ses préoccupations étaient ailleurs... Elle referma son sac après avoir examiné successivement dans la minuscule lucarne sa bouche, son œil gauche, son œil droit et le tombé de ses cheveux. Elle se promit qu'elle ne ferait pas de scène de récrimination, qu'aucune plainte ne passerait ses lèvres. Elle serait désinvolte et gaie, spirituelle avec une pointe de cynisme drôle, c'était ainsi qu'on rendait sa présence surprenante, divertissante et, finalement, désirable. La sienne avait été tout à l'opposé : prévisible et accablante, surtout dans les derniers temps, Chantal devait bien se l'avouer. Mais tout était encore rattrapable, se dit-elle, si elle parvenait à dissiper l'impression qu'avait dû laisser sa visite de l'autre jour. Elle fut tentée de monter quatre à quatre pour le retrouver plus vite, pour le convaincre plus vite que ces larmes et ces reproches lamentables qui lui avaient échappé alors n'étaient pas l'expression de sa nature véritable, qu'il ne devait pas commettre l'erreur de l'imaginer – sur ce seul moment d'égarement auquel avaient concouru le *stress* d'une mauvaise journée au bureau et la perte d'un client – jalouse, possessive et geignarde. Elle fut tentée de se précipiter pour le lui expliquer et le lui faire admettre plus vite, mais la crainte d'arriver essoufflée devant sa porte la retint. Elle fut assaillie tout à coup par une autre crainte bien plus poignante : s'il allait n'être pas là, ne pas lui ouvrir, comme le jour où le code avait été mis par inadvertance à la porte de l'immeuble et où elle n'avait pas hésité, tant il lui était difficile de renoncer à la perspective de le voir, à crier sous ses fenêtres, levant vers le reflet dur des carreaux un visage hagard tandis qu'elle continuait à hurler son prénom et que cet appel au secours, cette imploration déchirante parvenait à s'élever, stridente, hystérique, au-dessus du brouhaha de la circulation. Ce jour-là, elle en était certaine, il était chez lui avec une autre femme, une femme neuve, une femme jeune, sûrement. Et tous les deux ils avaient entendu cette plainte véhémente et douloureuse qui ne les avait pas plus bouleversés que si elle s'était échappée d'un poste de télévision allumé dans un appartement voisin, que si elle avait été le hurlement postsynchronisé d'une femme qu'on malmenait, qu'on assassinait peut-être, dans l'une des séries policières américaines qui passaient à cette heure-là. Il était même possible qu'ils se soient approchés doucement de la fenêtre pour s'amuser, à l'abri du voilage qui les dissimulait à sa vue, du visage défait qu'elle leur présentait. Mais, si âcrement satisfaisante que lui apparut cette dernière supposition, Chantal sentait bien qu'elle était fausse. Elle eût impliqué un trait de libertinage sadique qui n'était pas dans le personnage de l'antiquaire. Ses désirs avaient un caractère trop impulsif, trop immédiat; si sa conduite empruntait parfois les procédés de la cruauté, c'était comme un raccourci permettant de les satisfaire plus vite, non comme une stimulation. N'importe, le souvenir de cette humiliation dont les automobilistes et les passants de la rue avaient été les témoins indifférents l'enflamma brusquement de colère. Les exhortations à la sérénité qu'elle s'adressait un instant plus tôt cédèrent devant une bouffée d'émotion qui lui serra la gorge et crispa sa main sur la rampe de l'escalier car l'effet du chagrin et de la fureur mêlés lui donnait l'impression de vaciller sur ses jambes.

Soudain elle n'était plus l'amante impatiente, elle était la plaignante, la demanderesse; cet homme lui avait dérobé quelque chose d'elle-même qu'il fallait qu'il lui restitue. Chantal pressentait qu'elle touchait là au cœur du problème. Elle était trop clairvoyante pour croire tout uniment à la fable de ce que les pornographes et les poètes appellent l'*amour fou*. Elle savait que le déterminisme mental qui l'entraînait à nouveau chez l'antiquaire, lui faisait abdiquer tout amour-propre devant les rebuffades de son amant et lui rendait celui-ci plus précieux encore, plus adorable, à proportion même de ce qu'elle lui avait sacrifié de sa dignité; que ce déterminisme était le symptôme d'une demande plus complexe. Elle savait que le besoin qu'elle avait de lui et qu'elle comparait à une soif douloureuse ne pouvait être exactement de l'amour, car comment pourrait-on aimer quelqu'un qu'on ne connaît pas, à qui on n'accorde qu'une existence subjective, entièrement contrôlée par le fantasme? C'était bien ainsi qu'elle envisageait l'antiquaire et elle devait convenir que hors du rôle fatal qu'il jouait dans sa vie en révélant et en cristallisant soudain toute l'angoisse de vieillir qu'elle ne se connaissait pas auparavant, elle ignorait qui il était vraiment et elle ne se souciait pas de le savoir. Mais ces lambeaux de lucidité n'étaient pas incompatibles chez elle avec la persistance d'une illusion qu'ils contredisaient pourtant de façon implicite et qui faisait trouver à Chantal l'écho navré de ses états d'âme dans l'inepte confiture sentimentale des chansons et des films. Ainsi, elle vivait dans une duplicité de conscience qui lui permettait de souffrir sans retenue d'un sentiment à l'existence duquel, au fond, elle ne croyait pas. De la même manière, elle savait que son aventure avec l'antiquaire touchait à sa fin, mais elle entretenait la conviction concurrente que le refroidissement du jeune homme à son égard était l'effet d'un malentendu entre eux qu'elle allait bientôt dissiper.

Arrivé au dernier étage de l'immeuble, on suivait un petit couloir pavé d'antiques tomettes surpeintes d'une couleur sang-de-bœuf. Un décrochement du couloir ménageait l'espace d'une petite fenêtre par laquelle on apercevait les cimes des marronniers de la place de l'Estrapade; la porte de l'antiquaire s'ouvrait un peu plus loin dans un mur en arrondi dont elle épousait la forme. Chantal la considéra un instant. La vie était pleine de stations devant des portes plus intrigantes et palpitantes que les révélations sur lesquelles elles finissaient par s'ouvrir. Quand elle serait vieille et que les détails de sa brève liaison avec l'antiquaire se seraient depuis longtemps dissous dans le flou de l'oubli, la seule chose qu'elle se rappellerait avec netteté serait peut-être cette drôle de porte convexe close sur ses extases lointaines. Sur le point de sonner, elle se retint de le faire immédiatement car elle perçut à l'intérieur la voix du jeune homme qui téléphonait et elle jugea délicat de ne pas interrompre sa communication par un coup de sonnette péremptoire. Au bout d'un instant, elle colla son oreille contre le battant. Le dépit de ne pas distinguer ce que disait son amant, joint à la bouffée de honte que lui inspira cette nouvelle bassesse à laquelle elle se laissait aller, l'exaspéra tant que, passant outre à sa première résolution, elle sonna un coup prolongé. Il prit le temps de terminer sa conversation avant de venir lui ouvrir et il eut en la voyant un air d'étonnement et de contrariété si perceptible et si blessant que Chantal, dans l'impossibilité de l'ignorer, décida aussitôt qu'elle ne pouvait pas en être la cause et que cette ombre sur le visage de son amant était celle de soucis professionnels qui ne la concernaient en rien. Pourtant, si elle rapprochait l'expression qui se peignait aujourd'hui sur son visage de celle, éblouie, qu'il affectait naguère pour saluer chacune de ses apparitions dans la boutique d'antiquités, lorsque rien encore ne s'était passé entre eux et que les visites que faisait Chantal à l'improviste – sous le prétexte fallacieux de trouver la paire de ronds de serviette en ivoire qu'elle recherchait pour un cadeau de mariage ou le bocal de pharmacien qu'elle avait imaginé d'intégrer à l'arrière-plan d'une affiche publicitaire – préparaient entre eux le climat propice à l'abandon d'elle-même et retardaient par la poursuite d'un délicieux marivaudage l'explosion de plaisir qu'elle s'en promettait, si donc elle rapprochait ces deux expressions, elle ne pouvait en tirer une conclusion très optimiste. « Nous avions bien rendez-vous ? » s'enquit-elle en réponse à la mine déconcertée du jeune homme. Elle se rendit compte que l'intonation de sa voix était malgré elle narquoise et insolente, elle le déplora et elle regretta aussi sa question idiote ; on aurait dit qu'elle se présentait chez le dentiste... L'antiquaire répondit par l'affirmative, d'un maussade hochement de tête. Il s'effaça pour la laisser entrer. Ce n'est que lorsqu'elle eut franchi l'espace de ce qui constituait le minuscule vestibule et qu'elle se fut avancée à l'intérieur de la pièce de séjour dont le cadre déjà familier la rassurait, lui communiquait le sentiment qu'elle était, momentanément en tout cas, à l'abri d'un rejet brutal et que si elle n'était pas tout à fait désirée elle était au moins attendue..., ce n'est qu'alors qu'il lui décocha en manière de flèche de Parthe : « Excuse-moi, ça m'était complètement sorti de la tête. »

Chantal sentit des larmes lui venir aux yeux et s'en réprimanda : ah non ! Elle n'allait pas recommencer à pleurer devant lui comme la dernière fois ! Elle détourna la tête pour qu'il ne remarque pas ses prunelles un peu trop brillantes et elle se pinça très fort à la base de la cloison nasale, geste censé inhiber les sécrétions lacrymales. « Je peux revenir un autre jour... », proposa-t-elle. Elle aurait aimé qu'on l'entende comme l'expression de sa nouvelle désinvolture, comme un indice de son détachement, mais elle devina que personne ne pouvait se leurrer à ce point et que le son de sa voix donnait l'exacte mesure de sa mortification. *Je me conduis vraiment comme une conne*, constata-t-elle, *j'ai tout faux...* Mais elle comprenait bien aussi qu'il n'y avait pas là que de sa faute : les événements de cette liaison prenaient un tour qu'aucun changement d'attitude de sa part ne pouvait plus infléchir. La bataille de la séduction où elle continuait à engager des forces était perdue. Pénétrée soudain de cette certitude, elle évoqua en pensée – mais sans éprouver la moindre tentation de s'y conformer – ce qu'eût été en de semblables circonstances le comportement d'une femme qui se respecte. Incrédule, elle se regarda en imagination qui ramassait son sac d'un geste net et résolu, mais dénué de passion, qui gagnait la porte sans un regard pour l'homme médusé et hésitant encore à comprendre qu'elle le quittait pour de bon. Elle avait atteint soudain un tel désabusement que même dans ces libres fantaisies de son esprit elle n'imaginait pas qu'il essayait de la retenir. Qu'est-ce qui empêchait Chantal d'accomplir effectivement ces gestes? La perspective de gagner quelques jours de rémission avant la séparation inévitable? La perspective de perdre quelques jours de plus, selon le point de vue d'où l'on envisageait les choses... Elle s'exhorta à précipiter la conclusion, elle se fit miroiter à elle-même qu'en prenant l'initiative de la rupture elle regagnerait peut-être quelques degrés dans sa propre estime. Mais ce gain éventuel l'indifférait. Elle se moquait d'être une femme estimable ou respectable, elle voulait être une femme aimée... Cette femme précisément que l'antiquaire lui avait fait croire qu'elle était, le jour de leur première étreinte. La chose avait eu lieu dans un cagibi obscur et poussiéreux, sorte de débarras attenant au magasin, après que le jeune homme avait retiré le bec-de-cane de la porte donnant sur la rue. Il s'entassait dans ce réduit un pêle-mêle de meubles en instance de restauration et Chantal s'était laissée aller à la renverse contre un support oblique qu'elle avait fini par identifier à ses reliefs comme étant le montant d'un lit sculpté dans le goût Renaissance. Tandis que l'antiquaire pesait de tout son corps sur le sien, la volupté s'était compliquée d'une sensation d'inconfort, puis de douleur, à mesure qu'un peuple de salamandres et de griffons rampant sur un champ de strigiles taillés dans le chêne massif lui meurtrissait les côtes. Elle se remémora le sentiment de légèreté et d'invulnérabilité éprouvé ce jour-là. Elle n'en revenait pas d'être l'héroïne d'une vie où l'aventure amoureuse surgissait avec tant d'imprévu et se parait de circonstances aussi cocasses, aussi extravagantes; il fallait pour cela qu'elle fût quelqu'un de tout à fait à part, quelqu'un d'exceptionnel – et la fièvre d'exaltation qu'elle retirait de cette conviction l'avait accompagnée pendant le reste de la journée. Elle se souvint que la *vieille* l'avait appelée dans son bureau pour revoir avec elle la *logistique* d'une campagne. En se penchant sur le tableau de planning déroulé sur la table, une douleur soudaine lui avait arraché une grimace. Cette mimique n'avait pas échappé à *la vieille*, elle-même sujette aux lumbagos, et elle avait adressé à Chantal un signe entendu de sympathie – où filtrait aussi le plaisir de constater qu'une jeune femme de trente ans sa cadette était, à cet égard du moins, logée à la même enseigne qu'elle. Mais elle n'avait pas saisi pourquoi, sur le visage de son interlocutrice, la crispation de souffrance s'était presque aussitôt noyée dans une expression béate et vaguement hilare. Relancée par son mouvement brusque, la conscience des douloureuses ecchymoses qu'avaient imprimées dans sa chair les becs et les ailes des animaux fabuleux du lit – véritables stigmates de l'amour – était ce qui transportait ainsi Chantal d'une fierté et d'une jubilation secrètes... Depuis qu'elle sentait leur aventure tourner court, c'était cette femme-là qu'elle voulait que son amant lui rende et dans des flambées de son délire de frustration elle se jurait parfois qu'elle ne le lâcherait pas avant qu'il la lui ait rendue. Mais lorsqu'elle redevenait un peu lucide, elle convenait que pas même l'antiquaire n'avait en son pouvoir de ressusciter cette imprévoyante amoureuse qui avait mangé en un seul jour tout le pain blanc de ses illusions.

A présent, ils étaient dans la chambre et le jeune homme avait commencé à se dévêtir, loin d'elle. *Il se déshabille comme pour une visite médicale*, observa-t-elle. Elle constata que tous ces indices de la désaffection de son amant la laissaient froide et que, pour la première fois, elle renonçait à combattre l'évidence des faits par des interprétations spécieuses qui les pervertissaient et les retournaient à son avantage. Rien en elle ne s'opposait plus à l'admission de la vérité, elle cédait. Elle le vit nu, il n'avait gardé que ses chaussettes et sa montre à laquelle il jeta un coup d'œil à la dérobée, comme pour s'assurer qu'il pouvait caser ce pensum amoureux dans l'emploi du temps d'une journée toute remplie d'activités passionnantes ou lucratives et qui comportait peut-être aussi un autre rendez-vous avec une autre femme. Chantal s'amusa presque de ce détail; il résumait de façon tellement grossière, tellement appuyée, le climat de leur liaison finissante que si l'instant présent avait été une scène de film, le metteur en scène aurait sans doute trouvé de bon goût de gommer le coup d'œil à la montre... Mais il appartenait à la réalité, il était l'invention du génie de la vie qui n'a pas son pareil pour rendre une cinglante fraîcheur aux clichés les plus insortables.

Juste avant l'été, répondant à une invitation de Candice formulée avec un soupçon de solennité qui laissait présager une occasion spéciale, Lazare, Barthélemy, Delphine et Chantal se trouvèrent tous réunis à Vauville. Il y avait maintenant un peu plus de cinq mois que Boj était mort et aucun d'entre eux n'était revenu à L'Orangerie depuis le jour de l'enterrement. Ils retrouvèrent avec moins de gêne et moins de tristesse qu'ils n'avaient craint la routine des visites à Vauville qui débutaient toujours par l'apéritif, pris debout dans la cuisine tandis que Candice mettait la dernière main à une préparation délicate. Quand il faisait beau, comme aujourd'hui, on déjeunait dehors; la table était dressée à l'abri sous un parasol. Pendant le repas, des pintades du jardin s'approchèrent et on leur jeta des miettes. Elles furent instantanément rejointes par des pigeons que Bojidar avait élevés avec l'intention d'en faire des terrines; personne ne les tuait plus et ils se multipliaient paisiblement. Cette basse-cour picorant dans l'herbe, cette table chargée de victuailles, ces gens autour, en tenues d'été, sous la tache éclatante du parasol, tout cela, s'avisa Delphine, avait un charme de gravure un peu convenu mais pas déplaisant. Elle songea encore aux conversations et aux discussions qui avaient eu lieu autour de cette même table, depuis bientôt vingt ans. C'était l'effet d'une illusion si les convives, à une exception près, paraissaient toujours présents, toujours les mêmes. A long terme, les transformations qui surviennent en vous ne sont qu'une façon plus sournoise de s'absenter définitivement. Elle-même pouvait attester qu'elle n'avait plus rien à voir avec la jeune femme des lointains dimanches de Vauville, exaspérée par les allures de houri domestiquée de Candice et par les déclarations catégoriques que provoquaient de la part de Chantal des événements politiques qu'on avait estimés sur le moment d'une signification capitale et dont elle aurait été incapable aujourd'hui de citer un seul exemple. Souvent, quand les choses étaient allées trop loin, quand la vanité femelle que Candice tirait du sentiment d'être *en puissance* d'homme s'était manifestée à son égard par une condescendance trop marquée, ou quand une assertion péremptoire de Chantal avait malencontreusement dégénéré en un débat hystérique, Delphine s'était promis au retour de ces excursions vauvillesques qu'on ne l'y prendrait plus. Dans de tels moments, elle s'était reproché de composer avec sa répugnance et son ennui en continuant à fréquenter des gens avec lesquels elle ne s'entendait pas, pour la seule discutable raison qu'elle les connaissait depuis toujours. Mais elle avait immanquablement fini par revenir et, à l'exception de quelques bouderies passagères, elle était restée fidèle. Elle s'en félicitait à présent car elle concevait qu'il fallait faire entrer dans le déroulement de son existence un élément de constance, même s'il pouvait sembler futile; il était à lui-même sa justification suffisante et se révélait à la longue un ingrédient indispensable à faire lever la pâte d'une vie. Le prix de cette constance, c'était la découverte que les véritables proches, ceux qu'on appelle les gens qu'on aime, sont d'abord des gens dont on ne pense plus rien parce qu'on les a trop vus, de trop près, depuis trop longtemps, pour que les sentiments qu'on leur porte empruntent encore tant soit peu la voie objective qu'impliquerait un jugement...

Aujourd'hui, ils ne se disputaient plus. Chacun, au contraire, se hâtait d'approuver ce que venait de dire l'autre, de renchérir emphatiquement sur ce que venait de dire l'autre. Cet impeccable unisson des survivants conjurait la menace d'un traître vide au milieu d'eux – à tout instant un pernicieux réflexe de la mémoire pouvait ouvrir ses trappes dans ce beau jour paisible. Le sentiment que chacun d'eux avait aussi d'avoir affaire, pour la première fois, à Candice *en tant qu'elle-même,* directement et non plus accessoirement, incidemment, dans la seule mesure où elle était la femme de Boj, accusait encore le malaise. Comme pour consolider cette manière de ligne directe qu'ils venaient d'établir avec elle ou pour essayer d'effacer sous une profusion subite de vocatifs cordiaux l'impression de toutes ces années pendant lesquelles elle n'avait été à leurs yeux qu'une personne par subordination relative, ils proféraient rarement plus de deux phrases sans prononcer son nom tout en cherchant à accrocher son regard. Vers la fin du déjeuner, comme Lazare s'appliquait à la solliciter ainsi à nouveau, elle le reprit avec placidité : « Mon nom, c'est Joëlle », dit-elle. Elle s'appelait Joëlle en effet, tout le monde le savait. Tout le monde savait aussi que depuis vingt ans elle avait décrété tabou ce prénom qu'elle trouvait commun et généralement mal porté. Elle négligea d'expliquer ce qui l'avait soudain fait revenir sur ce long bannissement, laissant chacun se perdre en conjectures. Chantal fut la plus proche de la vérité lorsqu'elle associa d'instinct cette manifestation de renaissance à la sixième tasse qu'elle avait comptée sur le plateau du café déjà tout prêt dans la cuisine.

Pendant le déjeuner on s'était retenu d'évoquer Boj, jugeant d'un accord tacite que le privilège de choisir le moment de le faire appartenait à la veuve. Elle se tut un instant, s'absorba dans un recueillement qui pouvait signifier qu'elle se souvenait ou simplement qu'elle préparait les mots qu'elle allait dire puis, levant les yeux sur la tablée, elle les embrassa tous d'un regard. Elle les remercia, elle était heureuse qu'ils soient là ; avec cette bizarre conviction qu'ont les survivants de savoir exactement ce que souhaiteraient les morts, elle leur assura que c'était ainsi que Boj aurait voulu les voir, eux, ses amis, sa famille au fond, tous réunis une dernière fois... Car elle allait quitter L'Orangerie. Il y a des visions qui ne s'effacent pas... Il faut fuir tout ce qui y est associé. Cette allusion les rendit plus graves en leur rappelant qu'une expérience terrifiante la séparait d'eux et que, lorsqu'elle évoquait la mort de Boj, il s'agissait pour elle d'un événement bien différent de celui que leur représentaient leurs imaginations pusillanimes. Comme elle l'expliquait, elle entendrait sans doute pour le restant de ses jours les claquements secs des deux détonations, pour le restant de ses jours elle verrait le corps chanceler et tomber et la poitrine se couvrir de sang. Le plus difficile, remarqua-t-elle, serait de continuer malgré tout, dans la connaissance que l'univers de cauchemar où de telles choses se produisent n'est pas distinct de celui où l'on déjeune joyeusement au soleil et qu'il n'y a rien, aucun cordon de sécurité, aucune ligne de défense, pour exclure l'irruption soudaine de l'horreur dans la bénignité d'un jour ordinaire. On ne pouvait pas chasser de sa conscience une telle révélation, tout au plus pouvait-on espérer en voir l'effet s'atténuer à la longue, tout au plus pouvait-on tenter d'y faire diversion par un changement. C'était pour cela qu'elle allait partir... D'ailleurs, elle n'irait pas très loin et un jour, peut-être, elle referait sa vie... Chantal vit son intuition confirmée par ces derniers mots de Candice. Elle ne resterait pas longtemps sans homme. Les survivants de la tribu du boulevard d'Inkermann aux yeux desquels Candice n'avait jamais vraiment trouvé grâce saisiraient cette occasion pour l'accuser de s'être consolée bien vite, mais Chantal dénonçait par avance l'injustice d'un tel reproche. Elle aurait juré que Candice avait été pour le pauvre Boj, selon des critères que ceux du boulevard d'Inkermann auraient sans doute récusés comme trop triviaux, la meilleure des compagnes. Mais la conjugalité était pour Candice une manière de vocation naturelle et, quand elle émergerait du malheur pour reprendre pied dans la vie, la représentation symbolique qui la guidait dans l'accomplissement d'elle-même requerrait à nouveau la présence d'un homme à ses côtés. Chantal ne condamnait pas cette illusion qui préside à la formation des couples; ses récentes expériences l'avaient changée : en matière de philosophie de vie elle professait désormais l'agnosticisme et la tolérance. Mais elle savait pour sa part qu'on était seul, toujours, et qu'on n'obtenait de satisfaction que ce qu'on en arrachait par surprise à des gens qui passaient. Pour le bonheur, on n'en parlait même pas, cela relevait d'un don qui n'était pas accordé à tout le monde, comme la bosse des maths ou l'oreille musicienne.

Chantal songeait parfois à son ultime visite chez l'antiquaire. Puisqu'il entre, dans la composition de ce qu'un provisoire concours de circonstances désigne comme l'*être aimé*, autant d'aberration que de liquide dans la substance des êtres vivants, puisqu'en amour le partenaire est le produit presque exclusif d'une réinvention personnelle, pourquoi faut-il qu'en dernier ressort les puissances de l'imagination soient défaites devant cette parcelle, *en lui,* de réalité irréductible, cette protestation de volonté intraitable qui gâche le jeu et sabote l'harmonieux déroulement d'une comédie de la passion qu'on jouerait mieux seul, si c'était possible, étant donné qu'on ne la joue qu'à soi-même?... La fugitive volupté payée d'humiliation ce jour-là n'avait pourtant pas été vaine; Chantal avait maintenant la certitude que leur ultime étreinte bâclée avait réussi par hasard ce que des années d'efforts et de soins avaient échoué à accomplir. Chantal avait aussitôt résilié son inscription aux *Liens du cœur*; l'enfant tant souhaité serait finalement celui de sa chair. Elle ne reverrait plus le jeune homme; le tyrannique et primitif désir qui la ramenait naguère devant la porte de son amant l'avait quittée d'un coup et à présent, lorsqu'elle évoquait l'inédite intensité du plaisir qu'elle avait éprouvé avec lui, elle en ressentait si peu l'écho en elle qu'on aurait dit que l'aventure était arrivée à une autre. Le désir, la frustration, la colère, tout cela s'était dissipé pour faire place à l'apaisante conviction qu'ils étaient quittes et que, même, elle était un peu sa débitrice puisque, sans le savoir, il lui avait donné de lui ce qu'elle n'aurait pas osé en espérer. Dans la lumière rétrospective de ce prodige, la désinvolture grossière du jeune homme lors de leur dernière rencontre semblait se charger d'une signification allégorique dont la clef était justement ce coup d'œil furtif témoignant d'un souci de l'heure qui avait tant choqué Chantal. Nu et vulnérable, tel qu'elle revoyait son amant à cet instant-là, le regard subreptice qu'il avait jeté à sa montre devenait un signe d'allégeance au caractère fini du temps humain, un indice de sa propre brièveté essentielle, le rappel opportun, au moment où il s'apprêtait à engendrer ce fragment de durée supplémentaire qu'est une nouvelle existence, que nous sommes tous dans la gueule de Cronos.

Si Chantal avait cru à la providence, elle aurait sans doute convenu que celle-ci avait sur le déroulement de sa vie un dessein bien arrêté. La découverte de sa conception inespérée avait eu pour toile de fond de significatifs bouleversements survenus depuis peu dans sa carrière. Au Maroc pour y dissiper le temps d'un *long week-end,* au fond d'une palmeraie et près d'une piscine, les effets du surmenage parisien, *la vieille* avait été terrassée par une attaque d'hémiplégie dans un hôtel de Marrakech, dont Béryl assurait la promotion et où on lui faisait des prix. Habitué au spectacle de grands vieillards gisant au soleil, lubrifiés et recuits, le personnel avait mis un moment à s'émouvoir de son inertie. Ce n'est que vers le soir que des grooms en culottes de zouaves étaient venus enlever le grand corps ligneux et calciné pour le mettre dans l'avion du rapatriement sanitaire. La nouvelle de la gravité de l'état de *la vieille* était tombée un lundi matin. A Béryl, elle avait été accueillie avec la consternation hypocrite qui se doit, mais fêtée dans le secret de chaque conscience par une série de dispositions d'urgence, fruit d'un consensus spectaculaire de la part de tous ces gens que *la vieille*, hier encore, appelait, avec une bonhomie cavalière et imperceptiblement dédaigneuse : *son staff*. Ces dispositions, qui auraient aussi bien pu attendre au lendemain et même à la semaine suivante, se réclamaient dans leur précipitation de la même *approche* réaliste et pratique que *la vieille* avait elle-même si souvent invoquée, la *mort dans l'âme*, chaque fois qu'elle avait voulu, pour assouvir une vengeance quelconque, se débarrasser de l'un de ses employés. A l'issue de cette *restructuration*, symptôme d'une liesse unanime qui n'avait pas le cran ou le cynisme de s'exprimer plus ouvertement, celle qui tirait depuis trente ans son dynamisme meurtrier de la conviction d'être irremplaçable était remplacée – et Chantal dirigeait Béryl de fait en attendant que le sceau des hommes de loi la confirme en droit dans sa mission. Les choses étaient allées vite.

La vieille, qui avait repris conscience et que les infirmières complimentaient chaque jour sur ses prétendus progrès, avait signé tous les actes nécessaires à cette passation de pouvoir dont elle voulait ignorer le caractère définitif. Chantal avait jugé décent d'aller lui rendre visite. C'était peu de jours après sa dernière rencontre avec l'antiquaire, alors qu'elle était encore sous le choc de la rupture et l'ignoble odeur de l'hôpital lui avait fait concevoir que la vie garde en réserve pour la fin un malheur bien pire que celui qui consiste à être plaquée par un jeune amant. Elle avait trouvé la chambre de *la vieille* tout encombrée d'une profusion de fleurs, mais, à y regarder d'un peu près, la corbeille la plus fraîche avait au moins huit jours : on l'oubliait... Chantal s'était préparée à la distorsion des traits, à cette crispation grotesque de la bouche, mais elle avait quand même dû faire appel à toute sa présence d'esprit pour réprimer un recul de surprise. Elle n'avait pas prévu cette carnation kaki comme un fond de teint rance, séquelle de l'insolation, ni ces cheveux qui poussaient au naturel d'un blanc jaunâtre, évoquant assez précisément la couleur des moustaches maculées de nicotine des vieillards qui fument la pipe. Une moitié du visage était comme pincée par une griffe invisible qui fermait à demi un œil et tirait vers le bas la commissure des lèvres. Le profil opposé était le théâtre d'une transformation plus insidieuse mais presque aussi frappante; on aurait dit que la virilité diffuse jusque-là dans toute sa disgracieuse personne, et qui avait parfois fait soupçonner la vieille – tant l'imagination des gens est platement associative – d'aimer les femmes, avait reflué vers cette moitié de son visage dont elle accusait la découpe mâle et les rides de patriarche. Sous cet angle-là, avait songé Chantal, on dirait un brave petit vieux. Un élan de pitié, pur réflexe de sympathie animale devant le consternant spectacle qu'offrait un individu de la même espèce, avait un instant parlé plus fort en elle que sa détestation et Chantal s'était désolée de ce raffinement de cruauté de la maladie qui privait la malheureuse du bénéfice relatif d'un faciès distinctement tragique. Sa paralysie, en effet, avait le malencontreux aspect d'une grimace comique propre à déclencher des fous rires nerveux, elle illustrait l'expression populaire selon laquelle certaines personnes ont la *gueule en biais.* De son élocution pénible, *la vieille* s'était confondue en remerciements, affirmant à Chantal que son action rapide avait sauvé Béryl du chaos et qu'elle n'aurait eu confiance en personne d'autre qu'elle pour diriger l'agence en son absence. Curieusement, c'était vrai car, par une des illusions qu'engendre la maladie, sans doute afin d'empêcher que le patient ne gaspille en vains combats sur d'autres fronts les forces dont il doit consacrer la totalité à guérir, *la vieille* était arrivée à se convaincre que Chantal n'agissait que par loyauté envers elle et que, bien qu'elles aient eu leurs différends inévitables au cours des années, la jeune femme lui vouait un mélange d'estime, d'admiration et d'affection sincères. Plus curieusement encore, la reconnaissance de ces excellents sentiments qu'elle prêtait à Chantal pour sa propre tranquillité d'esprit ne semblait pas à *la vieille* une raison de contremander le châtiment déjà décidé en son for intérieur et qui punirait d'une mise à pied pure et simple l'usurpation dont se rendait provisoirement coupable une collaboratrice subalterne. Tout en méditant ce projet, sans se rendre compte qu'elle n'aurait plus désormais la force ni le pouvoir de le réaliser, elle s'était arraché dans un chuintement de sa bouche convulsée une dernière protestation émue et, selon son style de discours ordinaire, bizarrement contaminé par une obsession de la silhouette qui *épaulait* ses propos comme des tailleurs d'après-midi, elle avait assuré Chantal de sa gratitude *massive*...

On entendit la sonnerie du téléphone. Comme Candice se dirigeait vers la maison pour y répondre, Barthélemy lui lança avec une fausse désinvolture qu'il s'agissait peut-être d'un appel pour lui ; la tyrannie des producteurs à son égard comprenait l'exigence de pouvoir le joindre vingt-quatre heures sur vingt-quatre et il s'était permis de laisser le numéro de L'Orangerie au standard de son hôtel.

Le rendez-vous que lui avait obtenu Catherine avec le directeur du casting d'une maison de films publicitaires avait eu les plus heureuses conséquences. De fait, Barthélemy commencerait à tourner au cours de la semaine suivante. Il était attendu le lendemain matin chez l'habilleur pour les essayages. Il passerait ensuite à la maison de production pour récupérer son exemplaire du contrat que le président de la société, rentrant aujourd'hui même d'un voyage au Japon, aurait trouvé dès son arrivée sur le sommet de la pile des papiers en attente de sa signature... Le film serait un enchaînement de rapides séquences montrant Barthélemy dans diverses situations de la vie professionnelle et privée d'un dynamique expert international. On verrait cet honnête homme des temps modernes en flanelle grise et cravate Oxford à une réunion de conseil d'administration; en combinaison de cosmonaute et casque, sur un chantier; en blue-jean sur le pont d'un voilier; en smoking et écharpe blanche, à Salzbourg, applaudissant un opéra de Mozart. Pour chacune de ces occasions il porterait un modèle différent de la gamme proposée par les chaussures Blaise, *les chaussures de l'homme partout à l'aise...*

Candice reparut avec le plateau dont la sixième tasse avait disparu. Elle expliqua que l'appel venait d'un voisin éleveur qu'elle avait invité pour le café; il était retenu par le travail à la ferme, il les rejoindrait plus tard... Lazare vit la fugitive expression de désappointement sur le visage de son frère, mais il n'en prit pas conscience car son attention était ailleurs. Il était soudain fasciné par la révélation des similitudes qu'accusait Barthélemy avec leur père. Cette ressemblance entre eux était l'œuvre du temps, elle avait mûri avec lenteur, elle s'était affirmée insensiblement, et il sembla à Lazare que ce n'était que depuis un instant qu'elle était évidente. Il devait à l'honnêteté d'admettre que sa comparaison se fondait sur des photographies; il ne se rappelait avoir vu son père qu'une seule fois et, n'étaient les instantanés des albums, il n'aurait pas su dire quel visage avait eu ce fantôme.

Cette unique rencontre avec le géniteur remontait à la nuit des temps. Elle était antérieure à l'apparition des petites Couvreur aux fenêtres des écuries. Elle avait eu lieu avant même que ce qu'il fallait bien appeler la passion amoureuse ou, pire encore, les exigences des sens – si incongrues qu'apparaissent de telles notions associées à la mémoire d'une bourgeoise rigoriste qui n'avait pas dû céder de gaieté de cœur aux attaques du démon de midi, si pénibles que soient les images indiscrètes qu'elles faisaient lever en regard de celle d'une aïeule pour Bibliothèque rose, qui cultivait le genre marquise de Grand'Air et dont un inexorable corset ramassait les formes adipeuses et aplatissait le derrière –, avant donc que ces exigences n'inspirent à Léonie Gairaut de recueillir, en l'espèce de l'oncle Danilo rencontré à un thé chez les Maurice Bedel et de son fils, les débris d'une dynastie carpathique...

Lazare reliait cette incertaine image paternelle au souvenir d'un voyage long et pénible dans des trains qui sentaient la fumée de charbon, et à sa découverte initiale d'un paysage de montagne. Lorsque Lazare, Barthélemy, presque encore en bas âge à cette époque, et leur grand-mère étaient arrivés au sanatorium où Cassien Gairaut, victime incidente de la guerre en ce qu'elle avait retardé des quelques mois cruciaux dans son cas l'introduction de la pénicilline, soignait ses cavernes tuberculeuses, ils étaient tombés au milieu des derniers préparatifs d'un bal costumé. En quête d'un père, Lazare n'avait trouvé à la place qu'un petit marquis en habit de velours, surtout préoccupé d'assortir ses canons aux rubans vert pomme de ses manches. Le malade avait embrassé distraitement Léonie Gairaut et jeté sur sa postérité un regard indifférent avant de retourner à ses chiffons. Il ne se sentait plus d'affinités avec les gens de l'extérieur et la comédie consistant à prétendre le contraire lui semblait sans doute trop épuisante à jouer. L'isolement de la maladie, qui réordonne les événements du monde selon un système de priorité plus résolument subjectif, lui faisait accorder au bal costumé la préséance sur tous les autres et la répétition d'un tableau vivant dans lequel il devait figurer l'avait empêché de raccompagner sa mère et ses fils jusqu'à la grille du jardin. Il leur avait fait des signes d'adieu d'une fenêtre dont il s'était éloigné bien avant que ses visiteurs ne sortent de son champ de vision. La dernière image que Lazare avait eue de leur père était celle d'un jeune homme hyperactif, aux joues roses, aux yeux brillants, qui agitait la main d'un air ennuyé. Huit jours plus tard, il était mort. A l'exception de photos rangées quelque part, Barthélemy, par sa ressemblance, était le seul indice rappelant son passage dans la vie. Entre Lazare et l'enfant qui allait naître il n'y aurait même pas ce genre de lien-là. Mais au fond c'était tant mieux ! Les races s'épuisent et Lazare convenait qu'au regard de ce que Barthélemy et lui avaient réussi à faire de leur existence, la veine procréatrice des Gairaut aurait pu sans dommage tarir une génération plus tôt...

Lorsque Chantal lui avait annoncé la naissance qu'elle attendait, le mettant brutalement en demeure de choisir entre une séparation immédiate et l'endossement de cette paternité surprise, il était convaincu de l'avoir surprise à son tour par la sérénité avec laquelle il accueillait la nouvelle, l'excellente grâce qu'il mettait à s'en réjouir avec elle ou à affecter de s'en réjouir. Elle l'avait considéré avec une expression de stupéfaction subitement attendrie, comme un aveu que les plus grands étonnements nous viennent des gens qu'on s'imagine connaître par cœur... De certaines allusions sibyllines qui lui avaient échappé, Lazare avait déduit que Chantal devait à des traverses sentimentales de s'être humanisée. Il n'était pas nécessaire d'éclairer le détail de ces tribulations émotionnelles pour qu'ils découvrent entre eux un terrain où communier dans l'amertume de leurs expériences respectives; l'intuition qu'aiguise le malheur y suffisait.

Lazare n'allait presque plus au journal, se sentant désormais incapable d'y faire face au dégoût que lui inspiraient les deux Groin. Il avait cessé de craindre son renvoi; il le souhaitait à présent. Ses journées oisives se passaient à dériver au volant de sa voiture. Il errait à travers Paris et la périphérie, plus particulièrement attiré par les lieux associés au souvenir de Kirsten. C'est ainsi qu'il était souvent dans les parages de la porte d'Italie et qu'il était retourné rôder autour de l'hôtel du carrefour. Son pressentiment concernant cet hôtel se révélait exact : le café du rez-de-chaussée avait fermé et on commençait à démolir l'immeuble. Il lui arrivait aussi, lorsqu'il était las de conduire sans but, de s'arrêter pour une heure ou deux dans une rue quelconque. Il s'était muni de livres en prévision de ces stations : romans policiers, classiques... Il venait de commencer la relecture de *Guerre et Paix*. Parfois, il posait le livre ouvert sur le volant et il s'abandonnait au cours torpide de ses rêveries. Il pensait à Kirsten, à Delphine, à Marie-Ange... Il ne savait plus qui il avait aimé, ce qu'il avait voulu, il se sentait uniformément vague.

Après le café, Delphine et Chantal s'éloignèrent dans le jardin. Tout au fond, une murette étayant un dénivellement ménageait cinq ou six marches par lesquelles on accédait à un champ en contrebas. Elles aperçurent Barthélemy à quelque distance, étendu sur la crête de la murette. Imaginant de mettre à profit l'ennui de cet après-midi à la campagne pour donner un hâle naturel à l'homme des chaussures Blaise, il était torse nu et fermait les yeux au soleil. Dans l'escalier de pierre, une aspérité contre laquelle son pied buta faillit faire perdre l'équilibre à Chantal, mais elle parvint à se retenir de tomber et porta la main à son cœur. Delphine qui la précédait se retourna pour surprendre ce geste dramatique et crut à un malaise. « Ce n'est rien ! la rassura Chantal en reprenant son souffle, j'ai seulement eu peur... Ce n'est pas le moment que je fasse une chute... » Delphine mit une seconde à comprendre, elle adressa à Chantal un regard qui quêtait une confirmation de ce qu'elle supposait et quand elle l'eut obtenue elle s'appliqua à la saluer par des exclamations joyeuses. La banalité accablante de cette scène de congratulations apparut aussitôt à Chantal ; elle se reprocha de s'être ingéniée à la provoquer en faisant toute une histoire de ce qu'un instant le pied lui avait manqué. Une fois livrée la confidence qui lui brûlait les lèvres, le caractère sensationnel qu'elle lui avait prêté s'imposait à elle dans sa relativité dérisoire. Dans la perspective du temps, elle n'était même pas certaine que l'explosion de joie convenue qui accompagnait l'annonce d'une naissance prochaine soit la manifestation appropriée à ce genre d'événement... Elle concéda à Delphine qui n'avait rien dit que, chez les femmes de leur âge, ces maternités volontaristes de la dernière heure sont souvent chargées de satisfaire une exigence symbolique littérale, en démontrant que *tout* n'a pas avorté dans leur vie... Chantal ferait en sorte de ne pas sacrifier l'enfant qui allait naître à la réussite de cette démonstration. Elle se garderait de faire peser sur lui, à la manière d'un passif congénital qu'il n'aurait que le choix de liquider par des succès incessants, le fardeau de tout ce qu'elle aurait raté elle-même. Elle s'interdirait de voir en lui un *produit* de sa propre existence, avec des qualités et des tares dont elle serait responsable – et si elle intervenait dans son destin ce serait plutôt pour faire respecter le droit qu'elle lui reconnaissait d'ores et déjà à l'indépendance de ses fantasmes, à l'originalité de ses erreurs, à l'inédit de ses déceptions... Chantal se tut un moment, absorbée dans sa réflexion, puis elle demanda à Delphine si elle n'avait pas observé elle aussi qu'il traînait dans la conscience une drôle d'image, comme une obsession douce, autour de quoi tout s'ordonnait, les tentatives et les désirs? On prêtait à cette image les couleurs d'un avenir indéfini mais, au fond de soi, on savait bien qu'elle n'était pas vraiment de la même étoffe que les images de la vie qu'on vit, qu'elle ne ferait pas partie du total. En ce qui la concernait, c'était une image de la révolution... Mais quand elle la définissait ainsi il s'agissait déjà d'une interprétation, d'une récupération rationnelle du fantasme brut. En fait, elle se voyait au milieu d'une foule immense, qui tenait du 14 Juillet monstre et du grand soir... Ce qu'elle avait connu de plus approchant, si l'on mettait à part la violence et les flics, c'était l'atmosphère de certaines manifs de Mai 68... Voilà, cette image-là l'avait accompagnée dans la vie, c'était à cause d'elle qu'elle les avait tant emmerdés, tous, autrefois, que Delphine ne cherche pas à prétendre le contraire par politesse! Chantal se rendait bien compte avec le recul à quel point ils avaient dû la trouver sectaire, tranchante, *imbitable*, toutes attitudes qui n'avaient que l'excuse de sa jeunesse et de sa colère et qui, de surcroît, allaient à l'encontre du message implicite contenu dans l'image en question... Et pour celui ou celle qui allait naître, ajouta-t-elle au bout d'un instant, ce serait pareil, il y aurait aussi cette espérance, cette perspective floue de quelque chose qui donnerait à son existence particulière, non pas son sens, ce serait trop dire, ni même sa forme, mais peut-être son inflexion... Quel grand soir ou quel grand jour improbable inventerait-il d'attendre, celui-là?... Dans un ordre d'idées perceptiblement différent elle dit encore – d'un ton de distance qui voulait tempérer l'indiscrétion de sa confidence – qu'à supposer que cela veuille dire quelque chose et si c'était vraiment, au départ dans la vie, l'atout inné qu'on prétendait, cet enfant serait, dans toute l'acception du terme, celui de l'amour. Delphine eut ainsi la confirmation de ce qu'elle avait immédiatement supposé... que Lazare n'était pas le père.

Depuis un instant Delphine était songeuse, les propos qu'elle entendait avaient trouvé un écho en elle, elle exposait les spéculations déliées de Chantal à la vérification de sa propre expérience... Elle s'avisa que Marie-Ange et elle-même avaient été les enfants de l'amour au sens où probablement Chantal l'entendait. Il avait fallu attendre la fin de Marthe Couvreur, décharnée, abrutie de drogues contre la douleur, pour que Delphine ait l'intuition de la grande passion physique qui avait existé entre ses parents et dont sans doute elles étaient nées, sa sœur et elle. Marthe Couvreur avait perdu jusqu'au souvenir des rancœurs et des mesquines détestations qui avaient gâché les dernières années de sa vie conjugale, on aurait dit que la conscience de la fin toute proche ressuscitait, intact, l'amour des débuts. Quand Xavier Couvreur se penchait par-dessus son lit, elle avait une façon de lever les yeux vers lui et de prendre son visage entre ses mains qui était d'une femme amoureuse plutôt que d'une femme aimante et qui donnait à ceux qui en étaient les témoins le sentiment désagréable de commettre une indiscrétion. Dans les derniers moments, Delphine avait été à son chevet jour et nuit, mais Marthe la voyait à peine alors que, même au milieu de sa somnolence stupéfiée, la seule présence muette de Xavier Couvreur dans la chambre la faisait se tendre d'instinct vers lui, dans un tropisme de plante recherchant le soleil. Marthe Couvreur ne s'abusait pas sur son état. Aux fallacieux apaisements que la charité mêlée d'un peu de lâcheté inspirait de lui prodiguer, elle avait répondu avec dédain en protestant qu'elle se savait perdue. Mais tandis qu'elle employait toute sa lucidité à empêcher qu'on lui dérobe la conclusion imminente, le lierre tenace des illusions qui trouve toujours où s'attacher envahissait d'autres pans de sa conscience. Oubliant ses déboires, ses attentes déçues, la mort de sa fille, Marthe Couvreur s'arrachait à une vie qui lui apparaissait rétrospectivement baignée par la lumière d'une félicité uniforme. Une des dernières fois qu'elle avait repris connaissance et que sa main avait encore trouvé la force de saisir la main de Xavier Couvreur pour l'attirer contre sa joue, elle avait dit : « C'est dommage... Nous étions si heureux... » Ce mensonge, à peu de chose près, avait été le mot de la fin.

Delphine croyait pourtant discerner dans quel genre de souvenirs sa mère avait puisé cette conviction qui l'avait rassérénée devant la mort. Elle se rappelait en particulier l'épisode de la disparition de Xavier Couvreur endormi par mégarde dans un train. Elle retrouvait le goût contrasté de ce matin de la fin du printemps, partagé entre l'angoisse et la joie, dès qu'on avait appris qu'il était sain et sauf. Alors, un instant, tout ce qui constituait le confort insensible de leur existence banale et qu'on avait cru menacé par le déferlement du malheur s'était embrasé d'un éclat inconnu et, dans la lumière de ce prodige, rien de ce qui était désirable au monde n'avait paru inaccessible... Qu'était-il advenu de l'optimisme, de l'espérance, de l'élan à vivre, qu'elle avait senti en suspens dans ce jour particulier? Ce jour dont le souvenir clair-obscur n'était pas seulement l'effet d'une contamination subjective des péripéties qui l'avaient marqué : Delphine comprenait tout à coup que c'était le jour où avait eu lieu l'éclipse de soleil dont on avait tiré un film. Mais dans sa mémoire, l'alternance de ténèbre et de clarté qui avait caractérisé presque simultanément son état d'âme avait pris le pas sur le phénomène astronomique et, en définitive, l'avait absorbé...

Qu'était-il arrivé à tout ce que l'avenir promettait d'accomplir ce jour-là? Lorsqu'elle regardait autour d'elle, Delphine ne trouvait à évoquer que des absentes déçues... Marie-Ange et Marthe Couvreur étaient mortes sans avoir jamais tenu ces conversations de fenêtre à fenêtre dont elles avaient gaiement envisagé la possibilité, entre les écuries et la maison du devant – Delphine s'avisa que dans le subconscient des femmes Couvreur, le fantasme d'investissement du domaine Gairaut que résumait ce projet pouvait bien avoir été ce qu'était à Chantal l'image de la révolution : cette obsession douce autour de quoi la vie s'ordonnait... Delphine ne parvint pas à se divertir de l'ironie du sort qui allait bientôt lui faire réaliser involontairement, dix ans trop tard et *dans la plus stricte intimité*, l'ambition d'un *beau mariage* que Marthe Couvreur avait nourrie pour ses filles. Danny en effet s'était expliqué et Delphine avait convenu avec lui qu'un mariage sur papier qui ne changerait rien à leurs vies respectives simplifierait les choses : le régime de la communauté de biens permettrait de couper court à un tas de paperasse et Delphine, devenue propriétaire à part égale du laboratoire, aurait les coudées plus franches pour le diriger. Le mariage aurait lieu à la mairie de Neuilly, à dix heures du matin, le jour même du départ de Danny. Dès la formalité accomplie, un taxi les emmènerait à Roissy après s'être arrêté un instant devant l'hôtel où Danny aurait laissé sa valise. Il leur resterait encore le temps de déjeuner ensemble à l'aéroport avant que Delphine ne mette Danny dans son avion. La perspective de ce mariage qui s'insérerait, sans en ralentir l'allure, dans le mouvement des derniers préparatifs d'un départ, si dénué de pompe spécifique qu'on pourrait à la rigueur le confondre avec la formalité de l'enregistrement des bagages, et l'idée de ce repas de noce dont le cadre serait une cafétéria de terminal ravissaient particulièrement Delphine; toute autre manière tant soit peu plus solennelle d'entrer dans l'état conjugal lui aurait semblé intolérable. Elle se demandait au fond d'elle-même si le mépris qu'elle témoignait ainsi pour les fanfreluches de l'institution ne visait pas, davantage qu'à démystifier celle-ci, à soulager son sentiment d'usurper un rôle que Marthe Couvreur avait de tout temps destiné à Marie-Ange d'abord... Le suicide de Marie-Ange avait laissé Delphine désemparée et coupable. Elle s'était reproché de n'avoir pas voulu voir, en dépit des précédentes tentatives manquées de sa sœur, quel dénouement inéluctable impliquait pour elle cet état de prostration, cet état de non-espoir, de non-désir, cette mort dans la vie au regard de laquelle le geste pour en finir n'est même plus le résultat d'une décision distincte, rien qu'une sorte de conséquence réflexe. Delphine s'était imposé de retracer le cours de cette désespérance mortelle pour en éclairer les causes. Elle reconnaissait aujourd'hui que *comprendre* n'était qu'un alibi qu'elle s'était donné et qu'en s'exposant délibérément aux mêmes expériences par lesquelles Marie-Ange avait été détruite, elle cherchait surtout à expier à travers des désarrois identiques sa propre impuissance devant la maladie de sa sœur. Elle avait retrouvé quelques-uns des hommes dont Marie-Ange avait souffert le rejet et un scrupule d'exactitude dans la reconstitution lui avait inspiré de coucher avec eux. Elle n'y avait gagné que de mesurer la naïveté de son entreprise de conjuration, de comprendre que personne ne souffre comme personne d'autre des mêmes choses et qu'à ces minables déboires qui avaient eu raison de l'équilibre mental de Marie-Ange, qui étaient un peu responsables de sa mort, elle-même, Delphine, aurait survécu sans difficulté, ce qui était bien la preuve de son indignité essentielle. La rencontre fortuite avec Lazare, rue de Grenelle, lui était apparue la conclusion suggérée par la providence à son absurde enquête. Une fois dans la chambre avec lui, elle avait failli se raviser. Elle se rappelait avec une certaine complaisance pour cette notation repoussante que seule l'avait empêchée de se dérober in extremis la conscience du prix élevé de la chambre que Lazare avait déjà réglé. Elle s'était sentie tenue à sa part du marché...

Elle le vit qui venait à leur rencontre. Il leur criait qu'il était temps de rentrer si on voulait éviter les encombrements sur l'autoroute. Lazare était à présent de ces hommes qui se prêtent à un signalement négatif parce qu'on ne peut guère les décrire que par ce qu'ils ne sont pas : ni vieux ni jeune, ni gros ni maigre, ni grand ni petit... Son visage était marqué par des rides qui n'étaient pas non plus celles qu'apporte avec l'âge le contentement de soi. Delphine songea en le regardant que la présomption d'identité sur laquelle on fonde à travers le temps sa connaissance des autres est une manière d'illusion optique ; en fait, elle n'avait jamais revu l'homme de l'après-midi à l'hôtel et l'adolescent qui lui avait fait lire Tolstoï s'était perdu dans l'énormité de ce continent inaccessible que figure le passé. Ce processus de substitution imperceptible qui les avait éliminés l'un et l'autre s'accompagnait d'une bienfaisante déperdition de mémoire, à laquelle on devait de ne pas s'asphyxier tout à fait dans un air saturé du poison des souvenirs.

Ils se dirigèrent vers L'Orangerie, hélant au passage Barthélemy toujours étendu sur la murette. En vue de la maison, Lazare s'arrêta une seconde, comme saisi. Candice était assise devant la porte en compagnie d'un homme si semblable à Boj, à cette distance, par son allure et sa corpulence, que Lazare en avait eu un coup au cœur. Sa réaction immédiate fut un curieux réflexe de colère : la présence de cet homme lui apparaissait comme une plaisanterie macabre. Avec sa main en visière contre l'éclat du soleil déclinant, Candice les regardait venir et leur souriait. Elle interpella Barthélemy et l'informa que quelqu'un qui n'avait pas voulu laisser son nom l'avait demandé au téléphone, puis elle présenta l'homme assis à côté d'elle comme le voisin qu'on avait attendu pour le café. Soucieux, sans doute, de montrer à ces Parisiens huppés qu'il n'était pas intimidé par eux, et à ces amis du mort que la veuve de Boj et lui n'avaient pas l'intention de faire les choses en dessous, il se lança aussitôt dans le détail de leurs projets avec une arrogance symptomatique de son malaise et qui semblait défier quiconque d'opposer une objection. Joëlle, dit-il, avait consenti à venir s'installer chez lui en attendant de trouver un acquéreur pour L'Orangerie... Elle le seconderait à la ferme. Il évoqua le genre de vie *sans prétentions* qu'il lui promettait là-bas et, à la lumière de cette description, le changement de prénom que Candice avait annoncé pendant le déjeuner sembla se justifier peu à peu : Joëlle n'était pas exactement Candice, elle en était une transposition plus élémentaire, plus agreste, plus authentique aussi, en communion avec la nature, proche de la terre, heureuse de s'occuper des vaches...

Candice n'intervenait ici et là dans le discours de l'homme que pour intercaler un propos d'approbation, elle lui avait délégué le soin d'exprimer ses propres opinions de la même manière qu'elle lui déléguait désormais, semblait-il, le soin de diriger sa vie. On la sentait sereine, toute à la satisfaction d'être à nouveau, dans l'entité symbolique et sociale que constitue un couple, cette espèce d'extension ornementale que devait, selon elle, se contenter de figurer la femme, pour son propre épanouissement.

Avec un art de mettre les inférieurs à leur aise que n'aurait pas désavoué Léonie Gairaut, Lazare se surprit à s'enquérir des problèmes des éleveurs face à la concurrence européenne et à la tyrannie des quotas. Il percevait bien lui-même dans cette application à témoigner son intérêt une condescendance involontaire qui lui faisait horreur mais qu'il ne pouvait réprimer. Il se sentait dans la situation du médium prêtant sa voix aux esprits; c'était l'esprit de la maison du devant, influencé par une vision de la société déjà périmée en 1950, qui se manifestait à travers lui, malgré lui, inopinément. De son côté, l'homme ne manquait aucune occasion d'insinuer qu'il avait bien conscience de l'abîme de sophistication qui le séparait des relations élégantes de Joëlle. En même temps, son attitude combinait avec cette révérence trop appuyée une sorte de distance goguenarde laissant entendre qu'il manquait à ces spécimens d'une espèce supérieure une qualité sans laquelle toutes les autres n'étaient que de fragiles faux-semblants de parade, une qualité dont il était, lui, pourvu en abondance et, face à ces êtres de plaisance qu'il jugeait instables et sans plus de corps que l'air énervé des villes, il se flattait de représenter la réalité rassurante et immuable... Empruntant le détour d'une surenchère de politesse, cet échange se chargeait peu à peu d'une animosité dont tout le monde se rendit compte, sauf Barthélemy qui n'écoutait pas.

Il a téléphoné... songeait-il, tandis que le reflet d'un secret triomphe passait sur son visage. Le *il* ainsi évoqué était un jeune homme aux yeux pâles de myope – détail aussitôt observé par Bathélemy et qui l'avait enhardi à se rajeunir de quinze ans d'un coup – rencontré dans un mauvais lieu. Les mauvais lieux avaient toujours été pour Barthélemy ses terrains d'excellence. Jeune, il y avait remporté des triomphes. A présent, son entrée dans un de ces endroits ne provoquait plus la vague palpitation qui saluait autrefois l'apparition d'un archange égaré dans les bas-fonds où se troquent les complaisances sexuelles. Les choses se tassaient et il arrivait même à Barthélemy d'essuyer des rebuffades, mais comme il était passé maître dans l'art de reprendre à son compte – si vite qu'il pouvait se donner l'illusion d'en avoir eu l'initiative – les refus qu'on lui opposait, il ne s'en apercevait pas trop et il s'expliquait le nombre diminuant de ses conquêtes par les exigences de son goût toujours plus sélectif. S'il avait conscience qu'il n'était plus tout à fait celui dont la juvénile présence *crevait* l'écran dans *Le Temps des cerises*, il s'en consolait grâce à cette rhétorique spécieuse dont s'abuse aussi la ballerine vieillissante pour risquer encore le pas de deux, certaine de compenser par la virtuosité technique acquise ce qu'elle a perdu en aérien ressort. Ce qui rendait plus problématique pour Barthélemy le succès de sa quête amoureuse, c'est qu'elle subordonnait la satisfaction physique à l'hommage dont le Narcisse, en lui, était altéré et qu'il jouissait, presque littéralement, de l'ardeur avec laquelle il se sentait désiré. C'est ainsi que ses extases les plus mémorables ne faisaient pas lever le souvenir de partenaires exceptionnels par leur beauté, leur jeunesse ou leurs caresses savantes ; il avait plutôt connu de telles extases avec des êtres que le handicap d'une disgrâce physique rendait implorants dans les transports, ou encore avec des vieillards ébahis que l'obséquieuse insistance avec laquelle l'adversité de l'âge leur avait appris à quémander les faveurs jette dans leurs bras cette proie inespérée. Le souvenir que Barthélemy évoquait le plus volontiers était celui d'un gigolo sicilien assez fruste ramassé jadis place d'Espagne et qui, dans l'éclairage dur de la chambre, lorsque Barthélemy avait retiré les lunettes noires à l'aide desquelles de jour comme en pleine nuit il protestait de son incognito, l'avait reconnu pour la vedette du film (il s'agissait de la coproduction italo-yougoslave) qu'il avait vu l'après-midi même. Cette confrontation inattendue avec le mirage incarné lui avait fait perdre ses moyens et son éblouissement n'avait été capable que de quelques baisers recueillis et chastes... Maintenant Barthélemy devait se hasarder bien bas pour trouver encore chez ses partenaires un reflet de l'émotion qu'il avait su provoquer jadis. Il avait depuis longtemps sacrifié la prudence au succès de ces explorations. Il voulait ignorer les dangers et, jusqu'à présent, son inconscience l'en avait protégé. Un observateur impartial aurait d'ailleurs pu conclure qu'au point où il en était et au regard de ce que lui réservait dans le meilleur des cas l'avenir, l'instinct de mort qui semblait dicter sa conduite devenait une manière de sagesse.... Barthélemy considéra autour de lui avec un vague apitoiement ces hétérosexuels aux vies si mornes ; il se sentait par contraste du côté de l'aventure, de la quête infinie, des aubaines innombrables : *il* avait téléphoné... Mais Barthélemy se trompait.

Énervé par le décalage horaire, l'estomac barbouillé par les sheeshi qu'on lui avait servis dans le Boeing de la Japan Airlines, envieux de l'autorité qu'il avait vu déployer par ses homologues japonais sur leur personnel, le P-DG de la maison de production était arrivé à Paris dans une humeur de chien dont il avait voulu faire profiter aussitôt ses collaborateurs en les réunissant, malgré le dimanche, pour une séance de travail extraordinaire. Il s'était plaint de ce qui aurait dû être fait en son absence, n'avait pas caché son mécontentement de ce qui l'avait été et avait critiqué systématiquement toutes les décisions proposées à son aval. Se penchant sur le programme de travail des jours prochains, il avait examiné le plan de tournage de la publicité des chaussures Blaise et commandé qu'on lui projette des bouts d'essai de l'acteur pressenti. A ce stade, la conviction d'avoir suffisamment humilié des employés trop payés et la satisfaction de leur avoir gâché leur dimanche, jointes à l'engourdissement qu'il commençait à éprouver à mesure que son horloge biologique se rapprochait de l'heure à laquelle il se couchait à Tokyo, l'avaient rendu plus accommodant et il n'avait regardé les bouts d'essai que d'un œil distrait. Le malheur était venu d'une voix aux intonations typiques qui s'était élevée dans l'obscurité de la salle de projection pour protester que « Non... Vraiment!... Celui-là n'était pas possible!... Il en avait l'air comme trente-six! » Curieusement, personne dans l'assistance ne s'en serait rendu compte sans cette intervention autorisée, puisqu'elle émanait de quelqu'un qui partageait justement les mœurs dont il dénonçait l'évidence chez les autres. Le président recommanda de trouver un autre acteur. Le directeur du casting à qui cet ordre s'adressait, témoignant de sa conception désuète de la courtoisie et d'un sens archaïque de ses responsabilités, dans un milieu où les mauvaises nouvelles ne sont plus transmises et où l'on préfère laisser à l'intuition de celui qu'elles concernent le soin de les deviner, voulut prévenir immédiatement Barthélemy. Il appela l'hôtel des Apennins où on lui donna le numéro de L'Orangerie; déjà son courage fléchissait. Quant au deuxième appel il entendit la voix de Candice l'informer que Barthélemy n'était pas dans la maison, l'homme décida qu'il avait assez fait son devoir.

Ainsi, dans le confort de l'illusion quelques heures encore, Barthélemy laisserait ses pensées refluer souvent vers cet instant sans postérité dont il avait aussitôt perçu la nature magique, vers ce souvenir de l'éclipse qui fixait l'image la plus achevée de lui-même... Et bien des vies plus réussies que la sienne en apparence, n'étaient que la somme imperceptible de semblables délais de grâce.

Cet ouvrage a été réalisé par la
SOCIÉTÉ NOUVELLE FIRMIN-DIDOT
Mesnil-sur-l'Estrée
pour le compte des Éditions Grasset
en août 1991

Imprimé en France
Dépôt légal : août 1991
N° d'édition : 8548 – N° d'impression : 18336
ISBN 2-246-45501-4